时间的温度

SHIJIAN DE WENDU

讲 述 厚 重 江 西　唤 醒 历 史 记 忆

温 凡 著

百花洲文艺出版社

BAIHUAZHOU LITERATURE AND ART PRESS

图书在版编目（CIP）数据

时间的温度 / 温凡著. — 南昌：百花洲文艺出版社，2023.11
ISBN 978-7-5500-4971-0

Ⅰ.①时…　Ⅱ.①温…　Ⅲ.①新闻报道－作品集－中国－当代　Ⅳ.①I253

中国国家版本馆CIP数据核字（2023）第021296号

时间的温度

温　凡　著

出 版 人	陈　波
责任编辑	李梦琦　李晗钰
书籍设计	黄敏俊
制　　作	周璐敏
出版发行	百花洲文艺出版社
社　　址	南昌市红谷滩区世贸路898号博能中心一期A座20楼
邮　　编	330038
经　　销	全国新华书店
印　　刷	江西骁翰科技有限公司
开　　本	787mm×1092mm 1/16　　印张 22.25
版　　次	2023年11月第1版
印　　次	2023年11月第1次印刷
字　　数	300千字
书　　号	ISBN 978-7-5500-4971-0
定　　价	48.00元

赣版权登字 05-2023-290
邮购联系　0791-86895108
网　　址　http://www.bhzwy.com
图书若有印装错误，影响阅读，可向承印厂联系调换。

用文学的叙事进行新闻的解读　（代序）

我无法掩饰看到这一部文稿时的惊喜。

这40余篇文章，就像一道道精心烹调的精致菜品组成的文化盛宴，呈送到我的面前。

用长时间的文字坚持，来做这样一件有深远意义和特殊价值却颇有难度的事情，不能不令人击掌叹赏。这算是做了一件大事，无论对一个人来说，对一个地方来说，还是对文化事业来说。

江西"物华天宝、人杰地灵"，有着悠久的历史和璀璨的文化，在中华民族文明史上，具有重要地位和深远影响。尤其在宋明时期，全盛的江西文化成为中华民族文化的结晶和代表。

北宋中后期，江西文化迅速崛起，完全取代了中原作为文化中心的位置。然而，进入清代以后，因为人口迁移、经济衰退、交通要道转移、战争的破坏，以及社会动荡不安，江西文化在全国的地位也从高峰急速衰退到低谷。时至今日，这里留下的众多文化遗存，建了毁，毁了建，屡兴屡废，不仅有兴盛的辉煌，也有破败的落寞。无数发生在这里的意义重大影响深远的政治事件、文化现象，往往没有可供观瞻的景观，有的只留下一些蛛丝马迹或者改建重修的仿古建筑。今人只能在仅存的文字材料的基础上，通过逻辑推理和无穷想象，才能在心灵上或者文字上恢复和重现。

作者看到了这座文化富矿所具有的超常的含金量。

这本集子里头，作者大胆尝试着，把历史留给我们的这笔无比丰富的财富，不论在地上或地下沉睡或深藏的文化资源，由难以为人所知，转化为引人入胜的文学作品以广为人知，让它们释放出自身的巨大能量。

本书作者是一名从业20余年的记者，还是一位从事文学创作近30年的文学作者，洞察社会的职业身份和文学创作的灵感，让这些作品比起单纯的文学作品多了求真务实的严谨，比起普通的新闻作品又多了文采和文化深度的探究。

从这些文章里头，可以清晰地感受作者在题材选择和文体创新方面的努力。尽力把视野拓得更宽，从某一个小村落撒向全省，从新闻角度切入，更深切地把赣都大地的历史人文景观读解出来。以新闻的形式、视角和眼光，以历史的人文景观切入，对江西厚重的历史文化进行具有个人意味的读解。相信对广大读者了解江西、热爱江西有一定作用。

这应该算是一种新的新闻体裁，作者努力透过文字去延展内容的广度和自由度，既有从古到今的纵向叙事，也有从东方到西方的横向映像。我认为，通过这些努力，尽力把文学和历史整合在一起，使新闻获得了一种更加自由的表达，并且更加具有新闻价值，同时具有文学艺术风貌，又兼顾了大众的口味，把大众的感知和记忆结合在一起，把学术的、历史的东西融为一般读者能理解和接受的东西，而不是搞成完全学术化的作品。

从这些文字里，可以读到作者在选材上的慧眼慧心，对历史的重新解读和发现。对于长期在眼皮底下司空见惯，甚至不起眼、看似平常的东西，换一副文化的历史的眼光重新去看，去读，去发现。在社会人文和自然的时空交会的地方，选取最能为历史代言的某个方面，在一个民族生活和历史有重大影响的人物或事件中，寻找贯通古今的线索，呈现历史当时的场景，展示这些载体身上所负载的历史文化内涵，闪现当代人的眼光和理念，多角度展现千百年的发展历程，揭示其所体现的文化性格。

进而，把视野放到了全省、全国，乃至全球。

读着一篇篇文章，如同跟着作者的文字触摸一段段历史往事。

在这里，从戏曲巨匠汤显祖到一代名相王安石，从"唐宋八大家"之一的曾巩到与戚继光齐名的谭纶，从理学大儒陆象山和王阳明到并不广为人知的理学大师吴与弼和谢文洊，还有颜真卿、朱熹、张恨水……一大批生于斯长于斯的大师以及在这块土地上工作生活过的先贤，我们能够透过作者轻灵的文字窥见他们与这块土地的深情。

在这里，有"方言岛"现象引出赣州城的千年宋韵，有"十大名瓷厂"为由头牵扯出景德镇的瓷都风云，有承载了临川文化物理空间的文昌里，有无边无际沧桑感的南丰古城墙，有处处透露着神秘色彩的黎川船屋，有鲜为人知记录了太平天国幼主最后岁月的石城桂花楼……一座座古建筑、一个个历史留存都在作者细腻饱满的笔触下，重新焕发出新的光彩，使我们仿佛置身于千百年前的现场。

在这里，有对以金溪为代表的古村落文化的独到思考，有对博物馆的探索，有对与樟树齐名的南城"建昌帮"医药文化的探究，有对白莲之乡广昌莲文化源起的追寻，有通过宜黄一次遗址发掘引出对数千年稻作文化的感悟……赣地独特的文化现象，经过文字组合成为一段段穿越时空的对话。

这些是我从自己的阅读印象中信手拈来的例子。这些纷至沓来的历史画面，虽然只是部分地展现抚州乃至江西的历史文化，但其丰富感和沧桑感，已经使人具体感受到江西的厚重。厚重的赣鄱大地，通过文字进行表达，其广度和深度如此收放自如地表达，可以称得上是江西文化界的一股清流。

作者在文体上所做的创造性努力，不可轻看。

我了解到的是，这些文章主要是写给报纸的读者看，虽然也并不拒绝专家学者的阅读，但主要是写给千千万万普通的读者。看似容易，实则并不简单。首先，文章要让大众读者喜欢读，越读越有兴趣，还要让老百姓和专家学者等不同层次的读者都能在精神上产生认同感。另外，历史文化的厚重，在写作上不能显得笨重，需要写得机智轻松，引人入胜，既让内行看出门道，又让外行看到热闹。这就是一篇好文章的命脉所在。

可以说，这是一部让时间倒流、让历史苏醒的作品。作者把单调的历史遗迹、枯燥的文字资料和朴素的文化现象，通过灵动的文字有机地结合起来，使逝去的历史在关注和思索中重新焕发出新的无穷无尽的生命力。

我很欣赏这些文章蕴含着的令人愉悦的信息。一是细节，写大人物、大事件却从小处入手，选择微观的历史细节放大和展开，以小见大；二是个性化，文章并没有单纯照搬教科书和史料，也不只是用现代的观念做历史文化解读，而是把历史事件素材重新消化后，把个人化的感觉和思考融入其间，给历史注入灵气，从悠久的历史文化中感受到甚至提炼出现代的元素。

当然，受各种主观客观因素的影响，作者不大可能是各方面的专家，文章中自然也有学术上的硬伤或者看法上的失当，但这类个性分明的解读式文章因为有着独具风格的文字叙事手法，能见人所能见，更能见人所未见，能够时时读到出乎意料的解读，更有独具活力令人拍案叫绝的独家视角。

读到这些文章时，我不禁想到，一个地区获得发展的原因有很多，决定性的因素是人，特别是想干事、能干事、干得成事，并且能把事情做得精细的人。这样，好的资源才能得到很好的利用。经济上是如此，在文化上更是如此。

我认为，作者决定做这样的专题，并且始终坚持，不是随机性的小打小闹，而是认认真真当成一件大事来做的。也许，刚刚读到这些文章的时候，读者会问，这样的文体符合新闻的要求吗？这样的记者是偏离新闻主体还是学者型记者？这样的行文是卖弄文字技巧还是纵横驰骋的历史手笔？

从这本书中，我找到了答案。那就是坚定、坚持、坚守，坚定信心信念，坚持创新实践，坚守选题方向。

可以说，这个文体的成功是提升新闻作品文化品位的一个创造性尝试。读者需要优秀文化的滋养，报纸应当成为先进文化的载体。对抚州乃至江西进行深入的探索、树立江西厚重文化形象的同时，作者必然提高了自己的眼界，拓宽了自己的思路，培养了可以做大文章的能力，从而也使报纸获得了更鲜明的个性特色，当然也获得了更广泛的读者。

我相信，品尝作者送出的文化大餐，各式各样的读者能够更深地走进为创造华夏文明做出卓越贡献的赣鄱历史，更能够感受到当代江西以创新为追求的新气象，在这方面乃至所有方面会越做越大，越做越好。

高洪波

中国作家协会原副主席

目录

時間的溫度

第一篇章

那些人

元明江西的地理眼界

在江西这方文化大师频出的土地上，似乎很少窥见技术名家的风采。

然而，在元明时期，赣鄱大地上却存在过一个各自探索、目标一致的地理家群体。与文人雅士把酒言志、结社行吟不同的是，他们更多的时候是以个体存在。在浩如烟海的历史中，他们的名字和成就或许只是一闪而现。

但他们的眼界，已经跨越大海穿透时空，为古代中国探索世界起着积极而有效的推动意义。并且，通过这个鲜为人知的江西地理人方阵，隐约可以窥见古代中国"一带一路"探索的雏形。

一

元代江西道教兴盛，学道龙虎山的南昌西山万寿宫住持朱思本耗费十年心血完成的一幅地图，成了后人挑战两半球世界地图模式传统史学观的有力佐证。

西方传统史学观点认为：欧洲地图学家孟纳楚斯于 1527 年绘制的地图是两半球世界地图模式的开端，在那之后的很长一段时间里，中国人的世界观都停留在"方形大地"的层面。16 世纪末，意大利传教士利玛窦将他的椭圆形世界地图带入中国，中国人的世界观才发生转变，开始意识到大地是个球体，逐渐将方形世界地图转变为圆形。

中国史学界对西方这一传统史学观点深信不疑。翻开任何一本与地图史学相关的书籍，无论是科普读物还是大学课本，我们都可以读到这种传统观点的转述。

2006年，毕业于北京大学法律系的收藏家、地图史学家刘钢对这个观点提起了挑战。他在一次展览中公布了一部藏品：据称出自1418年的中国古地图《天下诸番识贡图》摹本。摹本显示，中国古代地图学家发明这种地图模式的时间比欧洲人至少早一个世纪。也就是说，两半球世界地图的模式萌发于中国！

这一重大的发现立即得到了全世界的关注，《经济学人》、《时代》周刊、《纽约时报》，CNN、BBC、路透社、法新社等数十家知名媒体相继报道。不过，这个消息在国内学术界则引发了一场争论，有专家质疑此说法。中国人民大学历史系教授毛佩琦断言："这张地图是伪造的。"他的依据是，地图中"天下诸番识贡图"中的"识"字，按古代书写规范一般应当是"职"字。"识"和"职"的繁体字在外形上非常相似，古人在写的时候肯定不会犯错，但现代人伪造的时候一马虎就容易露出破绽。

面对质疑，刘钢没有轻易放弃，他仔细研读了史书中有关古代地图学家的事迹和评论，分析相关的文字记载。最终，他的视线停留在一位元朝地图学家身上。这位地图学家甚至比《天下诸番识贡图》摹本更早期就完成了一幅两半球模式的地图，并且很可能成为郑和下西洋的参考图……刘钢把这些令人惊叹的成果写入了专著《古地图密码》。2009年，由广西师范大学出版社正式出版。时年9月，中央电视台推出三集纪录片《古图探秘》，再次将世人的目光聚焦。

这位地图学家就是元朝江西临川人士朱思本。

严格意义上来说，朱思本并不是一个专事地理研究的学者，他的另一个身份更为人所熟悉：南昌玉隆万寿宫（现南昌西山万寿宫）住持。

朱思本出生的 1273 年，有一场对于宋元两个王朝的更替起着极为关键作用的战役：蒙古军队攻下强攻数年而不克的襄阳城，大元帝国江山格局落定。这场大战过去 14 年后，少年朱思本到龙虎山研习道教。1299 年，他奉命下山前往北方传教，开启了周游神州各地的考察活动。1321 年，朱思本回到故里，担任南昌玉隆万寿宫住持，承担起重修万寿宫及日常事务管理等宫观事务，直至终老。

如果不是在十几年的游历期间凭着个人兴趣还做了一件事情，朱思本的人生标签也许就是一个有职务的道长。但是，命运就是这么神奇，道长朱思本凭着这件事在中国，乃至世界留下了自己的名号。

他绘了一幅"长广七尺"的地图——《舆地图》。

这幅地图到今天已经无法找到完整的图本，只能在史料中寻找丝丝缕缕的留痕。清朝著作《好古堂书目》记载，藏书家姚际恒（1647 年至约 1715 年）的藏书中包含有朱思本的《舆地图》；清同治年间手绘的《环海全图》中，也出现了《舆地图》的踪影。《环海全图》左侧的一段注释中提及，《环海全图》源于一幅"旧舆图"，并且"此图尚止坤舆全地之半面"，全图由两个圆球构成，"须用两球对看"。

《舆地图》的踪迹还出现在了一幅欧洲古地图上。1415 年《德·韦哥地图》亚洲部分的一些地域名称是蒙古时期的命名，一些河流和城市的名字与《马可·波罗游记》中的名字相同或相近。种种迹象表明，德·韦哥曾经参考过元朝人绘制的世界地图。

而元朝，有据可查的地图只有朱思本的《舆地图》。

虽然关于《天下诸番识贡图》摹本真伪的争论还没有消停，但对于朱思本《舆地图》的历史地位，学界达成了普遍共识。

　　从《舆地图》到《广舆图》，从两次出海远航到五度出使西域，通过这个鲜为人知的江西地理人方阵，隐约可以窥见古代中国"一带一路"探索的雏形。

　　公元1405年，中国发生了一件在世界航海史上有着重大影响的大事件：宦官郑和带着一支两万余人的船队，奉命下西洋，开始了一次向世界展示中国形象，促进亚非各国交流的航海行程。在巨大的主船上，34岁的总指挥郑和的案头，应该有一本名为《岛夷志略》的参考书。

　　如果把时间指针拨到74年前的元朝至元三年，我们可以看到一艘即将出海的商船上，有一位意气风发的20岁青年，身靠船栏，面朝大海。就是这位青年在先后两次共计6年的航海时间里，行程遍及南洋诸岛、印度洋、地中海、阿拉伯海，行迹遍布印度、波斯、埃及、澳大利亚等国。

　　最重要的是，他回到故乡后，根据航海亲历写成《岛夷志》《岛夷志略》两书，其中广为印发的《岛夷志略》一书中所涉及的国家和地区达200余个，详细记载了这些地方的风土人情、物产、贸易等资料。这本书入选今人评选的"影响中国的100本书"，学界公认其对世界历史、地理史研究有着伟大的贡献。《四库全书总目》这样定义："然诸史（指二十四史）外国列传秉笔之人，皆未尝身历其地，即赵汝适诸蕃志之类，亦多得于市舶之口传。大渊此书，则皆亲历而手记之，究非空谈无征者比。"

　　这位青年被后人誉为"东方的马可波罗"，他叫汪大渊，江西南昌人。1979年版的《辞海》有一段这样的文字："就清中叶以前有姓名可知的中国航海家而论，其游踪之广远，汪氏当居前列。"

就在汪大渊二度出海60年后，另一位江西吉水人陈诚开始了他第一次的出使征程。在随后的30年间，陈诚五度出使西域，促进了丝绸古道上商旅往来，推进了东西方文化交流，加强了中外联系。

根据《明实录》、明修《明一统志》、清修《明史·西域传》等史料记载，陈诚在出使回来后也做了一件与汪大渊有同样意义的事，他写了一部《西域行程记》，以日记形式记录了万里行程及沿途风物、地貌、气候等。这是明代亲历西域的唯一文献，对东西交通史和中亚文化史的研究，至今仍有重要的参考价值。

再往后，距朱思本完成《舆地图》约百年，江西又出现了一位杰出的地理制图学家：吉水人罗洪先。与道长朱思本不同的是，这位明嘉靖八年的状元可以说是科班出身，他一生致力于地图科学研究，其基于《舆地图》精心绘制的两卷《广舆图》，是我国历史上最早的分省地图集。罗洪先在绘制地图方面的建树，不但为我国地图的绘制和地理科学做出了贡献，而且为国际的同行所瞩目，在世界地图绘制领域占有一席之地。

罗洪先最崇敬的人是朱思本。他在《广舆图》的序言中，不仅对《舆地图》的绘图方式大加称赞，他还对《舆地图》的形状作了一番描述："其图有计里画方之法而形实自是可据从而分合东西相伴不至背舛。"然而，就是这28字的描述却再度引发了学界的不同解读。

学界较为普遍的断句式是："其图有计里画方之法，而形实自是可据，从而分合，东西相伴，不至背舛。"大意是说这地图有实据，绘图方式很巧妙。

传统地图史学观挑战者刘钢经过深入的考证，则给出了一个不同的断句："其图有计里画方之法，而形实自，是可据从而分，合东西相伴，不至背舛。"他还根据断句做了解读，《舆地图》采用了计里画方之法，以圆球形状，在正中之处，依南北方向，分为东西相互对等、和谐的两个圆形，从而避免圆球正反两面相互交错造成的谬误。也就是说，朱思本《舆地图》是一幅东、西半球世界地图！

如果说成为挑战传统地图史学观佐证的朱思本，以及其后据此首创分省图集的罗洪先称得上是中国古代地理史上的启明星，那么比郑和更早两度出海的汪大渊、在张骞之后五度出使西域的陈诚，则以行动实践了对未知世界的探索。有趣的是，从这四位江西杰出地理人的研究成果和实施路径可以发现，"一带一路"印迹隐然显现。

三

生前没有任何交集的地理大家，不约而同地成为跨越大海探索世界的先行者。究其原因，赣鄱大地厚重的文化积淀锻造出引领时代的眼界和高度。

南昌社科院特聘研究员萧德齐没有想到，一个偶然的发现，使自己成了国内知名地图史学家刘钢挑战传统地图史学观的支持者。在随后大量史料的查询以及实地调研过程中，他的观点和刘钢的结论越来越接近。

十年前，萧德齐经过多次对南昌西山萧峰的探索，找到了当地县志中记载的一块摩崖石刻。这块目前已知的萧峰最大石刻共有519个汉字，大意说的是元代"银青荣禄大夫江西行中书省平章政事李世安"和"逍遥山玉隆万寿宫观事"两人主盟，筹资修建山门、宫观等事宜。

这位观事就是朱思本。

对于家乡文化印迹非常上心且执着钻研的萧德齐没有忽视这个陌生的名字。他查阅了大量的史料，发现朱思本不仅仅是元朝的一位道长，而且在中国地理史上极有分量。这一发现给萧德齐的研究打开了一扇窗。

"古《舆地图》、《广舆图》、《岛夷志略》以及《西域行程记》

的记录，是江西古代地理学家、航海家为'一带一路'建设增光添彩的重要物证。"经过多年的钻研，萧德齐俨然已是江西元明地理人群体研究行家。在他的眼里，这些先行者的出现不是偶然，而是一种必然，是赣鄱大地厚重文化积淀锻造的必然结果。

这一点和刘钢的结论不谋而合。刘钢在他的著述中提及，朱思本创造出东、西半球世界地图绝对不是出于偶然，《元史》以及元朝的其他史料证明，元朝时期中国人的眼界覆盖了整个地球。正是元朝人极其开阔的眼界引发出明朝初期郑和下西洋的壮举。

这种眼界可以从元朝江西另一件值得一提的举动中得到验证。至元二十八年，江西上高的蒙山银矿开了一所学校。据《上高县志》记载："蒙山银矿提举司第一任提举侯孛兰溪慷慨捐俸，于元朝至元二十八年（公元 1291 年）筹建'正德书院'，以正民德。"这座藏在大山里的书院堪称中国第一所职工子弟学校。在蒙山银矿兴衰起伏的数百年里，演绎着别样的人文华彩。

即使是在大山里开矿，都要办一所职工子弟学校以正民德，这就是江西的文化环境和氛围，是元代江西人的眼界。

这种眼界和高度，决定了厚重文化的代代传承，也给这方水土注入了特有的文化自信。

自信带来了沉甸甸的收获。以江西地理人群体为参照，《舆地图》的绘制，以及后人以此为祖本绘制的其他地图，顺应了元、明、清江西经济的发展。江西丰饶的丝绸、茶叶、瓷器等物产资源，由点汇聚成线，通过地图明确了行走方向和道路，汇集泉州、西安等地，远销全国和海外，带去了文明和友好，丰富了古丝绸之路的历史文化内涵，有力地证明了江西是古丝绸之路的重要商品基地这一历史地位。

历经 700 余年的岁月风雨，龙虎山上的《舆地图》石刻已无迹可寻。但绘制者朱思本以及他身后的江西地理人群体，对于世界文明进程的推动意义，丝毫没有消退。

十二月，暖冬，阳光如金。

伫立在南昌西山萧峰东面一个叫新庵里的山麓，仔细辨读着石壁上苍劲有力的文字，仿佛瞬间就穿越了时空，能够清晰地感受到道长朱思本的踌躇满志。

朱思本的身后，是除了一本书就没有在这个世间留下只言片语的汪大渊，但这本书却承载着内陆城市南昌对海洋的古老记忆；是将他的地图发扬光大，从而得以另一种方式留存于世的罗洪先；是身负使命几度出使西域为后世留下宝贵资料的陈诚……是一个个鲜为人知却在历史上写下光辉篇章的元明江西地理人群像。

他们的名字作为单独的个体，一如散落的珍珠，湮没在历史的尘埃里。但他们对赣鄱文化、对华夏文明、对世界地理发展研究的意义，闪烁着耀眼的光芒。

在找寻这个群体的过程中，我们收获了一声声迟到的惊叹。这份惊叹提醒着新时代里的每一个人，在这方古老而厚重的土地上，还有更多尘封的历史需要我们去发现，还有更加远大的未来，需要我们去探索。

王者安石

2021 年 12 月，抚州。

多位知名学者从全国各地陆陆续续来到这里，参加将于 12 月 18 日举行的一场文化盛事。

1000 年前的 12 月 18 日，一名男婴在赣鄱大地呱呱坠地。当时，谁也不会知道，他将在很长时间内，影响整个国家。甚至在千年之后，人们还会以这样的方式纪念他，为他召开一场学术大咖云集的学术研讨会。

他是"唐宋八大家"当中官职最高、争议最大的文学大家，曾经两度被拜相，又两度被罢相；他是近代梁启超眼里"四千年来最完美、最伟大的人物，是古今第一完人"；是明代杨慎眼里"求之前古奸臣，未有其比"的异端；千百年时空物转星移，一代代王朝兴衰更迭，一批批人物沉浮过往，他的名字依旧清晰。

他叫王安石，字介甫，号半山，世称临川先生。

一

自南宋建立 900 余年以来，对王安石的评价有两个极端。究竟是大宋王朝覆灭的罪魁祸首，还是使国家财政由贫变富的伟大改革家？当历史烟云散去，世人才得以窥见深埋于千秋烟尘中的真相。

熙宁元年（1068 年），平生第六次回到故乡的王安石离开临川，从南京赴朝廷面见神宗。从此，再也没有踏上这片故土。这次行程，记录在中华书局出版的《王安石年谱长编》里。

也许是冥冥中的某种预感，或许是文学作品和个人命运的巧合，在乘船途经扬州一个叫瓜洲的小镇夜宿之际，王安石咏出了"春风又绿江南岸，明月何时照我还"的名句。

次年，"熙宁变法"大幕轰轰烈烈开启。千百年来，变法更广为人知的是另一个称谓："王安石变法"。

变法自熙宁二年（1069年）开始，到元丰八年（1085年）宋神宗去世结束，为期约16年。在宋神宗赵顼的全力支持下，王安石以参知政事而位居权力要枢，得以施展其兼济天下的政治抱负。他设立制置三司条例司，迅速在全国推出青苗法、市易法、免役法、保甲法、保马法、方田均税法、农田水利法等一系列新政，奠定了其惊世雄才的历史地位。

如果要探寻王安石变法的思想轨迹，可以从他10年前两封书信中找到端倪。嘉祐三年（1058年），时任三司度支判官（负责管理全国财政金融的预算收支情况）的王安石给宋朝第四位皇帝写了一封长信《上仁宗皇帝言事书》，共一万余字，其内容几乎涉及北宋王朝的方方面面，包括政治、经济、文化、军事、外交等，可以算是朝政改革的大纲。不久，王判官还写了一封八百余字的短信《上时政疏》。在信中，他劝谏皇上，如果不立即推行改革变法，不整顿朝纲、制定法度、选拔人才，国家就会因"旷日持久，则未尝不终于大乱"。然而，满纸的抱负并没有打动当时的皇帝，直到10年后宋朝第六位皇帝任上才得以施行。

由于改革变法触动了许多人的根本利益，朝野之中反对声浪此起彼伏，强大的反对势力贯穿了整个变法始终。变法之后数百年间，各种观点仍争议不断，并且以贬义居多。然而，有一个事实无可否认：从变法之初朝廷捉襟见肘的财政困境到变法后日见丰盈的国库，宋神宗通过新法积累了大量的财富。哲宗继位时，发现父亲给自己留下了五千余万贯钱财，还有谷、帛二千八百余万石、匹，足够朝廷开支20年。这些财富存放在专门建造的32座库房里。

不仅国库充盈，当时的社会生产经历了变革的阵痛之后也处于良好的发展态势。长期从事宋史研究的历史学家漆侠提及："如果说，宋代的社会生产，在整个封建时代居于两个马鞍形的最高峰，你就应当说，王安石变法时期的社会生产，则居于这个最高峰的最高点。"

把目光转向20世纪30年代美国大萧条爆发时期。时任美国总统的罗斯福实行了一系列经济政策，包括《农业调节法》《国家产业复兴法》《社会安全法》等法案，被称为"罗斯福新政"。新政以增加政府对经济直接或间接干预的方式缓解了大萧条带来的经济危机与社会矛盾，无论是当时的经济形势，还是罗斯福采取的改革举措，都被近代不少专家学者认为与王安石变法有着某种相似之处。

1944年，时任美国副总统的华莱士来到中国访问，多次主动向陪同的官员和专家提到王安石，并称其为"中国历史上推行新政之第一人"。也许，这位罗斯福新政期间担任农业部长的副总统，在全力推动农业改革政策中，仿佛看见了王安石当年推行的青苗法影子。现代新儒家早期代表人物之一、哲学家贺麟曾在一篇文章中有一段这样的表述："华莱士先生来访中国，发表了不少有深远意义的宏论，最有兴味的一点是他特别赞扬我国宋代厉行新法的大政治家王安石……华莱士先生似乎隐约感觉着王安石之行新法与他和罗斯福总统之行新政，有了精神上的契合，他赞扬王安石，不啻异国异代求知己、找同志。"

彼时，距王安石变法落幕已过去859年。

2018年，清华大学出版社出版的《当改革遇见王安石》一书中，也有一段类似的表述："若放眼世界，自14世纪以来，也就是王安石变法的300年后，西方经历了文艺复兴、宗教改革、工业革命、俄罗斯改革、明治维新，以及英国资产阶级革命、法国资产阶级革命和美国独立运动、俄国十月革命，等等，变革席卷世界。今天以及可预见的将来，变革仍将引领潮流。王安石变法体现了顺应历史发展的方位感与方向性，他与宋代社会的变革同频共振，与数百年后乃至当今追求变革的时代精神、世界潮流不谋而合。"

王安石，这位成就了 11 世纪最耀眼变法实践的伟大改革家，仿佛是一位以变革引领世界潮流的先锋。

二

如果说同列"唐宋八大家"的同乡曾巩是"文名太盛掩功名"，那么，"变法"成为标志性符号的王安石则是"功名太盛掩才情"，他笔下的精彩可能不亚于同时代任何一位文学大家。

"翰林风月三千首，吏部文章二百年。老去自怜心尚在，后来谁与子争先。"诗句出自欧阳修《赠王介甫》。身为北宋文坛领袖的欧阳修将王安石比作李白、韩愈，其赞誉不无道理。

虽然以"变法"名动天下，王介甫的另一个身份同样载誉古今——文学家。他在散文、诗词方面的创作一扫宋初时期华而不实的浮艳之风，诗歌有以他名号命名的"荆公体"，散文成就更是了不得。他和欧阳修、曾巩、苏轼等人一道，深入推动了诗文革新运动，使北宋文坛呈现一派新气象，并对宋代和后代文风产生了深远影响。

王安石许多诗词都脍炙人口，但世人鲜有知晓的是，他的文学作品有不少匠心独到之处，"翻案文"便是其中之一。北京师范大学文学院教授康震称之为"翻案诗文第一家"。

最具代表性的作品是《读孟尝君传》，全文仅 90 个字，认为在战国时期享有盛誉的孟尝君并不是真英雄，只不过是一个门下养了许多"鸡鸣狗盗"之流的鸡鸣狗盗之雄。他在文中写道："擅齐之强，得一士焉，宜可以南面而制秦，尚何取鸡鸣狗盗之力哉？"尖锐地指出孟尝君的不足，他认为作为一位颇有声望的人物，应该通过正确的选人用人，帮助国君逐鹿天下。

王安石还有一首关于项羽的诗《乌江亭》："百战疲劳壮士哀，中原一败势难回。江东子弟今虽在，肯为君王卷土来？"指出项羽之败在于失去了人心。康震认为，"翻案文"的写作，属于政治家表达自己意图和心声的一种方式，体现了改革家王安石的个性和气质。

有意思的是，王安石并没想到，800多年后，长时间饱受非议的自己，也成为一位有着极大影响力人物所写"翻案文"里的主角。这个人用30余万字写成《王荆公传》一书，洋洋洒洒地把历朝以来对王安石的贬毁之辞一一驳斥，并留下了一段振聋发聩的评价："若乃于三代下求完人，惟公庶足以当之矣。悠悠千年，间生伟人，此国史之光。"这个人就是全力推动中国近代史上一次重要的政治改革、变法维新运动——戊戌变法的领袖人物之一梁启超。

王安石文风的独树一帜并不仅限于"翻案文"，他还有一则《金陵怀古·桂枝香》被誉为怀古咏史词之绝唱。古典文学研究大家周汝昌评价为"只此一词，已足千古"。全篇写景奇伟壮丽、气象开阔绵邈，其中"千古凭高对此，谩嗟荣辱。六朝旧事随流水，但寒烟衰草凝绿"句，更显出王荆公立足之高、胸襟之广。

"不畏浮云遮望眼，自缘身在最高层。"这句被历代伟人时常提起的诗句，是皇祐二年（1050年）王安石担任鄞县知县期满，返回临川故里途经越州（今浙江绍兴）期间留下的诗句，高瞻远瞩的思想境界和豪迈气概跃然其中。

时年30岁的王安石，在北宋文坛的王者之风或已隐然而现。

透过历史的视角聚焦，把王安石和他的两个政治死敌司马光、苏轼放在一起，竟然有一种交相辉映的效果。截然不同的政见是他们的死结，但他们的出发点都指向同一个方向：重塑大宋王朝的繁盛。

王安石和司马光是北宋政坛的双子座，他们两人都名动一时，都当过位高权重的宰相，对北宋中后期政治产生过重要影响。

司马光一生做了两件大事，都与王安石变法有关联。

在变法过程中，身为保守派领袖的司马光"死磕"厉行新法的王安石，并在就任宰相后将所有的新法全部废除，史称"元祐更化"。

熙宁三年（1070年），司马光因为反对新法，辞去枢密副使一职，到洛阳担任一个闲职，一待就是15年。这期间，他主持编撰了一部史学巨著，这部编年体通史共有294卷，300余万字，书名叫作《资治通鉴》。由此，司马光的《资治通鉴》与司马迁的《史记》并列为中国史学的不朽巨著，被誉为"史学两司马"。

王安石全力推行新法期间，还有另一位堪称"不是冤家不聚头"的麻烦制造者——同为"唐宋八大家"之列的苏轼。苏轼在反对变法的阵营中算不上是重量级人物，但他才华横溢、个性鲜明。他在变法主张刚出来时就给皇上写了一道奏折，直言新法弊端，并充分运用自己的才气写了许多文章攻击新法和嘲讽变法派官员。

起初，王安石视他为眼中钉，准备找个机会治他的罪。《宋史·苏轼传》这样记载："安石滋怒，使御史谢景温论奏其过，穷治无所得。"但是，多年后，苏轼在"乌台诗案"中被构陷入狱并险些被问斩之际，已经二度被罢相的王安石闻讯立即给皇帝上书疾呼："安有圣世而杀才士乎！"

元丰七年（1084年），苏轼专程前往南京拜会王安石，两人共处了近两个月，游玩、喝酒、诗词唱和，相处甚欢。王安石还邀约苏轼在南京买房做邻居。苏轼也动了心思，他在一封回函中提及："轼始欲买田金陵，庶几得陪杖履，老于钟山之下。"

政治纷争归零，文学相交相知。苏轼的个性、气质与王安石并不相同，但他们之间因为博学和才华、诗歌和文章有了英雄惜英雄的相通。这可能是王安石生命中最后的慰藉。

纵观王安石和司马光、苏轼，这三个人当中，王安石和司马光在人品、道德、秉性、为人方面是当世楷模，王安石和苏轼在文章、才华、学问方面也是一时典范。政见上的对立并没有让他们之间没完没了地交恶，反而让人感觉到这几个伟大的人物，在同一个时代迸发出多元的光彩。

宋元祐元年（1086年）四月，一代名相王安石与世长辞。

王安石去世后，已经出任宰相的司马光给朝廷写了一封信，虽然依旧微辞颇多，但其中也提到，"介甫文章节义过人处甚多……光意为朝廷，宜加厚礼，以振起浮薄之风"。苏轼则受朝廷委托给王安石写了祭文《王安石赠太傅制》，文中写道："灼见天意，将有非常之大事，必生希世之异人。使其名高一时，学贯千载，智足以达其道，辩足以行其言。"

这两位王安石在世期间的政敌，不约而同地对他的文事予以高度评价，对于改革之事却甚多非议或者只字不提。王安石的人生在经历了变法的轰轰烈烈和退隐的寂寞寥落之后，终于落下了帷幕，像一位落寞的王者。

抚州市行政中心对面的名人园里，立着一尊雕像——身着官服的王荆公眼望前方，目光坚定而深邃。千百年时光过去，宋时的明月依旧照着大地，临川先生以这样一种方式，回到了故里。

明道二年（1033年），13岁的王安石随父奔丧，第一次踏上故乡临川的土地。他在这里住了3年，也是他一生中在故乡时间最长的一次。

此前，出生于清江县（今樟树市）的王安石已经跟着父亲王益到了不少地方，包括庐陵县（今吉安县）、新繁县（今成都市新都区）、韶州（今广东韶关）等多个地方。故乡在他的眼里陌生而又亲切。3年里，他经常往返金溪外婆家，其间认识了一名神童方仲永。

庆历三年（1043年），刚刚考中进士第四名的王安石回到临川住了几个月。这次归家对于他有着特别的意义，不仅迎娶表妹吴氏完成了终身大事，还遇见了侨居此地的曾巩，两人相见甚欢，随后被曾巩推荐给其恩师欧阳修。这一年，王安石还专程去找了"已泯然众人"的方仲永，并于几年后写成了《伤仲永》。如果没有求学求变求新的精神和实践，神童终将成愚夫。在文章里，世人读到了这样的内涵。

"天变不足畏，祖宗不足法，人言不足恤。"这是政敌司马光在《宋史·王安石传》中对王安石的指责，但从另一个侧面，恰恰体现了王安石改革的决心和勇气。也许正由此，对于"三不足"的攻击，王安石在生前却欣然接受。

正是这种变革的精神，打破了旧王朝万马齐喑的格局，成为王安石身上一个卓然独立的人格符号，也是他对于中国文化最大的贡献。千年后的今天，依然没有过时。

解码《牡丹亭》

明万历四十四年（1616年），67岁的汤显祖在住地临川玉茗堂溘然辞世的那一刻，他不会想到，自己创作的作品，能够延续数百年之久，依旧传唱不衰。

400多年来，以《牡丹亭》为代表的戏曲作品在海内外广泛流传，被誉为世界古典戏曲名著，汤显祖也被联合国教科文组织列为世界历史文化名人。

拂去岁月的尘埃，我们可以窥见，除了《牡丹亭》本身的经典，与这部经世作品相关的种种，竟然也颇具传奇色彩。

一

一部世界级伟大戏剧作品的存世，必定少不了各种相左的看法。关于《牡丹亭》创作地和成稿时间，赣浙两位专家学者针锋相对的意见，以其不唯家乡情的立场赢得了学界的尊重。

按理说，作品的故事由来应该是没有争议的，因为汤显祖在开篇的《牡丹亭题词》中就已经交代得一清二楚："传杜太守事者，仿佛晋武都守李仲文，广州守冯孝将儿女事。予稍为更而演之。"也就是说，《牡丹亭》的故事来白这两个传说。武都守李仲文的故事出自东晋陶潜的《搜神记》卷四，广州守冯孝将的故事出自南朝刘敬叔《异苑》卷八。但是，这两位太守儿女为爱死而复生的故事，似乎只是汤翁卖的一个关子。

20世纪50年代末，有学者根据明代目录学家晁瑮编撰的《宝文堂书目》中的话本《杜丽娘记》和明何大抡辑《重刻增补燕居笔记》中《杜丽娘慕色还魂记》的故事，认定这才是《牡丹亭》故事的源头。

20世纪90年代，江西大余县退休高级讲师谢传梅经过十几年潜心研究，有了新的发现，他在大余搜集到多个版本的类似传说，并查找到南宋大学者洪迈在其著作《夷坚志》和《夷坚志支甲》中记载了两个与《牡丹亭》内容大体相似的故事。所以，谢传梅认为，汤显祖并不只是随意地将《牡丹亭》故事的发生地放在南安府（现今的大余县），其创作的原文也和南安府有着紧密的联系。

在这里，有必要重提汤显祖的一段经历。

明万历十九年（1591年），朝廷发生了一起弹劾案。

在那个朝代，弹劾是一件很普通的事情。由于皇权体制，各种纷争只能由天字第一号裁判定夺，所以弹劾作为各方势力博弈的一种方式，并没有什么大不了。很多臣子只是奉命行事，上朝时刀光剑影，退朝了依旧躬迎揖请。

这起弹劾案在我国数千年的政治历史上只是一件普通得不能再普通的事件，但在中华戏剧史上，却无意间埋下了影响世界的种子。

弹劾的对象叫申时行，曾在明万历年间任内阁首辅。在他任首辅数年间，弹劾者众多，仅在万历十九年，就有多位大臣单独或联名上疏弹劾，其中就有时任南京礼部主事的汤显祖。

和大多数人的命运相似的是，汤主事的弹劾状没有受到神宗皇上的待见，还被反奏为以己之私假借国事攻击首辅。神宗这回倒是信了，一怒之下将汤主事赶出朝廷，贬至南蛮之地的广东徐闻县当典史。

从南京到徐闻要经过江西的一座小城——南安府（今大余县），南安府境内有一座两省交界的大山：梅岭。唐朝以来，梅岭在商业贸易互通等方面一直有着较为重要的地位，被称为中国古代陆上的丝绸之路。出了梅岭，就是荒凉的关外。

也正因此，郁郁的汤显祖在南安府磨叽了好几天。也许是有了感情，半年后，升任浙江遂昌县令的他再次途经此地时，即使是春风得意马蹄疾的汤县令，依旧在此地逗留了好些日子。

究竟是什么吸引了汤显祖呢？

谢传梅考证的当地传奇故事应该就是那个时候进入他的视线的。7年后，汤显祖把那段感天动地的爱情传奇发生地放在了南安府，而不是《杜丽娘慕色还魂记》的广东南雄。《牡丹亭》第十出《惊梦》中借杜丽娘念诵的《乌夜啼》词"晓来望断梅关，宿妆残"，以及杜丽娘生前常向梅树倾诉，死后安葬在梅树下面等多个情节，可见这两次大余之行对汤显祖影响至深。

知名学者徐朔方是这样解读的：由于中国历史悠久，丰富多彩的古代传说自然容易引起人们的广泛兴趣，而汤显祖认为无论是杜丽娘的故事还是大余当地的传奇，整理者都还年轻，故事不够老，难以令人信服，所以才在题词中抬出年代更久远、传播力更广的另外两个类似故事作为话本的佐证。

《牡丹亭》故事的由来，学者们的研究结果稍显温和。但关于创作时间和地点的争议则有一点火药味。一方认为是万历二十五年完稿于浙江的遂昌，另一方则认为是万历二十六年完稿于江西的临川。

"遂昌说"的主要依据来自中国戏剧出版社出版的《中国戏曲通史》，其中写道："大约在投劾回家的前一年，即万历二十五年（1597年），汤显祖写成杰出的古典名剧《牡丹亭》传奇。"剧作家石凌鹤在《凌鹤剧作选》中《遂昌弃官》一节，描写了汤显祖在遂昌的生活经历，其中就有其创作及指导小红演唱《牡丹亭》等情节。

"临川说"的依据则出自中国大百科全书出版社出版的《中国大百

科全书戏曲曲艺卷》汤显祖条目记录："万历二十六年……秋天，从临川东郊文昌里迁居城内沙井巷。著名的玉茗堂和清远楼就在这里，传奇《牡丹亭还魂记》也在此时完成。"我国元明清戏曲小说研究领域的泰斗级人物徐朔方在其编写的《汤显祖年谱》中给予了确认，并在其著作的《汤显祖评传》中提到一个细节：汤显祖"临川四梦"的其他三篇题词所署年份都是创作完成之时，或润色改定的年代。由此推断，《牡丹亭》所题的万历二十六年（1598 年）就是创作及完成的年份。同时，他于《汤显祖全集》中笺注："《牡丹亭》成于遂昌说，难以自圆其理。"

有意思的是，"遂昌说"的主要传播者石凌鹤是江西人，中华人民共和国成立后曾任江西省文化局局长、省文联主席。而"临川说"的主要研究学者徐朔方是浙江人，一直在浙做学问研究。两位专家学者都没有因为自己的省籍身份而影响研究成果，观点的相左或许只是取材和研究方法的不同，这点着实令人敬仰。

回到弹劾案。我们可以大胆臆想，正是那次弹劾未遂的遭遇，大明王朝少了一位有思想的官员，多了一位名动天下的戏剧大师。

这是汤主事为官生涯的不幸，却是世界戏剧史上的幸事！

二

一座名楼的公演瞬间燃爆了世人对《牡丹亭》的喜爱，旋即在戏曲界引发了一场交锋激烈的"汤沈之争"。几百年后，一位名将后代给作品注入了新的青春活力，也成了这部名作走向世界的重要推手。

在汤显祖的那个年代，南昌还不叫英雄城，但在江畔有一座楼阁，从建成之后一直蜚声大江南北，那就是滕王阁。

明万历二十七年（1599 年），几经损毁的滕王阁完成了第五次修建，落成大典选在当年的重阳节。典礼本是一件平常事，但是由于其间的一台戏，让这次的庆典在滕王阁历史上留下了浓墨重彩的一笔，也让这出戏瞬间传唱。

这台戏就是《牡丹亭》。

汤显祖是南昌的熟客，从第一次乡试题名到后来无数次的过境停留，在南昌，他结交了许多文朋诗友。对于滕王阁，他是最熟悉不过的了，多少次对酒当歌，凭江而眺。但是，这次庆典对他来说有着完全不同的意义。

我们无法重现当年公演的盛况，只能通过几条线索来推测演出的效果和影响力。首先是汤显祖本人，很显然他对名伶王有信的表演颇为满意，当场作赋《滕王阁看王有信演〈牡丹亭〉》二首，其中第一首是这样写的："韵若笙箫气若丝，牡丹魂梦去来时。河移客散江波起，不解消魂不遣知。"再就是明代文学家沈德符在《顾曲杂言》中的记录："《牡丹亭》一出，家传户诵，几令《西厢》减价。"

就这样，名楼滕王阁与名作《牡丹亭》完成了一次堪称完美的和谐之舞，那一年的曲艺史上，它们是绝对的主角。

今天，我们登临滕王阁，在第三层中厅的屏壁上，还能看到一幅壁画，这幅2.8米×5.5米的丙烯壁画取名《临川梦》，展示的就是汤显祖在滕王阁排演《牡丹亭》的故事。南昌市社科院特聘研究员、潜心研究"汤显祖与南昌"课题10余年的萧德齐表示，正是在滕王阁的公演，让《牡丹亭》不再限于临川一隅，促其成为传唱天下的名作。而同样是《牡丹亭》，让"江南第一楼"平添了几分文化的厚度。

汤翁在滕王阁迎来了他戏曲人生的一个巅峰，随后则经历了一次纷争，对手是与他同时代的戏曲家沈璟。两位戏曲大师就《牡丹亭》的音律问题展开了一场论战，言辞激烈，被称为"汤沈之争"。

让我们回顾一下这段纷争的来龙去脉：简单地说，就是《牡丹亭》

闻名之后，无论在官场还是民间都非常受欢迎。但是，在千里之外的苏州，一贯严谨的昆曲家沈璟认为《牡丹亭》的唱法是昆曲，但其中有些韵律有明显错误，所以他按照昆腔的韵律进行了调整，并修改了一个话本《同梦记》公开演出。那时没有现代的互联网传播媒介，所以汤显祖很长时间都不知道这事。直到一位友人给他寄了一本《同梦记》的印本，顿时引发了汤翁的强烈不满。

目前汤学研究者引用最广泛的是两段文字，分别代表两人的观点和态度。沈璟提出修改的理由同时，尖锐地指出《牡丹亭》的问题："宁协律而不工，读之不成句，而讴之始协，是为中之之巧。"汤显祖的回击则非常直接和情绪化："彼恶知曲意哉！余意所至，不妨拗折天下人嗓子！"大意就是，沈璟认为《牡丹亭》中的昆曲韵律有些低级错误，而汤翁的反击是谁说《牡丹亭》就是昆曲了，你有那么大本事能让昆曲统一天下？

后来众多汤学研究者对于"汤沈之争"有着各种分析和解剖，有的将两者之争上升到了封建思想与反封建思想的政治高度。有的则将两人的争论提升到了"临川派"和"吴江派"之间的交锋。其中，既有学术之争，又有意气之论；既有基本理论的认识不同，又有历史材料的理解差异。因此，对于"汤沈之争"的研究竟然持续了数百年，依旧未有定论。

真实情况或许并没有汤学研究者们所说的那般复杂和高深。因为"汤沈之争"只是一场隔空交锋，两位当事者虽然同时代却素无交往。支撑这段曲艺公案的依据，就是几封写给第三人的书信。回归到作品本身，也许就是这么简单：汤显祖要求格律服从文辞，服从内容；沈璟则强调文辞服从格律，服从观众。

就在"汤沈之争"绵延300余年之后，在中国台湾，一位名将的后代低调地表明了自己的立场，并给《牡丹亭》注入了新鲜元素。

他叫白先勇，是戎马一生的白崇禧将军的公子。2004年，由他领军打造的昆曲青春版《牡丹亭》被视为不仅唤醒了昆曲的青春，也唤回了《牡丹亭》的青春生命。

白先勇在接受媒体采访时表示，他是9岁那年随母亲第一次去看戏，看到梅兰芳参演的《牡丹亭》时，瞬间就迷上了，此后再没有放下，从此致力推广昆曲《牡丹亭》。2004年4月，青春版《牡丹亭》在台北市台湾大剧院首演，吸引近万名观众，宛如《牡丹亭》滕王阁公演盛况再现。白先生时年67岁。

之后，青春版《牡丹亭》启动了全国巡演、全球巡演。足迹遍及世界各地，受到众多年轻观众的热捧。在一系列的巡演过程中形成了一种独特的文化现象，创造了昆曲演出史上前所未有的成绩。

滕王阁公演、汤沈之争、全球巡演。纵观《牡丹亭》的一件件往事，就如影视剧的情节，峰回路转、高低起伏，最终结局皆大欢喜。其中透露出来的信息，正是以汤翁为代表的众多艺术家对艺术精益求精的追求和《牡丹亭》作品本身不朽的艺术价值。

三

摊开中国地图，一路追随与《牡丹亭》相关的城市，我们会惊奇地发现，大余、遂昌、南昌三地构成了一个等边三角形，而汤翁故里临川，则位于三角形的中心位置。这当然是一种神奇的巧合，或许也是冥冥之中对汤翁的慰藉。

故事发生地大余（南安府）、主政和构思地遂昌、完稿及排演地临川、公演和传播地南昌，这四座城市与汤翁的《牡丹亭》都有着千丝万缕的联系。随着汤显祖和莎士比亚逝世400周年纪念活动越来越近，围绕汤翁及其创作的《牡丹亭》，四城之间隐现某种微妙的文化角力，其中遂昌县最为成功，他们将汤显祖和《牡丹亭》这一文化品牌与遂昌的关联在国内外运作得风生水起。

遂昌，是浙江西部的一个山区小县。明万历年间，汤显祖与遂昌有过整整5年的交集，这也是汤显祖唯一的主政地。他在此地任知县期间，以兴学重教、奖掖农桑、清廉正直、勤政惠民的种种做法，赢得了当地百姓的爱戴。2006年，中国汤显祖研究会落户该县。由中国戏曲学会汤显祖研究分会主办的学术刊物《汤显祖研究通讯》在该县创办；2011年开始，遂昌县与莎士比亚家乡——英国斯特拉福德建立友好关系，并围绕汤显祖和莎士比亚纪念活动进行过多次互动。

如今遂昌更是加快发力，谋划建设汤显祖戏曲小镇。作为该县休闲旅游的龙头，致力于把汤显祖文化打造成遂昌的"金名片"，为城市提升、旅游转型、文化熏陶起到引领和承载作用。仅这一个项目计划年接待游客100万人次，实现旅游收入4亿元。

对此，时任海南省文化艺术学校校长的抚州籍学者龚重谟一度感叹："作为汤显祖出生、成长和终老埋骨的故里，本该作为汤学研究者朝圣地的抚州，为何这般尴尬？"

的确，相比小县遂昌，临川文化所在地的抚州多少显得有几分力不从心。抚州虽然先后建成占地180亩的汤显祖纪念馆和以"临川四梦"为内涵的梦湖、梦岛，举办中国（抚州）汤显祖艺术节、创编汤翁剧目赴浙苏等地演出，等等，但是，在体现汤翁故里的影响力、运用、发掘汤显祖文化资源等方面则稍显吃力。

曾经，在一次专题交流会上，省内外多位艺术家、专家学者就如何打造汤显祖文化品牌提出几项建议。其中包括将汤显祖文化品牌上升到政府文化战略；对玉茗堂等与汤显祖有关的文化遗存进行保护和复建等。数年过去，大部分内容依旧只是停留在建议层面。

2016年1月31日，汇集国内众多曲艺大家的专业学术研究机构"抚州汤显祖国际研究中心"宣告成立。此时，距中国汤显祖研究会在遂昌成立已经过去了10年。尽管如此，这个消息也令不少汤学研究学者感到振奋。中国戏曲学会汤显祖研究分会会长、中国戏曲学院原院长周育德说："中心的成立宣告抚州人士将带领海内外同道把汤显祖的研究推向全面、推向纵深、推向新的水平，也标志着抚州汤显祖的研究站上了一个新的起点。"

四

汤翁已逝，但其经世作品《牡丹亭》中所描述的唯美而纯粹的爱情故事，历经千百年的延续，历久弥香，为越来越多追求自由、向往美好生活的人们所推崇。

"二十年来才一梦，牡丹相向后堂中。"这是汤显祖自己对《牡丹亭》的感慨。我们自然无法穿越时空，回到那个年代与汤翁对话。但我们知道，作为大师情寄于梦的理想，这部作品已经远远完成了对自身理想的超越。

从12岁作的那首诗《乱后》开始学步，纵情50多年的创作生涯，汤显祖在戏曲上的努力只占毕生劳绩的一小部分，但他一生的意义以及对中国乃至世界的主要贡献都集中于此。《牡丹亭》应是汤翁毕生精力和全部艺术才华的结晶，其中表现的不仅仅是他本身的艺术成就，也是我国历代文化艺术厚重积淀的集中体现。今天，我们以不同的方式纪念一位伟大的先贤，其实也是在向源远流长、博大精深的中华民族文化致敬。

所以，汤翁在400多年前创造的那个美丽梦境，随着岁月的流转，并没有淡薄丝毫。其间构筑的一个个极富想象力和创造力的现实空间，依旧激励着古今中外一代又一代的人们，去努力追求和探寻艺术的高度。

汤翁的江湖

这个九月，中华大地的文化焦点毫无争议地属于一位古人。

虽然已经辞世400年，但他留下的作品被列为世界古典戏曲名著，在世界各地广泛传唱，成为研究戏剧文化的专家、学者们取之不尽、用之不竭的艺术源泉。

他在作品中营造的一个个关于青春、自由和真情挚爱的梦境，一个个生动鲜活、勇于挑战世俗、拥抱爱情的人物形象，成为古今中外众多恋人终生向往和追求的标杆。

他被联合国教科文组织列为世界历史文化名人，被誉为"东方的莎士比亚"，被奉为人类世界当之无愧的戏剧大师。

他，就是汤显祖。

拂去岁月的纤尘，探寻一代戏剧大师的人生轨迹，我们可以清晰地看到，作为汤翁艺术和精神家园的寄托之所，临川被赋予了更多的文化内涵。

一

一座文昌桥连接的历史往事，两位老师倾心倾力地传授，从12岁行文《乱作》到生命最后时分的《忽忽吟》，五十五载的文字岁月里，无处不在的古临川积淀了汤翁的梦想与现实。

每座城市都有自己历史的符号，那是城市的文化印记。抚州的文化印记中，最没有争议的当数文昌桥。

明嘉靖二十九年（1550年），发生了一件令明世宗心惊胆战的大事。时年六月，来自蒙古的鞑靼部俺答汗率兵绕过大同，直下通州，进逼北京。在江西籍权臣严嵩授意下，带兵大将奉行不出兵战略，任由蒙古兵在城外大肆抢掠。史称"庚戌之变"。

两个月后，在距严嵩家乡百余公里的临川，也发生了一件影响世界戏剧界的大事。一名男孩诞生于文昌桥东的书香门第，父亲希望他能够光宗耀祖，取了个很直白的名字：汤显祖。

文昌桥一直陪伴着汤显祖的成长。不过，47年后的两度交集，使两者产生了更为深远的影响。潜心研究汤显祖艺术20余年的抚州市退休干部杨友祥在查阅了大量的史料后发现，汤显祖曾经两修文昌桥。

明万历二十二年（1594年），文昌桥因火灾损坏，县里无钱修复。正在浙江遂昌任知县的汤显祖得知后，当即动员家人捐助了2个桥墩的资金，不过由于缺口太大，11个桥墩最终只修好了4个。三年后，弃官回乡的汤显祖拜访了主修大桥的临川驿丞孙耀祖（又一个被长辈寄予光宗耀祖期望的实干家）、抚州同知（相当于副知府）朱于赞，并针对存在的各种困难提出解决方案：官民齐心协力；集中能人和劳力；发动乡绅集资。最终，大桥在次年修好。关于这件事，汤显祖在《临川县孙驿丞去思碑》中有记述："为大吏三五年，偷以去，固不如孙君力成一桥，功德于民不朽。"

明万历二十九年（1601年），文昌桥再毁于水灾。汤显祖找到抚州知府苏宇庶商议，总结以往修桥的经验教训，决定把桥面上的木板改为石板，并适当增加桥拱高度，确保水火无虞。新桥修复后，汤显祖满腔热情地写了《苏公眉源新成文昌桥碑》，记述知府公德以及其他捐助者的善举。

两修文昌桥的往事是汤显祖为临川的文化符号倾注的深情，而对徐良傅、罗汝芳两位老师的终生怀念则是对师恩的感激之情。两位老师对于汤翁日后的成就有着至关重要的意义，因为一位是文学启蒙，一位是思想启蒙。

　　徐良傅，江西抚州东乡人，曾先后任江苏武进县令、吏科给事中。这给事中可了不得，专事给官员找问题行弹劾，由于其为官清正处事果断，忤逆权贵被贬为民，在临川拟岘台讲学。徐良傅的官场不如意却给13岁的汤显祖送来了一位良师。其间，徐良傅先生授之以《左传》《史记》及唐宋八大家的古文，一些经典的文章要求倒背如流。对此，汤显祖深感受益，以至于16岁那年对于老师的辞世悲恸不已，连续写了《拘徐子拂先生》和《哭徐先生墓归示其季子一议》两首吊唁诗。

　　之后成为汤显祖老师的罗汝芳是抚州南城人，历任太湖知县、山东东昌太守、云南省参政等职。他的哲学思想深深植入了汤显祖的心底，两人亦师亦友。汤显祖对他的感情从两件事上得到了体现。万历十一年（1583年）汤显祖中进士，想到的第一个人便是罗汝芳，写下《奉罗近溪先生》，报告喜讯。5年后，罗汝芳辞世，悲痛万分的汤显祖在给恩师的诗集作序中写道："夫子在而世若忻生，夫子亡而世若焦没。"及至万历二十七年（1599年），汤显祖弃官归乡，还专门陪同他一生最为倚重的达观禅师专程赶赴南城凭吊，留下了"空宵为梦罗夫子，明月姑峰一线天"的感人诗句。

　　杨友祥经过多年研究后认为，汤显祖之所以对两位恩师这般深情，除了他本人的真性情，还有就是两位良师的教授，使汤显祖的思想和文学风格逐渐形成，并对其"临川四梦"和其他文学创作有较为深厚的影响。

　　有一点是肯定的，两位良师的教授，给汤显祖打开了一扇思想与艺术的大门。在之后的岁月里，这位从12岁开始吟诗《乱作》的少年，携着许许多多的诗文、戏曲作品，从文昌桥一步步迈向了戏曲艺术的巅峰。直到很多年以后，沿着文昌桥回到故里，终其一生。

二

一生行走四方，生于斯长于斯逝于斯的依旧是故土临川。"临川四梦"有三部半在临川完稿和排练，最具影响的理论作品在临川完成。作为其大半生的栖息地，古临川的烟波最终成就了汤翁的江湖。

"远色入江湖，烟波古临川。"这是汤显祖吟唱家乡临川的诗句，字里行间，蕴含的是汤翁对家乡的浓浓深情。

翻开汤显祖年谱，我们可以发现，汤显祖一生，除了从34岁那年因春试上榜离开临川试政北京礼部，到46岁向吏部告假还乡的12年，其余55年时光，都是以临川为主要活动地。虽然其间常有出游、考试，但到了后期，除了偶尔去豫章府（南昌）拜见故人，基本上都在临川。巧合的是，从12岁创作诗文算起到最后的绝笔，汤翁从事文艺创作的时间正好也是55年。

说起来，汤显祖"临川四梦"中唯——一部在他乡完稿的戏曲作品《紫钗记》还颇费周折，时间跨度达10年。国内知名的元明清戏曲小说研究专家、浙江学者徐朔方在汤显祖所写《玉合记题词》中追忆《紫箫记》的创作情况中发现，在其28至30岁之间，创作了这部反映爱情传奇的戏曲作品。不过，汤显祖本人似乎并不满意这部作品，写了一半就将其束之高阁。直到万历十五年（1587年），37岁的汤显祖任南京詹事府主簿时，将其重新进行修改，定名为《紫钗记》。即使如此，加上《紫箫记》的创作因素，可以说是一半在家乡一半在他乡。

万历二十三年（1595年）在汤显祖的生命中是个至关重要的节点。

他做了两件事：一是率性离任，时任遂昌县令的他向朝廷告假还乡，并没有等吏部批准，就先行挂冠走人了，为官生涯至此终结；二是回到家后专心戏曲创作，于时年七月推出了一部堪称惊天地泣鬼神的旷世作品——《牡丹亭》。

在临川这个文化厚重之地，汤显祖创作的灵感得以完全激发。他以每两年推出一部作品的速度，先后完成《南柯记》《邯郸记》。至此，"临川四梦"宣告合体，一代大师傲然出世。

次年，就在人们都认为"临川四梦"是汤显祖的最高成就之际，大师创作了一篇鲜为人知的作品《宜黄县戏神清源师庙记》。

这是一篇关于戏曲理论的文章。汤显祖在文章里写道："生天生地生鬼生神，极人物之万途，攒古今之千变……恍然如见千秋之人，发梦中之事。"学者从与汤翁同时代的另一位英国剧作家莎士比亚的作品《哈姆雷特》中找到了相似的论述："从戏曲产生之始以至今日，它过去和现在的目标，可以说都是为现实高悬明镜，反映道德的真际而鄙弃它的假象，为时代的演变和风尚描画出它的形貌和举止。"

在这篇理论文章中，汤显祖说戏曲是大千世界的忠实再现。从古代现在以至梦幻，从神灵英杰到凡夫俗子，应该无所不包。无论忠奸贵贱、美丑善恶，一切人生万象都要在忠于现实的艺术明镜中得到反映。在现实社会中情有善恶之分，在戏曲舞台上却不妨一视同仁地给予细致准确的艺术表现。善恶不是由剧作家的主观意愿直接向观众表白，而是让观众从艺术形象所反映的现实本身作出自己的判断。舞台上的人物既可以有善有恶，也可以有比较复杂的善恶参半或引起争议的人物，他们又善又恶，或者可憎可鄙而不妨令人悲悯或同情。

如果把汤显祖的作品和这篇理论文章结合起来看，《紫钗记》的李十郎、《南柯记》的淳于梦和《邯郸记》的卢生都不是非善即恶、非恶即善的简单化人物，同时却又带有明显的倾向性。我们由此可以明晰，这是汤显祖表导演艺术的要旨，也被戏曲业界尊称为戏道。

徐朔方在他的著作中这样评价："《庙记》是我国古代戏曲理论的重要文献，无愧为中国戏曲表导演艺术的奠基之作。今天的戏曲艺术工作者在批判地继承古代优秀文化遗产的基础上，仍然可以从它那里得到有益的启发。"

至此，汤显祖的戏剧作品已经全部完成，坐拥极具文化底蕴的小城临川，终于奠定了其在世界戏剧界的江湖地位。

三

汤显祖的艺术成就和其生长的这块土地密不可分，并且相依相成。我们甚至可以这样理解：厚重的临川文化成就了名动天下的戏剧大师。同时，没有汤翁的临川也是一种文化的缺失。

"邺水朱华，光照临川之笔。"这是初唐四杰之一的王勃在《滕王阁序》中对临川的赞美。东汉和帝永元八年（公元 96 年），置临汝县，公元 237 年，建临川郡，郡治设在临汝县。

纵观历史，古临川治属相当于现在抚州市的绝大部分，并囊括了庐陵、豫章、瓯闽部分。东连吴越，西接潇湘，南控闽粤，北襟江湖，横跨吴、越、楚三地，为古代通往闽粤沿海地区的要冲。荆楚、吴越文化交会于此，中原、闽粤文化滋润其中。悠久的历史、丰厚的文化积淀、优越的地理位置，孕育出灿烂的"临川文化"。

"临川才子"是"临川文化"的得意之笔。自古以来，临川才子之多向为世人瞩目。此地涌现的才子群体璀璨夺目：王安石、曾巩、晏殊、晏幾道、陆象山、乐史、李觏、吴澄、谭纶、吴与弼、罗汝芳等等，都是临川（抚州）古代才子群体中的佼佼者。这些大家在中国文化发展进程中，有着非常高的历史地位。"宋词四开祖，临川有二晏"，"唐宋八大家，临川有荆公"，"江南四才子，陈、罗和章、艾"。

不仅仅本土才子，由于历史的机缘，众多名人、学士都在这里任职和宦游，东晋大书法家王羲之、唐朝书法家颜真卿、南朝诗人谢灵运、南宋诗人陆游等，曾在这里为官。由此沿袭数百年的文化之邦、才子之乡，也成了历代名人、墨客聚会之地。宋代诗人黄庭坚、梅尧臣、范成大，明代思想家李贽、徐霞客也都来过此地游览或常驻。《世说新语》的编著者刘义庆袭封临川王。这些名人、学士在临川留下了大量遗墨华章，为闪光的临川才子群体增添辉煌。

同在文昌里出生和成长的抚州市作家协会主席刘国芳提起自己和汤显祖共同的出生地，用了一个当地人使用频率最高的昵称：城外。这个"城外"并没有丝毫瞧不起的意味，反而充满了亲切和深情。几年前，他的一篇小小说作品入选韩国小学教材，他接受文友的祝贺时坦言，文昌里的一草一木都承载着厚重的临川文化，这种独特的意境赋予了自己源源不断的创作灵感。遥想数百年前，汤显祖也在这里，文思泉涌。

刘国芳以亲身的感受大胆陈言："正是因为在临川这块有着厚重文化底蕴的土地上，汤显祖才能成就为汤显祖。换个角度，如果没有汤显祖，少了一位能够在全球范围广为人知、与莎士比亚影响力比肩的戏剧大师，临川文化自然也会有所缺失。"

其实，临川给予汤显祖的不仅仅是文化底蕴这种稍显空灵的氛围那么简单，在汤显祖最困难的时候，这里还是他得以生存的大后方。我们查到了一封很容易令人忽视的家书，从中可以窥见汤显祖一段曾经窘迫却生动的经历。

万历十六年（1588年），江南一带因头年水灾而出现大饥荒，引起米价腾贵，随后疫病流行。当时正在南京任詹事府主簿的汤显祖需从老家运米接济，父亲捎来了一封信要他节省。此时，他又收到一个亲戚因面临断炊写来的诉苦信，汤显祖写诗安慰他，题为《内弟吴继文诉家口绝粮有叹》。其中有解嘲的内容："汝祖长沙王，汉册远有耀。千秋子孙大，旧日衣冠妙。"也有心情黯淡的成分："今年普天饿，非汝独愁叫。"从这个细节可以得知，汤显祖在很长一段时间里，吃的都是运自千里之外家乡的临川米。

所以，我们可以理解，为何在遂昌为官一任赢得了那么好的名声，受到当地百姓那么热烈的拥戴，汤县令依旧一纸请假书发往朝廷，并且不等批准就挂冠离任返乡。因为，在他的血脉里，深蕴的是临川文化的根，是临川才子的情，还有临川的水土和粮食。

回到家乡后，汤显祖做的第一件事就是修建住处——日后赫赫有名的"玉茗堂"。这绝不仅仅是汤翁信手拈来的一个附庸风雅的名号，其实大有讲究。

徐朔方教授经过认真考究，发现玉茗得名于宋代抚州州官衙门东院的一株白山茶花。南宋景定元年（1260年）州官家坤翁为此作了一则《玉茗亭记》。三个世纪后，汤显祖弃官南归，在扬州写的《琼花观二十韵》说："四海一株今玉茗，归休长此忆琼姬。"立意分明出自《玉茗亭记》。黄心绿蕊、气质高洁的玉茗花在他心目中已然是故乡和退隐的象征。

在《紫钗记》第一出《西江月》中，汤显祖写道："点缀红泉旧本，标题玉茗新词。"据此，我们可以推断，对于身在南京的汤主簿而言，玉茗堂与其说是具体建筑物的名号，不如说是汤翁借以言志抒情的载体。

四

在文昌里穿行，随时都有一种时空的穿越感。似乎在某一条古老的青石板街道，或者在某一幢老建筑前，或者在某一间被岁月雕琢成黑褐色木板屋的转角处，都能够与汤翁交会。

见证了汤翁一生艺术繁华和最后岁月的玉茗堂已经荡然无存，但文昌里还在。

这里曾经是临川老城最繁华的商业街区，被誉为当地的"历史档案馆"和"老城博物馆"。千百年来，中西文化、商户民众，在不到两平方公里的地方和谐地交融。

这里有名扬江南的千年古刹——正觉寺，有见证数百年抚州商贾云集的人脉聚集地——玉隆万寿宫，有始建于1908年的全省重点开放教堂——圣若瑟天主大教堂，还有众多世代未曾搬离的普通居民。

这里是汤翁故里，是汤显祖的出生地、成长地和安息地。当地人称此地为"汤家山"。这里孕育了一位世界历史文化名人。闻名天下的戏剧巨匠已经成为文昌里永恒的记忆。

遥想数百年前，这里必定留有汤显祖各个时期的印记：年少时期的纵情奔跑，青年时代的激情洋溢，中年时分的稳重徘徊，年老之际的静默沉思。

虽然，临河而建的明清老街店铺已经呈现出掩不住的破败之相，行走其间，我们却依然能够触摸到一抹挥散不去的凝重。

近眺抚河的烟波，那分明是对汤翁戏梦江湖的守望。

大师的世界

公元 1616 年，是人类戏剧史上最为黯淡的年份。

这一年，英国的威廉·莎士比亚、西班牙的塞万提斯·萨维德拉、中国的汤显祖先后辞世。

然而，三位世界级文学戏剧大师，生前在地球的不同地方，用自己的艺术追求和惊世作品，共同划亮了这个星球戏剧艺术史上最为璀璨的一道光芒。

这是巧合，更是一个不可思议的奇迹。

一

若是给三位戏剧大师排座次，我们会发现各有所长：按年龄塞万提斯居长，论官职汤显祖为高，较财富莎士比亚最多。他们在不同的世界里演绎着各自的精彩，然后不约而同地在同一年向世界告别。

明穆宗隆庆四年（1570 年），有两场分别发生在东西方的战事影响深远：在东方，日本爆发了姊川合战，织田信长大败浅井、朝仓两家族，使日本持续百年的战国乱世走向终结；在西方，丹麦和瑞典为争夺波罗的海控制权长达 7 年的战争结束，双方缔结了《什切青和约》。

这一年，担任主教侍从的西班牙人塞万提斯离开教廷，参加了步兵团，开始真正意义上的军旅生涯。不幸的是，他在次年的一场战役中左手被打残。在东方，被寄予光宗耀祖厚望的汤显祖开始踏入另一个战场：秋试以第八名中举，但幸运并没有持续，他在次年的春试中落第。而此时，三人中的小弟莎士比亚还在英国他老爸担任镇长的斯特拉福德小镇上撒野，过着童年最后无拘无束的好日子，次年他进入当地一家文法学校读书。

到了万历十六年（1588年），不愿结交权贵的汤显祖在官场上跌跌撞撞，正七品官职被改任从七品的南京詹事府主簿。即使如此，在塞万提斯眼里，中央大员的身份也值得羡慕。因为他虽然刚刚担任皇家军需官，但还得四处奔波，为西班牙无敌舰队和陆军采购军需品。而比他们小了十多岁的莎士比亚，在经历了几年马夫、杂役、演员、剧院股东等不同身份的磨砺之后，身为伦敦"漂族"的他开始独立创作剧本。颇具戏剧性的是，正是这一年，英国皇家海军大败塞万提斯供职的西班牙无敌舰队。这一喜讯对莎士比亚影响非常大，以至于他之后几年创作的作品都充满着明朗和乐观的气息。

由此可知，在汤显祖和塞万提斯还只是把写戏当成业余爱好之时，莎士比亚已经开始以戏剧养家糊口了。或许，这也是最终他创作的戏剧作品数量最多、流传最广的原因吧。

十年后，功成名就、家境富裕的莎士比亚回到故乡添置房产，受当地一位很有名望的勋爵推崇，进入了贵族的文化沙龙，有了一个观察和了解上流社会的窗口。巧合的是，汤显祖也在这一年辞去遂昌县令回到家乡临川，用多年的积蓄修建了宽敞的住所玉茗堂。而"长兄"塞万提斯没有办法回到故乡，更没有钱修建、购置房产。刚刚结束人生第二次牢狱之灾的塞万提斯，还在流离失所，鸣冤喊屈。

英国儒略历1616年4月23日（较公元纪年晚11天），52岁生日当天，莎翁因病辞世，给世界留了一个遗憾。由于他的贵族身份，得以安葬在英国圣三一教堂。8天前，莎翁给世人留了一个谜团，他修改了那份著名的"莎士比亚遗嘱",长女一家获得了大部分财富,二女婿没有得到一英镑,给妻子只留了一张"次好"的床。

1616年4月23日,西班牙的塞万提斯在病痛中辞别人世,享年69岁。他被草草安葬于一家修道院的墓地,没有立墓碑。令人尊敬的是,贫寒的身世并没有影响其对生活的乐观,去世前5天,塞翁还为自己的小说写了《向莱穆斯伯爵致辞》章节。200年后,西班牙为他建立了一座纪念碑,并在马德里广场上立了一尊堂吉诃德和侍从桑丘的雕像。

三个多月后的7月28日,在地球的东半球,病重的汤显祖突然精神大好,他让家人拿来纸笔,写下一首《忽忽吟》:"望七孤哀子,不如死。含笑侍堂房,班衰拂蝼蚁。"这是他留在世间最后的绝唱。次日,汤翁在临川玉茗堂逝世,享年67岁。

"不求同年同月同日生,但求同年同月同日卒。"这本是古代爱情戏里最为感天动地的誓词。三位素未谋面的世界级戏剧大师,竟然以这样一种交集,走完了人生的最后岁月,给世界留下一声叹息。

二

三位大师在生前没有过任何的交流和联系,甚至从未知道对方的存在。但是,在几乎相同的时间轴,他们各自创作出一批影响世界的作品,共同铸就了人类文学戏剧史上的辉煌。

如果说地处欧亚大陆不同地方的三位文学戏剧大师人生际遇冥冥中有些不可思议的巧合,那么,他们的戏剧文学创作及成就竟然也隐含着某个相同时间点的关联,着实令人赞叹。

1585年,38岁的塞万提斯完成了第一部小说《加拉特亚》(第一部),同年还出版了《阿尔及尔生涯》《努曼西亚》两部作品。明万历十五年（1587年），时年38岁的汤显祖将他的未成稿作品《紫箫记》改编为《紫钗记》。14年后的1601年，在英国的莎士比亚完成了传世代表作《哈姆雷特》，时年也是38岁。

这并不是他们创作生涯唯一的不约而同。穿越时空隧道，我们可以发现很多时候，从未谋面的他们，其实都在用作品互相致意。

1598年，英国大学士F.米尔斯在其《智慧的宝库》中，称赞莎士比亚的喜剧、悲剧都"无与伦比"之际，东方的汤显祖则在家乡给他的旷世之作《牡丹亭》写题记。这部作品的问世，宣告了一代戏剧大师的诞生。这一年，刚刚走出监狱的塞万提斯创作了一批诗歌、十四行诗和歌谣，其中有些作品运用到了日后他的戏剧作品中。

1605年，高产的莎士比亚连续推出另外两部惊世作品《李尔王》和《麦克白》。塞万提斯出版了那本奠定其世界级文学大师地位的作品《堂吉诃德》（上卷）。此时，汤显祖则正在忙着将自己的几部重要作品结集成册，次年，《玉茗堂文集》在南京出版。

不仅是作品创作的时间轴，三位大师作品中所蕴含的时代意义和表现手法都有着极大的共性。

英国作家萨尔曼·拉什迪曾经为《新政治家》撰写过一篇专栏文章，比较了莎士比亚和塞万提斯之间的异同。在文章里，拉什迪这样写道："塞万提斯和莎士比亚几乎没有可能打过照面，但你越是仔细阅读他们留下的作品，你就能听到越多的呼应回响。对我来说也是最宝贵的一个共同之处，就是宣告一部文学作品无须仅止于喜剧的、悲剧的、浪漫的，或政治的。这两人对底层生活和崇高理念都同样着迷并且擅长，他们笔下一系列的恶棍、小偷、酒鬼可以在同一家小酒馆里各得其所。"

已故的我国戏曲研究家赵景深在《汤显祖与莎士比亚》一文中指出两人作品的相似之处：创作内容都善于取材自他人著作；不守戏剧创作的"清规戒律"；剧作最能哀怨动人。

当我们把目光回溯到 1599 年，会惊奇地发现，那一年西方的伦敦和东方的南昌，都在为当地演出的一部戏剧作品满城倾倒。而这两位戏剧家和他们的作品，很长一段时间为各阶层民众狂热追捧。

时年，莎翁的喜剧作品《温莎的风流娘儿们》在伦敦环球剧场演出，观众经久不息的掌声把整个舞台都震得晃动起来；在千古名楼滕王阁，汤翁的《牡丹亭》公演，盛况空前，一时间"京华满城说《惊梦》"。

也许，提及戏剧作品，我们就会想到阳春白雪和达官贵人。其实，影响最为深远、最经得起时间考验的作家和作品，往往是最贴近生活、最贴近群众的作品。

通过戏剧成就获得世袭贵族称号的莎士比亚，其作品热情的"粉丝"不仅有贵族，更多的是普通百姓，许多作品内容甚至充满了市井气息；历经人生坎坷的塞万提斯，其创作的堂吉诃德形象，正是对普通民众生活和人生态度的真实反映；汤显祖则更加鲜明，虽然官至南京主事，还曾主政一方，但其创作灵感、作品所反映的人物和故事，无不与普通百姓息息相关。

最大众的，就是最艺术的。

三

400 年后，大师们的故乡相互缔结友好城市，世界各地的人们以不同方式传递着纪念之情。而他们的作品，经常穿越时空，在同一个舞台上演出，向世人呈现一幕幕永不褪色的经典。

2016 年 4 月 22 日，莎士比亚的家乡、英格兰中部城市斯特拉福德区举行了一场汤显祖和莎士比亚逝世 400 周年研讨会。该项活动由中国人民对外友好协会、江西省人民对外友好协会、莎士比亚基金会等单位共同主办。会上，汤翁出生地抚州市与莎翁出生地斯特拉福德签订了缔结友好城市关系协议。抚州市政府向莎士比亚出生地基金会赠送了一尊铜像，铜像画面是汤显祖和莎士比亚一人执毛笔一人执鹅毛笔，相互对视，仿佛在做着无声的交流。塑像将放置在莎士比亚故居，还有一尊同样的塑像安放在抚州市汤显祖纪念馆。

两位戏剧大师在辞世 400 年后，以这样的一种方式实现了历史性的"面对面"。

4 月 23 日，塞万提斯的家乡——西班牙马德里阿尔卡拉市，抚州市文化交流考察团一行参加了该市举行的"纪念塞万提斯逝世 400 周年"系列活动，并与西班牙国王和王后同台参加了西班牙政府举行的"塞万提斯文学奖"颁奖会。在活动现场，双方相互交换了文化礼品，确定今后要加强两市的文化交流。

2016 年是三位大师逝世 400 周年的纪念日，纵观各国对大师的纪念活动，我们可以发现，英国政府和民众对莎翁及其作品的追捧程度最甚，已经成功把莎士比亚打造成了英国的"软实力"。

我们不妨把目光移到 4 月 23 日的英国，可以列出长长一份与莎翁相关的节目单：作为莎士比亚纪念剧场一部分的古建筑"天鹅翼"修缮完毕对外开放；莎士比亚最后 19 年所居住的寓所新宫重建完成；莎士比亚曾经就读的，位于埃文河畔斯特拉福德的爱德华六世国王学校首次对公众开放；莎翁版伦敦地铁路线图开卖（这份路线图站名和路线变成与莎士比亚有关的事物，包括莎剧中的人物名等）；当天，英国王储查尔斯来到斯特拉福德观看表演，并向莎士比亚的墓地敬献花环。此前两天，他用莎翁作品中的一句台词向母亲、英国女王伊丽莎白二世 90 岁生日祝福；正在英国访问的时任美国总统奥巴马探访伦敦莎士比亚环球剧院，观看了话剧《哈姆雷特》的演出……

英国国家社会研究中心做的调查表明，莎士比亚被认为是"英国特性"之一，并位列榜首。该国历史学家西蒙·沙玛勋爵提出"莎士比亚创造了英格兰"。英国文化委员会在相关的调查中用一段这样的文字进行描述："莎士比亚是英国最成功的文化出口产品之一，对英国经济的贡献巨大。很多人因为莎士比亚，才对英国产生好感，继而选择来英国旅行。"

在西班牙，除了由国王和王后参加的官方纪念活动，民众采取了另一种有意思的仪式来纪念塞万提斯逝世400周年。2016年4月22日，马德里街头，成千上万市民自发参加了一次"模仿送葬"活动。民众们手执传统的火把，推着二轮车做成的棺椁小车，从四面八方聚到马德里广场，为400年前因贫苦而孤寂去世的大师"补办"一场隆重而深情的送葬仪式。

2016年9月24日，抚州成了全世界"共同纪念"活动的关注焦点。当天，由江西省人民政府和全国对外友好协会联合举办的"共同纪念汤显祖、莎士比亚、塞万提斯逝世400周年活动"正式开幕。包括厄瓜多尔、智利、吉布提三国驻华大使，英国驻华使馆区域合作参赞、驻广州总领馆代总领事，西班牙驻华使馆副馆长、文化参赞，美国驻武汉总领馆总领事等重要外交官员在内的12个国家和港澳台地区120多名宾客参加了共同纪念活动。

在纪念活动现场，英国莎士比亚时期的生活场景、西班牙文艺复兴时期的民族特色、中国古老悠久的民族风情等历史和文化，通过各国的特色文艺表现，在抚州交相辉映。活动期间，还举办了驻华使馆官员"中国文化行""当莎士比亚遇见汤显祖"等系列中外文化交流活动。抚州市与英国斯特拉福德区签订了进一步加强友好交流合作关系备忘录，在汤显祖纪念馆开设了莎士比亚、塞万提斯展区。

这里还要提及一个国内的山区小县——遂昌。

遂昌，是浙江西部的一个山区小县，汤显祖与遂昌有着深厚的历史渊源。明万历年间，汤显祖在遂昌任知县5年，他兴学重教、奖掖农桑、驱除虎患、纵囚观灯、清廉正直、勤政惠民，赢得了遂昌百姓的爱戴，口碑载道，至今不替。今天，遂昌人称，汤显祖享誉世界的代表作《牡丹亭》即酝酿于此，并打出了"天下汤学看遂昌"的口号，全面实施汤显祖文化发展战略。

中国汤显祖研究会在这里挂牌；创办中国戏曲学会汤显祖研究分会会刊《汤显祖研究通讯》；与莎士比亚家乡——英国斯特拉福德建立友好关系，并共同举办纪念二位大师的活动；将昆曲《牡丹亭》送到斯特拉福德公演，被誉为"促成了莎翁和汤翁的首次近距离对话"。

仅仅依据在当地为官5年的史实就把汤显祖和《牡丹亭》这一文化品牌在国内外运作得风生水起，遂昌堪称文化名人效应运作的城市典范。

汤显祖这位"文章超海内，品节冠临川"的戏剧大师，在辞世400年后，依旧散发出耀眼的时代光芒。

无论是官方还是民间，所有的纪念活动都是一种对大师的缅怀方式，他们的作品才是留给世人永远的财富，并早已实现了相互间无界限的跨国交流。

王曙萍，抚州市艺术创作研究所所长，抚州采茶戏《牡丹亭》中柳梦梅的扮演者。2016年4月23日，她随抚州市代表团飞赴大洋彼岸参加莎士比亚逝世400周年纪念活动。活动期间，她和同事们在斯特拉福德小镇的街头、莎士比亚故居花园、利兹大学剧场等多地演出《牡丹亭》中的经典曲目。演绎这个剧目20余年的王曙萍认为，这次的演出和以往相比意义非同一般，因为这是在与汤翁同时代的戏剧大师莎翁的家乡，身为汤显祖作品的推介者之一，演出能够得到当地观众的认可，她感觉非常荣幸和自豪。

几个月后，相距万里的中国抚州，现代化气息浓厚的临川大剧院舞台上，来自英国利兹大学舞台学院的学生演出了一场精彩的汤翁作品《南柯记》，获得了观众的呼声和好评。而抚州市的中小学生则认真演出了一幕莎翁作品《仲夏夜之梦》，并赢得了阵阵热烈的掌声。

可以想象，正是许许多多像王曙萍这样的文化使者，他们来自不同国度，有着不同肤色，在世界各地倾力演绎大师们的作品，并通过这样的一种方式，实现中西方文化交融和传播，致力延续和传承大师们留下的永不褪色的文化遗产，并以这样的一种方式，对东西方的历史和文化表现出开放包容、互学互鉴的美好愿望。

优秀的艺术作品从来不仅仅是作品本身的呈现。虽然身处完全不同的社会环境和文化背景，但他们骨子里却都深深地镌刻着人文主义，作品里洋溢着浓郁的浪漫主义气息，两位大师不朽的才华与人性的光辉始终照耀着人类文明前进的脚步，几百年来从不曾暗淡。

四

"情不知所起，一往而深，生者可以死，死可以生。"这是汤显祖在其经世名作《牡丹亭》题记中的一段文字，更是大师们生前对艺术的追求和在世界艺术史地位的真实写照。

八月的一个午后，抚州。

在抚州人民公园幽静的角落，可以看到一方拱状环抱的建筑物：汤显祖墓地。墓地前一块大理石墓碑，上面写着"汤显祖之墓"。墓地后方，是一个简单的亭子，上书"牡丹亭"。公园里人来人往，却几乎没有人会在墓前停留，或者将视线往墓地扫一眼。其实，这只是一座衣冠冢，汤翁的墓地原址，与那座曾经见证了汤翁成长和最后岁月的故居玉茗堂一样，早已荡然无存。

名动天下的汤显祖，就以这样的一种方式，静静地存在着。

在英国，莎士比亚安息地的圣三一教堂，早已成为当地最知名的景点，是当地居民，或者外来访客必去的所在。在西班牙，虽然塞万提斯的墓地无法找到，但纪念碑所在地已成为当地人心目中的圣地，每逢节假日或纪念日，人们都会主动聚集于此，共同缅怀。

如今，大师离开我们已经 400 多年。我们身处的是一个前所未有的物质丰富时代，也是一个越发喧嚣和浮躁的时代，我们的内心充满了前所未有地迷惑。

我们自然无法穿越时空，回到那个时代感受大师的智慧，只能伫立墓前，以这样的方式，向这几位伟大的文学戏剧巨匠致敬。幸运的是，我们还可以通过阅读和观看他们传唱至今的作品，净化自己的内心，回归一抹宁静。

大师身后的世界，深邃而悠远。

千年曾巩

他是唐宋八大家中最鲜为人知的一个，现代人很少读过他的诗文。

他被朱熹尊为"醇儒"，深得欧阳修赏识；王安石、苏东坡对他敬佩有加。

回望近千年的时光，在恍恍惚惚的岁月长河里，我们可以窥见一位清瘦而坚定的身影，以及他身上的符号：好人、好官、好文章。

他是曾巩，字子固，号南丰先生。

一

面对屡屡落榜的失意和接踵而来的磨难，曾巩没有消沉颓废。反而以一份忍耐退守的人生态度，以及平和勤谨的处世方式，成就了一段身处乡野、名比天高的传奇。

宋天禧三年（1019 年），是一个表面波澜不惊实则暗流涌动的年份。宋真宗将第六子赵受益立为太子，就是日后的仁宗皇帝，也是民间流传甚广的"狸猫换太子"当事人。这一年，58 岁的寇准接任宰相，31 岁的范仲淹被授官从八品秘书省校书郎，13 岁的欧阳修已经获得了"奇童也，他日必有重名"的美誉。

这一年，临川县尉曾易占喜得贵子，取名曾巩。他自然不会想到，在往后的岁月里，自己的儿子竟然会和这些大人物有着各种的交集。

曾巩在少年时就显示出了才华。《宋史·曾巩传》有一段这样的文字："生而警敏，读书数百言，脱口辄诵。年十二，试作《六论》，援笔而成，辞甚伟。甫冠，名闻四方。"由于年代的久远，已经找不到"辞甚伟"的《六论》，但从其18岁那年写的一则游记《游信州玉山小岩记》中，依旧能够读到曾巩的意气风发和文字功底。在这篇游记中，曾巩将笔墨着重落在小岩的奇特处，详尽地记述了探洞穴之奇，观山石之妙的过程，表达了对大自然的热爱，抒发了内心的愉悦之情。对曾巩文化颇有研究的南丰县博物馆馆长王永明告诉记者，这是目前所能找到的曾巩所作的最早的文章。

宋景祐三年（1036年），18岁的曾巩的命运开始急转而下。他与同父异母的兄长曾晔首次参加科举考试均落第而归，回家后得知父亲已因被诬去职丢官。之后连续经历了贫病交加、父亲去世等艰难时日，最终在时任洪州（今南昌）太守刘沆的资助下，和兄长一起，带着4个弟弟、9个妹妹回乡躬耕垄亩，开始了长达10年的耕读岁月。

这期间，他和兄弟们又结伴参加了两次科考，均落榜。南宋著名史学家王明清在他的《挥麈后录》中记载了这样一首打油诗："三年一度举场开，落杀曾家两秀才。有似檐间双燕子，一双飞去一双来。"说的就是曾巩兄弟屡屡考场失意后，来自同乡人的冷嘲热讽。

从18岁首考落榜到39岁考中进士，整整21年间，曾巩经历了人生的至暗时刻。但他的名声和才气，却传遍京城，他的文章被广泛传阅。其中缘由，离不开一段京城往事。

庆历元年（1041年），23岁的曾巩再次赴京赶考。他给当时的文坛泰斗级人物欧阳修写了一封自荐信《上欧阳公书》，并附上了杂文时务策两篇，表达政见。文章深得欧阳修的喜欢，回信"其大者固已魁垒，其于小者亦可以中尺度"，充分肯定了曾巩文章的思想性和艺术性。在备考期间，曾巩还结识了一位比自己小两岁的同乡考友，两人相见恨晚。

从诗文中可以看出那份喜悦之情："忆昨走京尘，衡门始相识。疏帘挂
秋日，客庖留共食。纷纷说古今，洞不置藩城。"这位考友，便是日后
名动天下的王安石。

由于与欧阳修、王安石等当时最杰出的政治家、思想家、文学家们
保持着密切的沟通与交流，回到乡野之间的曾巩没有因为生活的艰辛和
科举考试的失败而萎靡不振，而是始终保持着健康、积极的心态，面对
现实。并且，曾巩开始以一个更加广阔的视角、更加深邃的思想去看待
自身的种种际遇，思考国家与个人的命运，写出了一批传世精品，包括
《墨池记》《拟砚台记》等等。

落寂不失志，落选不放弃，曾巩终于等来了出人头地的那一天。宋
嘉祐二年（1057 年），39 岁的曾巩上榜，他的弟弟曾牟、曾布，堂弟曾
阜、妹夫王无咎、王彦深也同科考中。这还只是开端，几年后，弟弟曾
宰、曾肇，妹夫关景晖、侄子曾觉先后考中进士。

一门十进士。在穷困的大家庭中，涌现如此之多的人才，堪称奇迹。
始终背负着责任和压力的曾巩，便是这个奇迹背后的推手。

二

宋元明清 800 余年，南丰先生一直备受推崇，其作品入选篇目一度位
列唐宋八大家之首，近百年来却突然沉寂，直到一件藏品横空出世，再度
惊艳世间。

明代中叶的文坛，曾经兴起一个著名的文学流派"唐宋派"，其中
有一位重要的代表人物茅坤。他编纂了一部 164 卷的大部头作品，命名为
《唐宋八大家文钞》。这是"唐宋八大家"的称谓首次出现。而曾巩，
与韩愈、柳宗元、欧阳修、苏轼、王安石等人并称，进入中国古代最优

秀的散文家行列，从此流传后世，数百年不衰。

在后人眼里，八位大家的座次有过调整，其中起伏最大的就是曾巩。茅坤的《唐宋八大家文钞》中，只有两人的入选篇目在百篇以下，苏洵60篇，曾巩87篇，曾巩排名倒数第二。而到了清康熙年间，著名学者张伯行的《唐宋八大家文钞》中，共选录八大家的文章316篇，唯——一位入选篇目超过百篇的就是曾巩，计128篇，数量远远超过其他七人，独居榜首。

张伯行毫不掩饰自己对曾巩文章的喜欢："南丰先生之文，原本'六经'，出入于司马、班固之书，视欧阳庐陵，几欲轶而过之。"大意是曾巩的文章继承了司马迁、班固的文章传统，甚至快要超过欧阳修的成就。

不仅张伯行独尊曾巩，即便在曾巩当时所处的北宋，南丰先生的文章也已经是名震朝野。首先来看欧阳修的评价，他不仅当面告诉曾巩"过吾门者百千人，独于得生为喜"，还在赠给友人的诗中提及："吾奇曾生者，始得之太学。初谓独轩然，百鸟而一鹗。"大致意思就是，曾巩是自己所有学生中最出众者，没有之一。

王安石对曾巩更是倍加推崇，他在《赠曾子固》中写道："曾子文章众无有，水之江汉星之斗。"在赠给友人的一则《答段缝书》中提及："巩文学论议，在某交游中不见可敌。"直白地表示，在自己所有的朋友中，曾巩文章水平之高无人能够与之匹敌。即使狂放自傲的苏轼，对曾巩也是钦佩不已："曾子独超轶，孤芳陋群妍。"

欧阳修、王安石、苏轼，都是北宋文坛、政坛上极有影响的人物，对于年届不惑才考中进士、大半生穷困潦倒的曾巩，他们自然用不着阿谀奉承。因此，他们的评价应该是中肯且发自内心的。这点与《宋史·曾巩传》的评价颇为相符："立言于欧阳修、王安石间，纡徐而不烦，简奥而不晦，卓然自成一家，可谓难矣。"由此，我们也可以理解600多年后张伯行对南丰先生的推崇之举了。

然而，令人费解的是，经历了 800 余年的推崇之后，曾巩在近百年来突然被冷落，以至于网络上还曾经存在某种质疑：曾巩入选唐宋八大家是不是有点勉强凑数的成分？

对此，北京师范大学文学院教授康震是这样理解的：近代以来，西方的散文观念慢慢渗入，逐渐改变了人们对散文的认知。西方的散文主要指美文，就是记叙、抒情、写景等纯文学的文章。而中国古代散文概念则较宽泛，政论文、说理文，甚至说明文，只要写得条理清晰、文字通脱精炼、内容充实，有一定的艺术性，都算是文学领域中的散文。这些文体，有的看起来比较枯燥、沉闷。曾巩的文章虽平实有据，但读起来没有多少美感和趣味性，因而逐渐淡出现代人的视线。

富有戏剧性的是，在沉寂了数十年之后，曾巩突然再度成为举世瞩目的焦点。2009 年 11 月，北京保利国际拍卖有限公司举办了一次拍卖会，其中一幅仅 124 字的书法作品以 1.08 亿元的成交价，创下了国内书画作品首次过亿元的历史纪录，并在 2016 年再次亮相时身价上调至 1.8 亿元。

这幅作品就是曾巩的《局事帖》。

默默无闻将近百年的南丰先生，以一种意想不到的方式重新惊艳世间。

三

文名太盛掩功名。当拂去历史的尘埃，能够清晰地看见，无论是馆阁十年的修史经历，还是转徙七州的地方为官生涯，曾子固均留下了可圈可点的政绩。

宋嘉祐五年（1060 年），经欧阳修举荐，曾巩赴京担任史馆馆职，从事史籍编校工作。

宋代承袭唐朝体制，设有人才储备、图书管理及作史的专门机构，名为崇文院，下设昭文馆、史馆、集贤院和秘阁，因三馆和秘阁都在院内办公，亦称馆阁。曾巩任职馆阁将近十年，并不是焚香清坐、枕书而眠般的逍遥自在。据史料记载，曾巩在这期间考证、校勘、整理的史书古籍达数十种。譬如《李白诗集》从770余首增加到千首，《战国策》从22篇增加到33篇。

治学严谨的曾巩还有一个习惯，每整理完一书，他都认真作序。并且在书序方法中首开先河，不仅记录和介绍该书情况，还将史评融入其中，对书中某一种偏向和缺失，进行论证和评议。每篇序文，辅以曾巩原本渊博的学识和精妙的文笔，竟然都成了散文精品。清代散文家方苞直言："用此知韩、柳、欧、苏、曾、王诸文家，序列古作者，皆不及于固。"

宋熙宁二年（1069年），发生了一起大事件。曾巩的挚友王安石发起了中国古代史上继商鞅变法之后又一次规模巨大的社会变革运动，这就是"熙宁变法"，又被称为"王安石变法"。同年，曾巩请求外任，调任越州（今浙江绍兴）通判。由此，开始了长达12年的地方官任职经历。

宋熙宁四年（1071年），曾巩调任齐州（今山东济南）知州，开始全面主政一方。他除盗肃霸、治水患、兴修水利工程，赢得了为官一任造福一方的好名声。当地人在千佛山建曾公祠，在大明湖畔建南丰祠。今天，我们在济南大明湖入口处，还能看到矗立的一面青石墙壁，上面镌刻的，就是曾巩任职时留下的一个个故事。

主政齐州，曾巩不仅体现了超强的施政能力，还写下了大量的诗文作品。在《元丰类稿》一书中，所收录的作品写于齐州知州任上的文章有10余篇、诗70余首（占全部诗作的1/6），其中题咏济南风物胜景的有五六十首。透过这些数据，我们依稀可以看见曾巩处理完政事后，泛舟大明湖，与友人吟诗诵词的惬意和畅然。

如果说齐州是曾巩人生中的一段诗意时光，那么，在洪州主政时，他迎来了最为快意的日子。宋熙宁九年（1076年），曾巩从襄州（今湖北襄阳）转任洪州。

自39岁考中进士后赴京任职，时隔18年重新踏上故土，曾巩感慨万千。他在《移守江西先寄潘延之节推》的诗中写道："忆昔江西别子时，我初先腰五斗粟。南北相望十八年，俯仰飞光如转烛。"在洪州任上，时任饶州（今江西鄱阳）知州的曾布和在京城任职馆阁的曾肇分别赶到洪州，三兄弟有了一次难得的聚会。

在这次相聚中，还有一个非常著名的人物，那就是被宋代理学家朱熹评价为"本朝妇人能文者，惟魏夫人及李易安二人而已"的魏夫人。李易安就是李清照，魏夫人名叫魏玩，曾布的妻子。曾巩三兄弟相见甚欢之际，在场的魏玩作联："金马并游三学士，朱幡相对两诸侯。"不仅非常贴切地概括了三人的身份，还给千年后的人们，留下了一个身临其境般的快意画面。

正如享受诗意时光之际还能把齐州治理得井井有条一样，兄弟之间的快意并没有松懈政事。主政洪州期间，曾巩同样深得百姓爱戴。史料记载了两个事例，抗瘟疫和拥军不扰民。曾巩刚到任就遇上一场瘟疫，他采取了一系列措施，包括请专门医生对症下药、开放官舍安置等等，使众多军民的生命得到救治。时年有军队过境，朝廷要求安排上万军队的食宿，曾巩将洪州划分成几个区域，准备好住房、粮草、灶具，让军队安心食宿，丝毫没有惊扰当地百姓。

12年间，曾巩历任齐、襄、洪、福、明、亳诸州地方长官，均有建树。可是，这样一个廉洁奉公、勤于政事，关心民间疾苦，深受百姓拥戴的地方官，却始终没能得到重用。究其原因，从《宋史·曾巩传》中可以找到答案："吕公著尝告神宗，以巩为人行义不如政事，政事不如文章，巩以此不大用云。"

全力反对王安石变法的吕公著，自然不会愿意王安石的莫逆之交更堪大用。但是，他在皇上面前找的这个理由，却让曾巩没能得到更大的施展才华的机会。受此影响，人们只知其文章，不知其政绩，他那能臣干吏的卓越才干，便湮没在历史的尘埃中。

宋元丰六年（1083 年），65 岁的曾巩与弟弟曾布、曾肇持母丧而归时，在江宁府（今江苏南京）因病去世。其间，已被罢职的王安石多次前往探望，陪伴他走完了人生最后的时刻。

四

2019 年是曾巩诞辰 1000 周年。时年，南丰先生的家乡自然是群贤毕至，共襄盛举。放眼未来，今天的我们，应该用怎样的方式，来对先生做一个最好的纪念？

抚州文昌桥头，有一方鲜为人知的所在隐于闹市之间。这是 1600 余年前，一代书圣王羲之在抚州为官的历史留痕，王右军墨池。

进入院落里面，能够看到一块立在石龟之上的碑文，上面刻的正是曾巩所作《墨池记》："……羲之之书晚乃善，则其所能，盖亦以精力自致者，非天成也。然后世未有能及者，岂其学不如彼邪？则学固岂可以少哉！况欲深造道德者邪？……"从先人书法成就说到学习的用功，再延伸到当代为人为文为学更应勤修道德的感慨。近千年时光流转，我们依旧能够从字里行间感受先生的良苦用心。

院外熙熙攘攘，院内芳草萋萋，丝毫掩盖不住短短数百字传递的厚重。站在碑文前，静静地读，细细地品，真切地体会南丰先生的善良和坚守，油然而生一份崇敬。

也许，记住先生的名字，研读先生留下的传世佳作，触摸先生的人生和思想，像先生那样做人、做事、做官、做文章，就是对先生最好的纪念。

相信下一个千年，南丰先生还将伴着我们，继续前行。

千秋交情

五月的南丰，满城橘花香。

新落成开放的曾巩纪念馆里，游客们兴致盎然。一个多月前，来自济南、南昌等地的专家学者齐聚于此，展开城市之间的文化交流。这份因缘而聚的交情，可以上溯到近千年前。

站在岁月的长河里回望，从这片土地走出去的一代散文大家曾巩和同时代的名家们，真心相待、挚诚相交。所创作的传世之作，以及自然流露的家国情怀，延续至今。

一

这一年的试举，光辉照耀整个大宋王朝，被称为千年科举制最强龙虎榜。屡败屡考的曾巩挥别失意过往，交出了令人惊叹的"一门六进士"成绩单。

嘉祐二年（1057 年），宋仁宗在位已 36 年。6 年后，他将带着宋朝在位时间最长皇帝的纪录辞世。时值科考之年，宋仁宗做了一个决定，无意间创造了比在位纪录更加精彩的千古传奇。

他任命了一位主考官：欧阳修。

北宋时代的科举考试，内容以注重文采、讲究华丽辞藻的骈体文为主。当时科场文风与整个文坛的风气息息相通，文坛便渐渐形成了一种标新立异、无病呻吟的"太学体"。对此，推崇韩愈写作风格、主张行文必须言之有物的欧阳修一直有个夙愿，希望有朝一日通过改革科举考试的文风，来推行自己的文学主张。

如今，机会终于来了。

宋代史料笔记丛书《石林燕语》记载："欧公欲力革其弊……凡文涉雕刻者皆黜之。"主考官欧阳修大笔一挥，所有行文华而不实的考生，一个不取。于是，等到放榜时日，一纸灿烂得让人炫目的进士龙虎榜新鲜出炉。

在榜单上，可以发现史册中许多如雷贯耳的名字："程朱理学"创始人之一的程颢、以"为天地立心、为生民立命、为往圣继绝学、为万世开太平"赋予儒学新活力的思想家张载、成就北宋最大一次对外军事行动"熙河大捷"的文人军事家王韶，还有先后担任过宰相大位的吕惠卿、章惇、曾布，以及最广为人知的大文学家苏轼、苏辙兄弟，等等。欧阳修的得意门生曾巩位列其间，时年 39 岁。

这张榜单对后世的影响，横跨了文学、思想、政治、军事多个领域，将北宋文化的繁华推向了巅峰，并深深影响了后世中华文明的发展基调。文学上，苏轼、苏辙、曾巩之后，骈文开始退出舞台，取而代之的是散文大兴；思想上，张载、二程对中华哲学史做出了无法磨灭的贡献，而程朱理学，更是对中华文明的发展影响深远。

用现代人的眼光来看，在这届千年科举最耀眼的龙虎榜上，除了"一门六进士"的荣耀，就曾巩本人而言，似乎被其他大家的光环冲淡了许多。但是，从一个考试小插曲中可以发现，实际情况正好相反。据《宋史·苏轼传》记载："主司欧阳修思有以救之，得轼《刑赏忠厚论》，惊喜，欲擢冠多士，犹疑其客曾巩所为，但置第二。"大意是说，主考官欧阳修阅卷时，读到一篇绝世好文，他认为能写出如此好文的，定是门生曾巩无疑，为了避免别人说他徇私，因此，没有将此文点为魁首，仅列为第二，最后才知道其实是苏轼的作品。

由此可见，曾巩的文章在文坛泰斗欧阳修眼里，是何等地被看重。

值得一提的是，这场考试是"唐宋八大家"第一次，也许还是唯一一次最齐全的聚集。除了不同时代的韩愈、柳宗元，以及早已考中进士、外派任职的王安石，其余五大家竟然都在这场考试中现身：主考官欧阳修，携子参加考试的苏洵，考生曾巩、苏轼、苏辙。换句话说，除了两人来不了，一人不用考，其余五人全齐了。

这也从一个侧面显示出当时偃武崇文的朝局。尊重知识、尊重人才的文化氛围，让宋代成为中国文化史上涌现杰出人才最多的朝代，也书写了中国历史上人文情怀最为温暖的一个章节。

二

身为一介布衣，曾子固三番五次向朝廷要员推荐已入仕途的年轻官员王安石。他的底气和勇气，源于跨越时代的眼界，以及身在乡野胸怀天下的使命感。

庆历元年（1041年），欧阳修、曾巩、王安石三位同样出自赣地的文学大家，在京城有了第一次交集。这一年，34岁的欧阳修回京任职，对曾巩呈来的自荐信给予回复，建立了师生情谊。这一年，22岁的曾巩、20岁的王安石在京因备考相识，结为莫逆之交。

次年的科举考试，曾巩落榜，王安石上榜。然而，两人的交情并没有因此中断，反而愈发亲密。他们之间写了许多互答诗文，还留下了一段"子固三荐"的佳话。

庆历四年（1044年）五月，曾巩给翰林学士蔡襄写了一封《上蔡学士书》，文中写道："巩之友王安石者，文甚古，行称其文。"称其"古今不常有"，"执事倘进之于朝廷，其有补于天下"。不久，他又给时任龙图阁直学士、河北都转运按察使的欧阳修写信，内容大致相同。两封信的意思就一个：王安石是个天下难得的栋梁之材。

时隔两年后，曾巩在给欧阳修的信《再与欧阳舍人书》中，又一次极力推荐。在这封信里，曾巩特别提及，自己之所以一再推荐王安石，并不是在为王安石个人前途着想，而是看到这是一个天下难得之才，于国有利。

经过曾巩的多次力荐，欧阳修约见了王安石。

后来的事实证明，王安石表现出的惊世才干验证了曾巩的眼光，但曾巩多次力荐王安石的这一举动在历史上并不多见。为什么呢？因为当时的曾巩只是一个身处乡野的普通平民，是一位屡试不中的落榜生，而王安石则是春风得意的中榜进士，并且已经在扬州为官。一个落榜生向朝廷推荐已经进入仕途的年轻官员，似乎很难让人理解。南丰县曾巩纪念馆馆长王永明作了这样的解读：说明曾巩这个人眼里只有国家，没有自己和私心，人格力量令人肃然起敬。从另一个角度来说，曾巩在当朝要员的心里，有一定的地位。

熙宁元年（1068 年），曾巩在京城馆阁任职，王安石应诏入京酝酿变法。此时，距他们相识已经过去了 27 年。谁也不会想到，由于对变法的不同认识，这次的京城聚首，两人关系竟然由亲转疏。

矛盾的公开缘于一场"坐讲之争"。《续资治通鉴》卷六十六提到这段往事，起因是给皇上研经读史的侍讲者应该坐着讲还是站着讲，在当朝引发了一场激烈的争论。王安石认为尊师重道为先，应该坐着讲。曾巩则赞同君尊臣卑的观点，并专门作了《讲官议》一文，以尖锐的文字对王安石的观点进行反驳。

清代学者何焯在《读书记》中写到，王安石希望借此给即将开始的变法增加分量。他没想到昔日挚友曾巩竟然站在政敌的立场，对自己予以公开抨击。曾巩则认为自己的良苦用心被王安石误解了，他在《过介甫归偶成》中留下了一声叹息："结交谓无嫌，忠告期有补。直道讵非难，尽言竟多迕。知者尚复然，悠悠谁可语。"

次年八月，曾巩上书申请外放获准，出任越州（今浙江绍兴）通判。自此，开始了长达 12 年的地方官生涯。由于年代久远，我们无法确定曾巩自请外派的理由是否与王安石有关，但有一个细节耐人寻味：王安石变法失败被罢相离京后，曾巩曾多次向朝廷上书请求回京任职。

《讲官议》只是一个引子，其核心还是对变法的不同认识。通过一些史料的研究分析可以发现，曾巩其实并不反对变法，他与王安石的争论，其主要焦点不在变法本身，而在于变法的步骤与方法。王安石锐意改革、雷厉风行、步调急骤；曾巩则主张改革应循序渐进，不能急功近利。

王安石变法的最终失败，千百年来众说纷纭。今天，我们翻读北宋王朝的这段历史，许多人对曾巩在王安石变法这一历史事件中到底起到了什么作用各执一词，目光大多关注于王安石和司马光两大阵营之间无休止的争斗。其实，曾巩在推行新法过程中对王安石的支持至关重要。他任地方官员长达 12 年，没有一句谤议新法的言论，而是在辖区积极推行新法，以事实验证新法富国强兵的可行性。

或许，这是曾巩性情使然。或许，是他对王安石的深情支持。透过这些往事，我们看到了他身上闪现的光辉。即使观点不同、隔阂明显，依旧默默地对挚友予以最实在的支持，对于国有利的变法全力执行。

元丰六年（1083 年）春，曾巩、曾布、曾肇兄弟三人扶着曾母朱太夫人的灵柩南归，船至江宁（今江苏南京）时，曾巩因病重不得不暂时停留。巧的是，此时王安石正在江宁退居，听闻消息后他经常前来探望。两位乡亲京城缔交，经历了青春年少的意气风发、据理力争的背道而驰、各奔前程的筚路蓝缕。而今，数十年光阴转眼逝去，两人已是白发老人，执手相看，想必是感慨良多。

时年 4 月 1 日，曾巩辞世，享年 65 岁。

千载有余情。在曾巩最后的时光，他和王安石两人时常能够得以相见，重温往事，尽释前嫌，未尝不是一种人生的欣慰。

三

　　南丰先生的家乡人，经年累月地延续着中华文化优秀传统。他们的足迹遍布世界各地，朋友遍及海内外，始终不曾改变的，是淳朴仁厚的道德风尚。

"翠羽流苏出天仗，黄金戏球相荡摩。"这是曾巩为家乡特产南丰蜜橘留下的美丽文字。

南丰，这座有着 1700 余年建县历史的古城，孕育了南丰蜜橘、南丰傩舞和白舍窑等璀璨的千年文化，其中最为亮丽的文化名片，毫无疑问是曾巩。其意义并不仅仅是一位千古名人，而是曾巩身上那种始终坚持的家国情怀，以及淳朴仁厚的道德品质。

千百年来，这座城市的人们，一直保持着前人留下的优秀传统，并跟随着时代的脚步不断前行。

南丰县年产蜜橘 6 亿多公斤，其中出口量达 2 亿公斤。当地活跃着一支 3 万余人的南丰蜜橘经纪人队伍，他们将南丰蜜橘漂洋过海销往世界各地，同时也引进各国的特色水果。他们的身影在中东、东南亚、欧洲等各国的超市中，忙碌穿行，以最务实的行动践行着"一带一路"国家战略。南丰县政协委员、鸿远果业创始人王鸿斌是其中一员，他被称为南丰蜜橘走出国门"第一人"。

多年的国际贸易经历，让曾经身为乡镇供销社职员的王鸿斌拥有了国际视野，建立了广泛的世界朋友圈。他总结自己的成功之道，把客户当成自己的亲人一般交往，以心换心、以诚相待。在一次中国农产品供应链论坛"优化与传承"板块发言中，他还提出三个"结合"，其中包括农产品批发销售要与文化输出相结合，立足南丰，放眼世界，不仅要把优良产品带出去，也要把千年积淀的优秀传统文化带出去，以文化服务市场、引领市场。

王鸿斌未必了解家乡人曾巩。但他身在小县城、心怀大世界的视野，以及创业过程中展示出来的精神特质，却是与曾巩一脉相承。

如果我们穿越时空，把目光停留在曾巩所处的那个时代，我们能够发现，他们之间有着某种相似的频率。在乡间蜗居了20余年的曾巩，他的人生境界并没有因此而沦落。相反，他的言论与眼界，与同时代的佼佼者相比毫不逊色。因为，在他身边有像欧阳修、王安石、苏轼、杜衍、刘沆等一众时代骄子，曾巩与他们时刻保持着联系，经常与他们沟通、交流。

曾巩之所以能够几十年如一日地在家乡，一边养家糊口一边刻苦攻读，始终不失青云之志，就是因为他身在乡野而心在另一个世界。在那个世界里，许许多多的"欧阳修们"始终能够让他保持着昂扬的精神、高尚的理想，给他以鼓舞，给他以力量，给他以支持。

曾巩的回报，就是好好做学问，始终责任在肩。耕读期间，他在房间的墙上写了一篇《南轩记》，对自己时时提醒和鼓励。其中有这样的文字："吾之所学者虽博，而所守者可谓简；所言虽近而易知，而所任者可谓重也。"坚守的原则很简单，身负的责任很重大。这就是曾巩，即便身处困境，依旧矢志为国，胸怀天下。

"曾子文章众无有，水之江汉星之斗。"2019年4月13日，曾巩纪念馆新馆正式开馆迎客。南丰县委主要领导在开馆仪式上表示：作为曾巩故里，将以弘扬曾巩文化为己任，以更加开放的胸襟、更加宽阔的视野与各界加强合作，携手前行。

　　早已离我们远去、模糊了面容的南丰先生，究竟有什么魅力，对应千年的流光？让今天的我们，依然有暖暖的温情，和一份见贤思齐的向往和尊敬。

　　一个被称为"读书岩"的所在，坐落在犹如琴沿的盱江岸边，背山面水，与南丰县城隔江相对。据传，年少的曾巩曾经带着兄弟们在这个岩洞里读书。

　　岩洞并不深，只是山体中一处浅浅的凹入所在。里面有一座曾巩的铜像。南丰先生左手执卷，安静地坐着。满山绿意清幽，恍惚间，似乎还能听到千百年来不曾湮灭的读书声。

　　千年时光，先生距我们是如此之远，远到已经完全模糊了印记。

　　盱江悠悠，先生距我们又是如此之近，感觉完全可以跟着他的脚步一起前进。

　　在唐宋八大家中，与欧阳修、王安石、苏轼等光芒万丈的大家相比，曾巩的光彩也许是最少的。但他更接近我们这些普通人，没有特别显赫的家世，没有天才的创造力，只是以一份执着的坚守和一颗踏实勤恳的诚心，相知相交。

　　他们之间流传千载的交情往事，赢得了世人的尊重和敬仰。

千古局事

　　曾巩的文章在文风极盛、群星灿烂的北宋中晚期，有着巨大的影响，受到欧阳修、王安石、苏轼、黄庭坚等的推崇赞誉。其好友林希称叹："虽穷阎绝徼之人，得其文，手抄口诵，唯恐不及。"然而，他的遗墨却渺然世间。

　　幸运的是，他的一封书信，历经千百年的人间沧桑，以及一代代有识者的鉴定递藏，成为艺术界的惊世作品，让近千年后的我们，还能够一窥南丰先生文字的风韵神采。

　　它就是《局事帖》，也被称为《局事多暇帖》。

　　短短 124 字的书信，纸短意长。细细解读其间蕴含的信息，不仅能够触摸曾巩晚年的人生态度和心路履痕，还能管窥文字背后复杂多变的北宋局势。

　　《局事帖》的文字记录，最早见于清初卞永誉编著的《式古堂书画汇考》第十二卷，题为《局事多暇帖》，并注明：行楷书、印，书于纸背。2006 年，上海辞书出版社出版《全宋文》，在第一二四七卷将该文录入，标示其出处为清初倪涛编著的《六艺之一录》卷三九四。全文如下：

"局事多暇，动履提福。去远诲论之益，忽忽三载之久。跧处穷徼，日迷汩于史事之冗，固岂有乐意耶？去受代之期，难幸密迩，而替人寂然未闻，亦旦夕望望。果能遂逃旷弛，实自贤者之力。夏秋之交，道出府下，因以致谢左右，庶竟万一。余冀顺序珍重，前即召擢。偶便专此上问，不宣。巩再拜运勾奉议无党乡贤，二十七日谨启。"

《局事帖》是曾巩给一位时任"奉议"名叫"无党"友人的回信，写在一张29厘米×38.2厘米的宋代印刷书籍纸张背面，全文分为13行，上面加盖了20余枚历代收藏家的印鉴。研究曾巩文化多年的南丰县曾巩纪念馆馆长王永明手执一幅拓本，对信的内容进行了逐字逐句解读："自上次聆听无党乡贤的教诲，已经过去三年了。自己在穷乡僻壤之地任职，整天公务繁忙，哪里有快乐可言！距任期结束的时间已经越来越近了，但接替我的官员依然没有半点消息。日夜盼望着。如果能够离开这个偏远之地，当然是得益于贤者的帮助。夏秋之交，将便道来府上当面致谢，以表示我的感激之情。希望你多多保重，并早日升迁。"

王永明认为，这封信其实并不完整，前面应该还有一句对收信人的称谓，估计因某种原因被裁切掉了。1997年，古典文学专家余冠英、周振甫等学者主编《唐宋八大家全集》时，将《局事帖》作为曾巩的一篇佚文收入其文集。

《局事帖》是迄今为止发现的唯一一件曾巩传世墨迹。古书画一个重要的价值就在于，除书法、绘画艺术本身之外的历史文化价值。身为唐宋八大家之一的曾巩，为官期间正处于北宋复杂多变的时局当中。从"熙宁变法"（也称为"王安石变法"）到"元丰改制"，这段时间是北宋朝廷最为敏感的时期。根据学界较为公认的说法，这封书信应该写于曾巩61岁那年，也就是宋元丰三年（1080年）。

这一年北宋王朝发生了什么？曾巩境遇如何？我们不妨跟着专家的

研究，从《局事帖》中寻找所承载的时代信息。

这一年，王安石被封为荆国公，离新法改革结束只有 5 年不到的时间。

这一年，北宋政坛最大的事件就是"改革"。与"熙宁变法"互为表里的"元丰改制"进入实质阶段。九月，宋神宗针对宋初以来官制的弊病，专门成立了一个改革官制的机构——详定官制所，具体实施改革官制的计划。在宋太平兴国元年（976 年）被停用的"奉议郎"官职名，就是在这次改制中得以恢复。

种种史料表明，宋神宗渴望延续先祖之风，渴望建立一个强盛帝国，励精图治的他渴望成为一代有所为的"圣君"，但由于朝廷内部各级官员对变法的认识不一，党争不断，与周边辽国、西夏国的纷争暗流涌动。此时的北宋局势，无论是对内还是对外，非但没有取得突破，反而陷入了僵局。

时年九月，还在地方任职的曾巩，给"无党乡贤"回了这样一封信，信中流露出一种无所适从的忧虑。让他欣慰的是，回信不久好消息就如约而至。十月，年过六旬的曾巩奉命从亳州调任沧州，途经开封时被宋神宗召见，留在朝廷任职，结束了长达 12 年的地方官生涯。十一月，曾巩上书宋神宗论国家财政问题，直言国家财政如果无限支出则会出现财政危机的可能。并通过翔实的数据，说明皇祐、治平年间国家财政支出过多的情况，建议宋神宗节省那些不必要的财政开支，并深刻揭示"冗官之患"危机，提出富国之策。

一句"局事多暇"，既体现了曾巩在那个阶段的人生感慨，也是对北宋时局最为贴切的表述。

二

围绕《局事帖》中提及的多项要素，甚至书信真伪，专家学者们各有说法。不是书法家的南丰先生，不经意间以一幅书法作品留了一个千古迷局。

1996年，美国纽约佳士得拍卖会场。上海籍实业家张文魁提交了一件藏品，被比利时收藏家尤伦斯夫妇以50.85万美元拍下。这是《局事帖》首次公开"露脸"，从此名扬天下。

《局事帖》从亮相那天起，就吸引了国内外众多专家、学者的极大关注。由于是曾巩墨宝中仅存于世的孤品，缺少直观的参照物，后人只能从笔墨、用纸、内容、行文风格、款识、收藏以及著录等要素进行分析。因此，对于写信的时间和地点、收信人身份等信息，业内都有着较大的争议。这其中，有两位当代古书画鉴定专家的观点针锋相对，却具有一定的代表性。

中国嘉德拍卖公司顾问尹光华在《曾巩〈局事帖〉初考》一文中写到，根据信中提及的"运勾奉议"官职恢复时间、《曾巩年谱》记载的宋神宗召见曾巩后留京任职时间，推断该信写于元丰三年九月二十七日。同时，通过《局事帖》尺牍上的印章，可以看出明代收藏巨擘项元汴、清代收藏大家安岐、民国著名鉴定家张珩等名家收藏过此帖。另据《古书画过眼要录：晋隋唐五代宋书法》《历代著录法书目》等名家编写书目入选情况，可以得出《局事帖》传世之路极其清晰的结论。

河南许昌画圣美术馆馆长赵建克对此提出疑问。他在《曾巩传世书法孤品〈局事帖〉真伪之鉴析》中表达了自己的观点：这封信写在一页宋版书残纸的背面，背面文字显示是《三国志·魏志·徐奕传》卷二十第十页的内容，书纸版心书口处有刻工"王宗"款识。而王宗是南宋高宗绍兴年（1131—1162年）刻工，北宋的曾巩怎么可能在南宋刻本书纸的残页上写信？另外，在众多收藏印鉴中，最早留印的是明代末期收藏家何俊良，南宋、元朝、明代早中期的传递为何丝毫不见踪影？赵建克在文中写道："经过对数个收藏印章进行比对，发现有的收藏印章存在伪印后盖的可能。"

对于业界的质疑，尹光华等一些专家认为，虽然北宋版《三国志》至今还没有发现，但曾巩用此版的废页写信并非没有可能。即使背面印的是南宋版《三国志》，也不能论定《局事帖》是伪作，因为用前人书简或公文纸来印书，南宋时期的本子已屡有发现。譬如上海博物馆王南屏旧藏的《王文公文集》便是其中著名的一本。也就是说，南宋版的《三国志》用了北宋曾巩的《局事帖》作为印材。

存有争议的还有"无党"是谁。有学者考证，"无党"是欧阳修的门生永康人徐无党，同师欧阳修的缘故，曾巩和徐无党两人多有交往。但这个观点同样遭到不少的质疑，其中关键的两点是，没有找到徐无党担任过"奉议"官职的记录，以及身为南丰人的曾巩将永康人称为"乡贤"似乎太过牵强。

赵建克作了一个大胆的推测：一位名叫"巩"的写信人恳求八品官员奉议"无党"帮忙摆脱"跧处"了三年多的"穷微"之处境。从文字内容来看，他比无党的官职要低，估计是主簿之类的小官。所以此"巩"不是唐宋八大家之一的曾巩，至于那方"曾巩再拜"的印鉴，有可能是后人补盖。不过，赵建克对这幅字的价值给予了认同。他认为，即便不是曾巩的真迹，毕竟是近千年留下的古籍文献文物，并且具备珍贵古书孤本残页这一大研究特性。仅凭这一点，《局事帖》也是不可多得的珍贵历史文化遗产。

无论真相如何，有一点是肯定的，这封书信的价值与曾巩的成就，以及数百年一直延续的文化影响力息息相关。只不过随着年代的久远，平添了几许难以解析的神秘。

正是这份神秘光环，让《局事帖》历经近千年的岁月流转，依旧保持着令世人着迷的无穷魅力。

三

"千年遗珍、人间孤本"的独特价值，让《局事帖》身价一度创造国内书法作品拍卖纪录。其三次现身，都处在中国艺术市场的关键时刻。

2009 年，曾巩诞辰 990 周年。时年 11 月 22 日，北京保利夜场"尤伦斯夫妇收藏重要中国书画专场"上，估价为 1200 万元至 1800 万元的《局事帖》，最终拍出了 1.0864 亿元，成为第一件破亿元的中国书法作品，也是内地第三件过亿元的拍品，它被上海一位深藏不露的收藏家买走。

2016 年 5 月 15 日，中国嘉德 2016 春拍"大观——中国书画珍品之夜·古代"专场上，再度现身的《局事帖》以 1.8 亿元落槌，加上佣金总计以 2.07 亿元天价成交。买主是我国影视业代表人物、华谊兄弟的王中军。

不是书法家的曾巩，其存世墨宝为何能拍出如此高的价格？

南丰学者王永明通过查阅诸多史料，提出了自己的观点：曾巩手墨历来难得一见，除《局事帖》外，宋元以后绝少见于诸录。究其原因，主要是曾巩一生勤于学问，不可能在书法上用力太多。前半生因勤于治学，书札手墨不多。自请外放的十多年间几乎不与人通信，更不主动给京中旧友通信，这在曾巩文集中多有流露："巩久兹外补，利在退藏，一切不为京师之书，以此亦疏左右之问。"（《回枢密侍郎状》）"僻守陋邦，远违严屏。……自便退藏，莫驰竿牍之问。"（《襄州回相州韩侍中状》）"伏念自违墙屏，浸易岁时，比潜伏于外邦，久弃捐于人事。"（《回亳州知府谏议状》）待到返京以后，曾巩专注新职，为整朝纲、除弊政出谋划策，一心国事，私人通信自然无暇顾及。

即使是对曾巩推崇备至、一生留心先生文字的南宋理学大家朱熹，也等了50年才看到曾巩遗墨。他在《晦翁题跋》卷二《跋曾南丰帖》中写道："余年二十许时，便喜读南丰先生之文，而窃慕效之。竟以才力浅短，不能遂其所愿。今五十年，乃得见其遗墨。"

曾巩书迹很少流传，目前所知存世的仅此一件，还被带到了海外。因此，古书画收藏市场人士称其为"海外孤本"，受到格外的关注。也许就是因为这种特别的关注，其在拍卖场上的"履历"非同凡响。长期关注艺术市场报道的上海资深媒体人邱家和经过梳理发现了一个有趣的现象，《局事帖》的几次现身，都处在中国艺术市场的关键时刻。

1996年，《局事帖》首次露面，正值国内艺术品拍卖刚刚兴起，中国艺术市场出现了第一个繁荣期。不过，当时主导市场的，还是欧美古董商以及中国港台大买家。所以，《局事帖》被尤伦斯夫妇收入囊中。2009年，内地艺术品市场正处于一个历史性关口，全球金融危机打击了市场信心，国家适时出台救市计划以及配套的货币政策和财政政策，让中国经济在世界逆市上扬。《局事帖》在这一年的拍卖会上以超亿元成交，宣示了中国艺术市场高调进入"亿元时代"。到了2016年，《局事帖》再度现身时，艺术市场乃至其背后的国内外经济形势却已今非昔比，受全球经济影响，我国经济进入长期调整阶段。在这个背景下，《局事帖》仍然以高价成交，7年间身价涨了近亿元，再次证明了中国艺术中经典作品的市场价值。

正是在2016年，我国艺术品市场千万元拍品频现，亿元以上的书画拍品多达12件，艺术品市场呈现明显回暖迹象。在这12件书画作品中，《局事帖》身价位列第五，也是其中唯一的一件书法作品。

古往今来，纵观"襟领江湖，控带闽粤"的抚州大地，从来不乏书法大家的身影。在这里研墨练笔、留下墨池传奇的晋代王羲之，写出"天下第一楷书"《麻姑山仙坛记》的唐朝颜真卿，还有创造独特字体、被毛泽东同志誉为"红色书法家、党内一支笔"的舒同……相比而言，并不是书法家的曾巩和他的《局事帖》，更像是一份历史留存的意外惊喜。

四

"东鲁家声远，南丰世泽长。"这副刻在曾文定公祠门口的对联，是南丰曾氏族人传承先辈荣光的写照，也是对南丰先生德业文章彪炳青史的自豪，以及对后人的激励。

渣坑，原名查溪，位于南丰县洽湾镇桃源村境内的旴江河畔，是曾氏一族从外地迁至南丰聚族而居的繁衍之地。南丰曾氏总祠暨曾文定公祠落户于此。宋宝祐四年（1256 年），距曾巩去世百余年后，朝廷追谥曾巩为"文定"，史称文定公。

站在公祠门前，湿润的江风扑面而来。隔江相望，对岸橘林染翠，间以点点村落，一派宁静的田园风光。更远处，被誉为"赣东屋脊"的江西东部最高峰军峰山巍峨高耸，雄峙苍穹，高低起伏成一巨型笔架造型，辅以触手可及的旴江水，油然而生一份手执如椽巨笔、醮墨挥毫的向往。

进入公祠，迎面就是汉白玉材质的曾巩雕像。清瘦的先生，俯视着滔滔北去的江水，目光平和而深邃。与先生对视的瞬间，突然有一种感觉，"局事多暇"的先生内心，其实始终保持着那份从容和坚定。

穿越千年的时空隧道，所有关乎先生的迷局，都渐次清晰成一份"醇儒"的精神能量，唤醒并温暖着我们。

赣地精彩出阳明

他是中国文化思想史上一颗璀璨的明珠。他与儒学创始人孔子、儒学集大成者孟子、理学集大成者朱熹并称为"孔孟朱王",他们的思考,深刻地影响了中国社会历史文化的风貌与进程。

在他离世的五百多年中,把他当作精神导师的著名人物不胜枚举,曾国藩、康有为、孙中山、毛泽东都是他忠实的拥趸。习近平主席曾先后6次推荐他的哲学理念,其中提及:培育和践行社会主义核心价值观,贵在坚持知行合一、坚持行胜于言。

他就是王守仁,别号阳明。后人称其为阳明先生。

一

在探寻王阳明思想轨迹的过程中,我们欣喜地发现,这位一代大儒不仅与赣地有着多次形式上的交集,其核心思想的成形与实践,竟然也与赣鄱大地密不可分。

提及大师的江西情缘,无论是大婚日在南昌的道士夜话,还是星陨日在大余的最后光辉,相比其心学思想体系渐次成形的巨大力量,都是那么地平淡。

明弘治元年(1488年),在世界历史上有两件较为重要的事件发生。东方,明孝宗即位,开启了"弘治中兴"时代;西方,葡萄牙航海家巴尔托洛梅乌·迪亚士发现了好望角。

这一年，17 岁的王阳明不远千里第一次踏上江西的土地，准备迎娶时任江西布政司参议诸介庵的女儿。这是他终身大事的开启，也是他理学文化思想的发现之旅。他根本没有想到，这方水土今后会成为他人生的福地，成就他闻名天下的功绩。

诸介庵是浙江余姚人，与王阳明的父亲王华是"金石相契"的至交。诸介庵没料到的是，这位世侄竟然闹了一出"新婚夜失踪"的笑话。

在南昌住了十余天，王阳明天天与准岳父大人论学，也不时在这个陌生的城市里闲游。转眼到了婚期，诸府张灯结彩，宾客盈门，笙歌悠悠，喜气洋洋。但到新郎新娘拜堂之时，司仪却发现新郎踪迹全无。急得岳父立即派人四处寻找。但是从黄昏找到天黑，家人先后回府，仍然不见新郎官的影子。

直到第二天早上，王阳明自己回府，新婚夜失踪的谜底才揭开。原来，诸府众人忙乎之际，闲来无事的王阳明出府在南昌万寿宫与一颇懂养生之术的道士彻夜长谈，居然忘了他的洞房花烛夜。

南昌之行不仅让王阳明抱得美人归，更重要的是在他的内心植入了心学思想的种子，因为他在此行中见到了一个人。

次年秋，新婚后的王阳明携妻返回老家余姚，坐船路过广信（今江西上饶）时，专程上岸拜访居住在此的理学家娄谅。娄谅是明朝理学大家吴与弼的高徒，钻研佛道二家思想，深谙理学三昧。正是这次拜会，让王阳明深刻理解了"格物致知"之学，开始遍读朱熹的著作，思考宋儒所谓"物有表里精粗，一草一木皆具至理"的学说。

19 年后，他在贵州龙场（今贵州修文县）驿站担任站长时突然醒悟，诞生了闻名天下的阳明心学，史称"龙场悟道"。对此，清代学者黄宗羲的著作《明儒学案》卷二中这样写道："王的姚江之学，娄发其端也。"

正德十五年（1520 年），江西发生了数十年未遇的洪灾。时任都御史的王阳明做了两件事，一是给朝廷上奏章说明情况免除百姓税负，二是在前往赣州的途中先后见了两位闻名而来的学者：江右大儒罗钦顺、理学狂者王银（后改名王艮，理学家）。如果说 31 年前王阳明拜见娄谅是理学思想的萌芽，这两次的交流过程则是为阳明心学体系的完成进行了最后的梳理，从而使阳明心学有了一次质的飞跃。

这个飞跃很快得到了验证。次年五月，王阳明在赣州与几位门生作了一番令人振聋发聩的解读：良知是虚的，功夫是实的，知行合一，就是要将知识与实践功夫本体融为一体。致良知，就是要实现良知。假若我们每个人都实现了良知，天下哪有自私自利、沽名钓誉、阴谋陷害、妒忌贤能、恣纵情欲、互相迫害？如果越来越多的人都致良知，则天下不会动荡不安，战乱不会频频而没有止境，路不拾遗、夜不闭户的美好时代就会来临！

从良知到知行合一，再到致良知，阳明心学终成体系。

对阳明心学有着深厚研究的中国人民大学史学硕士度阴山在他的一本著作中这样评价：如果说龙场悟道的"格物致知"是阳明心学的基调，那么，"知行合一""存天理、去人欲"就是探索模式，而"致良知"则是心学的灵魂。度阴山认为，王阳明和弟子这番谈话后，阳明心学第一次在他自己身上有了成果：超狂入圣。王阳明也由此迈入了伟大思想家的圣人殿堂。

明世宗嘉靖八年（1529 年），以南京兵部尚书兼左都御史，总制江西、湖广、广东、广西四省军务的王阳明身患重病，从广西沿水路返回老家。一月九日，船至江西南安府（今大余县）时，自知不久于人世的王阳明留下八个字后与世长辞。

"此心光明，亦复何言。"这是王阳明留给世人的最后一句话，也是他与江西的最后一次交集。

二

　　向民众发布告状要约，给山匪写"情感告白书"，对宁王传递虚假消息……知行合一成就了王阳明的军事伟业，也完成了一次次成功的实践。

　　明武宗正德五年（1510年）的阳春三月，时隔22年后，王阳明再赴江西，担任吉安府庐陵县县令。这是他第一次以主官身份登上大明王朝最基层的政治舞台，也由此，开启了阳明心学中"知行合一"的实践。

　　到任首日，幕僚们告诉王县令，庐陵形势复杂，是非极多，当地民众最大的爱好就是告状。他们先在县内诉讼，如果得不到满意的结果，就会离开庐陵上访。前任县令就是被每天案头堆积如山的诉讼案卷给吓跑的。幕僚们向王县令建议，应该采取高压政策，狠杀这股风气。初次主政的王阳明不以为意，但是，几天后就遭遇了一次"下马威"。因为一课越来越重的莫须有税收，当地上千民众抗税不交，还联名上诉，要求新来的县令为他们做主。王阳明没有采取高压和强征手段，而是找到问题所在，与上级多次协商，最终为民请命成功，取消了这一税种。在百姓感激不尽时，王阳明趁势发布了一纸公告，提出三个条件，要求大家遵守：一次只能上诉一件事；内容不得超过两行，每行不得超过三十字；认为可以与对方协商解决的事，就不要来告状。如果违反这三条，不但不受理，还要处以相应的罚款。告示贴出时，百姓们还沉浸在减免税收的欢乐中，所以一致认为，喜欢打官司是没有良知的表现，今后要改。他们不知道，自己的心境已经开始在悄无声息地发生改变。

　　王县令在庐陵只待了短短几个月就被召回京城。离别时，他对送行的百姓说，等有机会再来看大家。没想到的是，6年后南赣大地还真的把他等回来了。这次的官职是都察院右佥都御史，巡抚南赣汀漳，坐镇赣南。

他在这里只待了3年时间，却完成了人生的一大转折。他开始尝试将哲学思想与政治思想结合起来，终于成就了一代理学大师。

很长时间以来，南赣在古代中国的版图上都属于蛮荒之地，特殊的地理条件使当地山匪众多，几个带头大哥将自己的地盘分割成6个根据地，分别位于江西赣南、湖南郴州、广东韶关、福建漳州等。山匪借助各种有利条件对抗朝廷，官兵来时，化整为零，官兵一走，重新聚合。四省官兵组织过多次围剿，收效甚微，直到王阳明的到来。他带来了一个全新的命题："破山中贼易，破心中贼难。"

第一次带兵打仗的王阳明没有按牌理出牌，他把军事打击放在第二位，把"攻心"放在了第一位。正是这种在专业武官看来属于"文人带兵"理想主义通病的做法，一举荡平了让朝廷头痛不已却又束手无策的南赣匪乱。其中最令人不可思议的是他亲自写就一封《告谕巢贼书》，让人抄录多份，撒向整个南赣地区的山匪们。这封信很长，涉及天理、万物一体。其大意是：新到任的王大人准备征讨时，发现绝大部分山贼不是恶徒，如果能够接受安抚即给良民待遇，如果冥顽不化继续为匪就是辜负了王大人我，而不是我王大人对不起你们。信末是这样写的："民吾同胞，皆我之赤子，我不能抚恤而于杀，痛哉痛哉！走笔至此，不觉泪下！"这哪是告匪书？分明是一封深情款款的情感告白信。没想到的是，还真有不少山匪感动得下山从良或者从军，其中还包括一个根据地的带头大哥。

《告谕巢贼书》是王阳明"破心中贼"的一次有益尝试。史料记载，整个剿匪过程精彩纷呈，强攻、游说、和谈、攻心、离间……各种招数尽出，与其说是剿匪，还不如说是阳明心学的实战演练更确切些。

王阳明刚到赣南时，就订立南赣乡规民约，在赣南各县兴办书院、社学，刻印儒学经典，亲自授徒讲学，宣讲"致良知"学说。从制度上确保理学治人，同时还实施了非常有效的行动。他在赣南修葺了濂溪书院，创办阳明书院，还在赣南大余、龙南、于都等县创办书院、社学二十多所。并且在上报朝廷设立崇义县之初，就将设立学宫作为第一重要事项。直至今天，赣南还有不少阳明书院，其中位于省级重点中学赣州一中校内的阳明书院极具典型意义，成了标志性建筑，培养了成千上万的优秀学子。

明武宗正德十三年（1518 年），王阳明坐镇赣南仅一年零三个月，就让四省官兵多年疲于奔命而又劳而无功的南赣匪患被彻底平定。

又过了一年，王阳明在江西迎来了此生最大的军事功绩——朱元璋五世孙朱宸濠于南昌起兵叛乱，其厉兵秣马 10 年整，被王阳明领兵 40 天平定。平叛过程中，王阳明克服诸多不利因素，虚张声势，利用假宣传假情报，扰乱宁王的视线，使宁王乱招频出，终被生擒。

至今，在庐山秀峰境内还能找到一块由王阳明立的记功碑。碑文很简洁，却可以窥见当时的惊心动魄：

> 正德，己卯六月乙亥，宁藩宸濠以南昌叛，称兵向阙。破南康、九江，攻安庆，远近震动。七月辛亥，臣守仁以列郡之兵，复南昌。宸濠还救，大战鄱阳湖。丁巳，宸濠擒，余党悉定。

平南赣匪乱、破宁王帝梦。认真研读史书上关于这些战功的纪录，对王阳明鲜有"用兵如神"等军事才能的表述，更多的都是一个关注点：知行合一。《明史》记录："终明之世，文臣用兵制胜，未有如守仁者也。当危疑之际，神明愈定，智虑无遗。"

王阳明一生事业的奠基在赣南，从这里出去后，平步青云，官至兵部尚书、两广巡抚。他的理学核心理论"致良知"，也在赣南完善。发表《传习录》《训蒙大意示教读》等代表作品，一时名声大振，四方学者云集其门，相聚赣南。赣南的学子更是纷纷拜王阳明为师，并在其教育和熏陶下，也成为一代理学名家。

三

　　王阳明把他生命的最后时刻留在了赣鄱大地，同时留下的，还有诸多令世人探究的疑问。

　　史书记载：嘉靖六年（1527年）五月，五十六岁的王阳明领命以南京兵部尚书兼左都御史，总制江西、湖广、广东、广西四省军务，出征广西。次年，五十七岁的王阳明平定广西农民起义，十月，以病重疏请解职，不等朝命，发舟东归。十一月二十九日辰时，病逝于江西南安青龙港舟中。

　　这里所说的江西南安青龙港，就是现在的大余县青龙镇。关于王阳明的最后行程，比较流行的有两种说法。

　　第一种说法以王阳明两个弟子钱德洪、黄绾的记录为依据。说的是王阳明一行乘船离开大余县城后，到青龙港地段，王阳明回光返照瞬间留下一句"此心光明，亦复何言"之后逝去。

　　第二种说法颇具传奇色彩，却也流传最广，其最具代表性的记载出自明朝诗人邝露《赤雅》一文。说南安有一老僧，在王阳明到南安前的几天突然在寺中密寺坐化。王阳明从广东北归到南安，来到寺中，却见庙里案几上的一张纸上写有几句偈语："五十七年王守仁（即王阳明），启吾钥，拂吾尘，问君欲识前程事，开门即是闭门人。"王阳明时年正是五十七岁，见了偈语，不禁愕然。下山回到船上后便去世了。

　　王阳明逝于大余县青龙镇的船上这点已经没有异议。二十世纪九十年代初，由"王阳明遗迹日中联合学术考察团"成员认真考证后，专门在青龙镇赤江村老圩上的章江河畔（即古时的青龙港）捐资建了一个纪念亭，命名为"王阳明落星亭"。

明代诗人邝露所说的寺庙名叫"灵岩古寺"，坐落于青龙镇境内的丫山。这座古寺着实有点来头，属于"江南有数，赣南为甚"的名刹，自南唐时期始建，以后一直香火旺盛。古往今来，许多名士高流如张九龄、周敦颐、张九成等都到过这里拜谒，有的还留下了诗文佳作。

对于第二种说法，不仅民间流传甚广，赣州研究王阳明的专家、赣南师范学院教授周建华以及对赣州人文地理颇有独到研究的龚文瑞均予以肯定。同时，他们用科学的分析对这个说法分别给予了合理的结论。

从王阳明的思想走向和最后的行程安排分析，他上丫山灵岩古寺拜谒是必然的，远的可以追溯到在南昌万寿宫与道士论养生竟然误了新婚之夜，近的可以通过乘船东归途经广西伏波马援庙时抱病体上岸拜谒一事，足以证明王阳明途经青龙镇闻知丫山灵岩古寺后，肯定会上山拜谒。不过，灵岩古寺住持是否真有预知生死的能力，倒值得推敲。周建华推测，不排除这种可能，即王阳明要去丫山灵岩古寺拜谒的消息提前传到庙里，有僧人根据王阳明病重的实际情况，故意留了一偈。

龚文瑞则通过多方的走访，得出了一个不大相同却也颇合情理的结论。王阳明要去拜谒丫山灵岩古寺时，恰逢寺庙住持圆寂，按照规矩此时不宜进入。但王阳明当时居高位，执意要进庙内，僧人也无法拦阻。龚文瑞推测，当时应该有一个僵持过程，有人借机写好了纸条放入庙内的案几，也算是给不听劝阻的王阳明下了一个诅咒。而本来就重病缠身的王阳明，经过上山下山的劳顿，再经此一吓，可以说是连病带累带吓，所以一回到船上就病逝了。龚文瑞还透露了一个细节，数百年来，丫山灵古岩寺几经修缮，其中有间房一直保持原样，这间房就是王阳明读到偈语的方丈室。

很多年后，来到这座颇具神秘色彩的丫山灵岩古寺，古寺刚刚动工装修好，雕花飞檐，很是气派。在一位当地文化人的带领下，找到了那间方丈庙。从外表上看，这个房间和一般的寺庙房间没有区别，只是雕花的木门很显破旧，整个房间从房顶到墙面都是木质结构，房门上方有一块匾，上书"方丈"字样。唯一感觉不同的是，整座寺庙都修葺一新，唯独这间房间依然保持旧颜，与相邻的新房很是不协调。

离开丫山灵岩古寺时，已是黄昏时分。看着渐重的暮色，笔者的思绪不由飘飞到数百年前的某个黄昏。或许，已经病重迟暮的王阳明就在这样的夕照下，伴着古寺的钟声走过了他最后的岁月。

一代理学大师与江西的最后一次碰撞，竟然是这般空灵而具有禅意。

四

几百年来，王阳明在中国文化思想史上的影响延续至今，并且在日本等东南亚地区的影响日益深远，但是不少江西民众对于王阳明的认识，最清晰的莫过于阳明路。

整个明朝后期，王阳明"良知""知行合一""致良知"学说流传于大江南北，并一直影响到近代。同时，还远播到朝鲜、日本等国家以及东南亚地区，成为东方文化的重要组成部分。

1513 年，日本人了庵桂梧把心学带回日本，引发了一股崇仰之风。日本近代著名军事学家东乡平八郎为阳明心学所折服，在随身腰牌上刻了七字：一生伏首拜阳明。300 多年后，日本人在阳明心学的影响下，发动了举世皆惊的"明治维新"，摇身一变而成为世界强国。1904 年，日俄战争刚刚结束，日本天皇就派出皇家代表团前往贵州瞻仰阳明遗迹。

日本"明治维新"的成功和皇家代表团的"阳明朝圣之行"，对当时的中国产生极大震动，有志青年纷纷"以日本为师"，努力探求强国之道。谭嗣同、章太炎、宋教仁、蒋介石等研究并"服膺"阳明心学。他们有的前往日本留学，学成归国后活跃于中国社会各界，成为辛亥革命前后和民国时期的著名人物，极大地推动了中国社会的转型和发展。

二十世纪中后期，随着现代新儒家第三代在国内外的广泛传播，阳明心学已经成为世界学术界研究的热点之一，有着"龙场悟道"光环的贵州也因此成为海内外朝拜的"王学圣地"。

相形之下，王明明一生以及阳明心学体系建立过程中有着浓墨重彩华章的赣鄱大地，坐拥如此巨大的文化思想瑰宝，却似乎显得过于"淡定"。

在大余县青龙镇，见证了阳明先生最后时光的古码头早已荡然无存，只有一个简单的凉亭，亭上方稍显斑驳的"王阳明落星亭"几个字，提醒世人一代大儒的最后时光在此处度过；在赣州一中校内，阳明书院依旧，但同学们被问起书院和王阳明的关联时，都是一脸茫然；在南昌城内，王阳明平叛宁王的事迹流传甚广，不过大都只是依稀地停留在事件本身层面……赣鄱大地对于王阳明一生成就的重要意义，以及阳明心学孕育地的荣光，几无关切。

所幸，受王阳明亲自传授心学的影响，历代在这方土地上生活的人们，都能以自己的善良和行动，践行着阳明先生的思想。梁启超在《二千五百年儒学变迁概略》中提及："王学的昌大，可分两处。一是浙江，是他生长的地方；二是江西，是他宦游的地方。所以阳明门下，可分为浙江与江西两派……阳明生在浙江而其学却盛于江西。"

我们期待着，知行合一的阳明心学精髓在赣地重现精彩，一如南昌城内阳明路上的如织车流，繁盛不息。

大儒象山

　　江西是一块大师辈出的土地，拥有众多灿若星辰的思想家、文学家，其中有一位与朱熹并世而立的大儒，却颇显"低调"。

　　他被梁启超尊称为"里程碑式的思想家"，并撰文感叹："宋明思想史，失一朱熹，失一陆象山，失一王守仁……其局面又当如何？"

　　他有着众多的追随者，王阳明据其弟子整理的学说而顿悟，与他心意相通，成就了中国哲学史著名学派"陆王心学"。

　　他创立的"心学"曾经在很长的时间里成为显学，并且东渡扶桑，成了日本"明治维新"的精神支柱。直到今天，其流风余韵，依然绵延不绝，滋润着现代人的心灵。

　　他是陆九渊，字子静，自号象山居士。

　　时值陆九渊诞辰 880 周年之际（2019 年），走进象山先生故里，触摸一代大儒亲近过的山水，跨越时空感悟他光耀华夏的思想智慧。

一

　　从闲居归家在槐堂书院开席讲学，到贵溪象山精舍传道授业，再到知军荆门教化民众力除弊风，4 岁"问天"的象山先生终其一生都在追寻答案。

　　南宋绍兴九年（1139 年），战火硝烟未散，宋高宗赵构以一纸《宋金和议》向打进中原的金国割地赔银，俯首称臣。这年农历二月十六日，江南西道金溪县延福乡青田道义里陆氏家族中陆贺的第六个儿子降生，取名九渊。

绍兴十二年（1142年），南宋抗金名将岳飞在杭州大理寺狱中被害，临终前留下"天日昭昭，天日昭昭"8个字。同年，4岁的陆九渊也有一段和"天"相关的传奇。他向父亲发问："天有多高？有没有边际？地有多深？有没有尽头？"《宋元学案·象山学案》中对此作了表述："三四岁时，问其父贺'天地何所穷际'，父奇之。"

幼年时期的"问天"一直没有得到答案，小九渊并没有放弃。从《宋史·陆九渊传》记录的另一件年少往事可以得到佐证：他日读古书，至"宇宙"二字，解者曰"四方上下曰宇，往古来今曰宙"，忽大省曰："宇宙内事乃己分内事，己分内事乃宇宙内事。"

人与天地万物都在无穷无尽之中。时年13岁的陆九渊对天地、宇宙的发问和感悟，可以窥见其心学思想的萌芽。

绍兴三十二年（1162年），最终没能给出"问天"答案的陆贺病故。适逢陆九渊四哥陆九韶的一位好友前来探访，这位好友在陆家颇受重视，吊唁之余，还顺带做了几件事。譬如应主人之请为亡父题写墓碑，给陆家兄弟的书题跋，懂风水的他还参与了墓地的选址。这位好友名叫朱熹。谁也不会想到，数年后，他们之间会有一场流传千古的学术论战。

乾道七年（1171年），在五哥陆九龄的带领下，陆九渊拜见了另一位在他日后生命轨迹中举足轻重的人物：家世显赫的吕祖谦。正是这位吕大人，不仅在担任春试考官中一眼相中陆九渊的文章并大力推荐，还在几年后促成鹅湖之会，使陆九渊在学界扬名立万。

淳熙十三年（1186年），49岁的陆九渊以"主管台州崇道观"的虚职闲居在家，在"槐堂书屋"讲学，听者云集。据《陆九渊年谱》记录："听者贵贱老少，溢塞途巷，从游之盛，未见有此。"

这其中有一位名叫彭世昌的学生，他与在贵溪应天山结庐隐居的张氏兄弟建了一座学舍，邀请先生前往讲学。陆九渊去了之后，发现应天山恰似一头昂首阔步的巨象，当即建议将应天山改名"象山"，学舍命名为"象山精舍"。而他自己，则自称象山翁，自号象山居士。

自此，世间多了一个"象山先生"的名号，而这座原本名不见经传的小山也在中国厚重的文化教育史上有了一席之地。

陆九渊进士及第后步入官场。但终其一生，担任过的官职都不大，在任的时间也不长。先后任隆兴州靖安县主簿、荆门军知军等职。

荆门军知军，是陆九渊一生中行政职务最高，也是他的最后一个官职。史料记载，其时荆门离金人辖区不远，治安差，吏治坏，地处边境，时时传闻金兵有南侵之意，民心极不安定。面对种种困难，陆九渊采取一系列措施，施行"荆门八政"：除弊风、罢三引、蠲铜钱、建保伍、重法治、严防务、堵北泄、勤视农。民风教化后带来的变化让陆知军颇为欣慰，他在给一位友人的信中写道："某在此，士民益相安，士人亦有学问者，郡无逃卒，境内盗贼决少，有则立获，溢碟有无以旬计……"《宋史·陆九渊传》记录："逾年，政行令修，民俗为变，诸司交荐。丞相周必大尝称荆门之政，以为躬行之效焉。"

绍熙三年（1192年）冬，因积劳过度，履职一年零三个月十七天的陆九渊病逝荆门。当地百姓为铭记他的功绩，把城内的蒙山更名为象山，建"陆夫子祠"，留存至今。南宋嘉定十年（1217年），朝廷赐谥"文安"，明嘉靖九年（1530年），陆九渊被列入孔庙配祀。

二

从鹅湖之会到南康之会，剑拔弩张的学术之争变成了泛舟同游的和谐交融，两位旷世大儒宽广的胸襟、孜孜以求的治学态度，以及身上闪现的人性光辉，无不让人心存敬意。

陆小春，金溪县象山研究中心会长，潜心研究陆象山及"心学"十余年，颇有建树，他还有一个身份：陆九渊第三十代嫡系裔孙。对于这位中国哲学思想史上泰斗级的先祖，陆小春自然是崇敬不已，但他在学术研究的过程中，依旧保持了一份严谨和平实。

"鹅湖一辩天下知。"在陆小春的眼里，这是一场涉及宋明理学两大门派的思想交锋，成为研习中国哲学史绕不过的话题。现代新儒家学派代表人物唐君毅在《中国哲学原论·原性篇》一书中更是直言为"中国儒学八百年来之一大公案"。

现在，让我们把时间拨回到淳熙二年（1175年）六月的信州（今江西上饶）鹅湖寺。始建于唐代的鹅湖寺是一个很美的所在，唐代诗人王驾在《社日》里写道："鹅湖山下稻粱肥，豚栅鸡栖半掩扉。桑拓影斜春社散，家家扶得醉人归。"

想必，召集人吕祖谦的用心，正是希望通过氛围轻松的笔会交流，让朱陆之间的学术分歧能够相对统一。谁也没有想到的是，在这诗情画意的美景之中，当事双方均无心赏景，言辞始终针锋相对，最终不欢而散。

《象山语录》中记录了一段这样的文字："'易简工夫终久大，支离事业竟浮沉。'举诗至此，元晦失色。至末二句云：'欲知自下升高处，真伪先须辨古今。'元晦大不怿。"从这段记载中可以推测，鹅湖之会上双方论辩非常激烈，刚刚出道的陆九渊，辩论时咄咄逼人，直指朱熹的学说"支离"破碎，使久负盛名的朱熹（字元晦）"失色""大不怿"。

当时，陆九渊和陆九龄一同赴会，陆九渊担任主辩。《陆九渊集》收录了陆九渊门生朱亨道的一段记录："鹅湖之会，论及教人，元晦之意，欲令人泛观博，而后归之约。二陆之意，欲先发明人之本心，而后使之博览。朱以陆之教人为太简，陆以朱之教人为支离，此颇不合。"安徽大学哲学系教授解光宇对此作了解读，会议主要围绕认识理的方法进行论争，朱熹责二陆过于"易简"，二陆责朱熹过于"支离"。论辩的实质则是朱熹的"性即理"和陆九渊的"心即理"之争。朱子认为心外之理是最高本体，必须通过格物才能致知。陆子则认为理存在于心，心即理。

论战过后，双方都对自己的态度作了反省。朱熹给陆九渊的信中提及："所恨匆匆别去，彼此之怀，皆若有未既者。然警切之诲，佩服不敢忘也。"陆九渊回复说："鹅湖之集，已后一岁，辄复妄发，宛尔故态。公虽未言，意已独至，方将优游，以受砭剂。"

鹅湖之会是南宋乃至中国思想史上一次极为重要的民间学术研讨。会上，朱熹和陆九渊各执一词，互不相让。虽然没有达成共识，但朱陆之间的思想交锋却传为佳话。令人尊敬的是，学术上的对立并没有影响双方的感情交流，他们都把对方当作自己的知心好友。

于是，鹅湖之会6年后，朱陆又有了一次南康之会。

淳熙八年（1181年）二月，应朱熹之邀，陆九渊来到南康（今庐山市境内），在白鹿洞书院开讲，象山先生就《论语·里仁》中"君子喻于义，小人喻于利"一章作了细致的讲解。讲课结束，朱熹盛赞："熹当与诸生共守，以无忘陆先生之训。"并将讲义刻于石碑上以作纪念。今天，在庐山白鹿洞书院的《二贤碑》上，依然可以看到那篇完整的《白鹿洞书堂讲义》。

《陆九渊年谱》中透露了南康之会的一个小细节："访朱元晦于南康。与先生泛舟乐，曰：'自有宇宙以来，已有此溪山，还有此佳客否？'"这6年间，当时的召集人吕祖谦和二陆之一的陆九龄都已先后故去。行舟江心把酒临风的两位大儒，想必对此也很有感慨，互道珍重的情怀油然而生，曾经的针锋相对早已随风飘散。

南康之会 326 年后的明正德二年（1507 年），一位被贬谪的官员离京前往贵州龙场。途经江西时，他对朱陆这段交情颇为感怀，在作答友人的诗中写道："鹅湖有前约，鹿洞多遗篇。寄子春鸿书，待我秋江船。"后来，这名官员先研读程朱理学，在竹林里做"格物"试验未成，后改学陆九渊的心学，因听窗外江水流动而顿悟，认为心是感应万事万物的根本，并认识到"圣人之道，吾性自足，向之求理于事物者误也"。融会贯通，以"心即理"为核心，提出了关于"良知"的千古命题，终成一门独领风骚数百年的学问。他叫王阳明，这段经历史称"龙场悟道"。

南康之会让世人见证了一幕"君子和而不同"的典范。那以后，陆九渊和朱熹再也没有见过面。但他们之间书信往来不断，双方仍然会就一些问题展开讨论和争执，却并不影响两人的交情。

三

八百余年后的今天，在这方深受理学浸染土地上栖息的人们，始终坚守着"知行合一"的心学要义，香旅融合、书铺重振、古屋焕新，在传承创新中坚定前行。

抚州多才子，金溪出大儒。

金溪立县于宋淳化五年（994 年），比陆九渊出生早 145 年。建县以来，先后出过 2 位状元、3 位榜眼、242 位进士，其中最耀眼的人物当属"金溪三陆"：陆九韶、陆九龄、陆九渊。他们的学说被称为"三陆之学"，又称"江西之学"。

千百年来，这块大儒成长的土地上，先后有过许多的精彩：在清代，赢得"金溪书"美誉的浒湾曾经是全国四大刻书中心，民国版《江西省地理志》载："所有江西全省读本、经书、小说皆由此出，名曰江西版。"至今仍完好保存的上万幢明清古建筑见证着昔日的荣华，被誉为"一座没有围墙的古村落博物馆"。

坐拥丰富文化资源的金溪并没有故步自封，这里的人们始终保持着先人们的良知和本心，这份发自内心的责任感体现在城市的发展和变化之中：

以承办首届象山文化旅游节暨陆象山诞辰880周年纪念活动为契机，举行"会同朱陆，传承理学"研讨会、"心学"文化论坛研讨、主题文化旅游周等活动，倾力打造"心学圣地"文化地标；

秉承"文化+古村落"理念，对古建古屋由"纯粹保护"转变为"保护与开发利用并举"，让金溪越来越多的古村落焕发出新的风韵与活力；

筹建浒湾雕版文化博物馆、中国印刷博物馆浒湾书铺街分馆等设施，努力重现古代雕版印刷业的盛衰历程和浒湾雕版印刷业的历史地位。

最值得称道的是，从无到有、从有到优，大力发展香料香精产业，建成以"香产业、香文化、香生态"为主题的香谷小镇，为这座古老的县城赢得了"华夏香都"美名，享誉国内外。

象山之学，贵在创新。"心、香、书、屋"四张文化名片，清晰地展示了金溪绿色崛起的努力，可以称得上是数百年前象山先生创立"心学"精神的延续，未尝不是当地建设者们对先生"四岁问天"的一种遥遥回应。

四

大音稀声，大象无形。历史一页页翻篇，年代的久远已经让我们看不清象山先生的样子，听不见他的声音，但我们能够走进象山故里，阅读他的文字，感悟先生的熠熠光辉。

青田陆氏家族，不仅是个宗法大家庭，也是一个集教育、文化、思想为一体的学术中心。后来延福乡改名叫陆坊乡，就是为了纪念陆九渊这位先贤。

今日的青田里依旧一派宁静的田园风光，源于大山深处的青田水，清清亮亮，穿村而过。这里曾经有一条古驿道，把这个大山里的村落与外界接通。当年，陆九渊就是从这条驿道走出村子，打开了一扇通往心学宇宙的智慧之门。并且在辞世后，再次通过这里归葬在青田桥旁边的东山岭上。

在陆小春的带领下，走过青田桥，再沿着那条已经埋没在绿草之中却依稀能够辨认出痕迹的古驿道，行不多远，便到了象山先生之墓。

松林掩映的墓地三面环山，左右两边各立了一个石柱，由于年代久远已显青色，柱上分别刻着：学苟知本六经皆注脚，事属分内千圣有同心。这两行字，是心学的精髓，也是象山先生俯仰天地、返本归心的表达。

再往前行，能够看见一座仰心亭，亭柱留有"仰首攀南斗，翻身倚北辰"的字样。陆小春介绍说，这是象山先生的诗文，后面两句是："举头天外望，无我这般人！"

抬眼望着无穷无尽的宇宙，感怀着象山先生以及和他同时代众多大儒的风范，他们有如一阵清风，轻轻地从身旁悄悄滑过，在无垠的天空中了无痕迹，我们却能够真切地感受到人心的清凉和温暖。

数百年过去，仿佛还可以用手触摸到那份如山的厚重。

我本谭纶

在 276 年的大明王朝史上，嘉靖年间是个值得记录的时代。

这个年号共计使用 45 年，仅比万历少 3 年，位列明朝史第二。这一历史时期，涌现出了一大批对后世有着深远影响的人物：思想家王阳明、李贽，军事奇才戚继光、俞大猷，著名权臣张居正、严嵩，一代清官海瑞，千古名医李时珍，戏剧大师汤显祖……

在灿若星辰的历史人物中，还有一位并不广为人知，却分量极重的人物。

在东南沿海，他与戚继光联手平定为害百姓数十年的倭寇之乱；

在北上戍边，他主持修筑了延续至今的明长城，被称为八达岭长城再造者；

在家乡宜黄，他让军中戏班教习本地艺人成就"宜黄腔"，在汤显祖的戏曲作品《牡丹亭》中大放异彩。

他就是谭纶，字子理，嘉靖进士。

腊月临，年味近。

京城街头已经可以看到一些对联、年画琳琅满目的店铺。若是走到昌平、延庆等地，还能发现一个器宇轩昂、手执火药器械的武将门神形象，这位被当地百姓世代流传的守护神，就是谭纶。

谭纶走上神坛，应该与两段历史往事有关。

嘉靖三十四年（1555年），发生了一件令朝廷汗颜的战事。百余倭寇从浙江绍兴上虞登陆，沿着徽州府（今安徽）歙县、泾县、芜湖等进犯，与驻地官兵交战，均胜多负少。就是这支百余人的队伍，横扫今日浙、皖、苏三省，在剩下53人的时候，竟然还攻打南京城。最终明军调集数千大军，几番血战，付出极大伤亡后，才将其全歼。

对于这一仗，史书有着较为详细的记载。《明史·日本传》中提及："是役也，贼不过六七十人，而经行数千里，杀戮战伤者几四千人，历八十余日始灭。"

当时的谭纶，正在南京兵部任职，对于这段经历必然刻骨铭心。幸运的是，他很快等来了亲手雪耻的机会。

时年七月，戚继光从山东登州调任浙江都司金书，负责军事。八月，谭纶调任浙江台州知府。自此，"谭戚"合体，屡遭倭寇蹂躏的东南沿海，迎来转折。此后五年，因战绩出众多次获升迁的谭纶联合戚继光、俞大猷持续痛击倭寇，捷报频频，浙江倭患宣告平息。《明史·谭纶传》记录："纶终始兵事垂三十年，积首功二万一千五百。"

荡倭记让谭纶一战成名，修长城则迎来了他一生的高光时刻。

隆庆元年（1567年），谭纶调回兵部，任左侍郎兼右金都御史，总督蓟、辽、保定军务。次年，戚继光调来，任总兵官，镇守蓟州、永平、山海诸处。这对亲密战友再度合体，开启了为期三年的长城升级工程，从山海关到居庸关，三千座兼具防御和屯兵功能的跨墙楼台傲然矗立。

这就是我们今天看到的长城雄姿。

2006年8月，八达岭长城南十楼的修缮过程中，意外地在城墙下发现了一块明隆庆三年的题名碑，其上清晰地刊刻了17位修筑长城的明代官员姓名，其中位列第一位的便是：宜黄谭纶。

在宜黄凤冈镇王家场巷口，立有一座气势恢宏、结构精致的石牌坊。牌坊由全石榫卯，高约 10 米，宽 8 米，正面六柱三门，两侧呈三角形鼎足。三层额枋，均以浮雕及透雕龙凤云纹图案和戏曲人物镶嵌。额枋间嵌有石匾，横竖走向分别刻有"恩荣""大司马""嘉靖甲辰进士兵部尚书谭纶"等字样。

这座牌坊建于明万历二年（1574 年），是家乡人依据明朝在位时间最长的神宗皇帝"省郡各建文武忠孝、威震华夷坊"旨意，兴建于谭纶的家乡谭坊村。

冬日暖阳下，伫立石牌坊前，虽然历经岁月沧桑，人物造型多有残缺，依旧能够感受到谭大司马的荣耀光芒，以及家乡人对其的敬仰之情。

南征北战、战功赫赫的谭大司马并没有忘记父老乡亲，他为家乡留下的一笔文化财富，不仅在当时让数以千计的艺人有了一门养生技能，还成为传唱至今"临川四梦"中的一抹亮色。

或许是受到临川文化的浸润，武将谭纶精通音律，尤喜盛行江浙一带的海盐腔。效力疆场之余，他让随军征战演出的海盐唱腔戏班教习家乡子弟，并将"弋阳腔"融入其中，形成"宜黄腔"。

在谭纶辞世 20 余年后，有一位辞官返乡的临川才子，将自己写成的戏剧作品请来宜黄戏班子排演，一剧成名天下闻，奠定一代戏剧大师的江湖地位。

他叫汤显祖。

年轻 30 岁的汤显祖对谭纶一直敬佩有加。隆庆六年（1572 年），谭纶升任兵部尚书，汤显祖特意写了一首诗《送谭尚书行边》，其中写道："相国南来征竹箭，尚书北上拥雕戈。"许多年后，汤翁还在其戏曲理论名作《宜黄县戏神清源师庙记》中留下了这样一段文字："江以西弋阳，其节以鼓，其调喧。至嘉靖而弋阳之调绝，变为乐平，为徽青阳。我宜黄谭大司马闻而恶之。自喜得治兵于浙，以浙人归教其乡子弟，能为海盐声。大司马死二十余年矣，食其技者殆千余人。"

如果说谭纶把"海盐腔"引入赣地，那么汤显祖对于宜黄班的培植，使"海盐腔"在赣地乃至更为久远地盛行，达到了一个登峰造极的地步。

两位故土相隔不过百里的文武乡贤，以这样一种方式，成就了一段完美的际遇。

三

万历五年（1577年），58岁的谭纶卒于京师，神宗御制下葬祭文，令"饬终从厚，治葬有仪"，赠太子太保。其灵柩运归宜黄，葬于今二都镇玉泉山麓。

从谭坊驱车约十分钟，行至二都镇帘前村地界，在公路旁边，能够看到一处静谧而肃穆的所在，就是谭纶墓。整座墓园依山就势，前面是宜黄主要河流之一的黄水河。沿着数百米长的祭道前行，穿过一座牌坊，走上青石铺就的神道，两旁依次有石虎、石羊、石马和文武石像，雕刻精致传神。墓体位于半山腰位置，居高远眺，山川田野村寨尽收眼底。

从宜黄走出的谭司马，以战成名，以功晋升，转战陕川，巡抚四省，官至兵部尚书，最后的栖息地，依旧回归了他笔下"斯城也与天地并悠久可也"的故乡。

出墓园数百米处的白槎村，有一个小小的家风家训馆，其中有关于谭纶的专门章节，功绩略述，重点着墨的却是他的一封家书。在这封写给弟弟的书信中，时任兵部尚书的谭纶在一番情真意切后，列出了"十七戒"：包括戒受人请托、戒信术士、戒狂饮轻易论事、戒纵童仆出外生事、戒奢侈、戒说人长短等等。纵观谭纶往来书信资料，这样对家人的告诫屡屡可见：家庭有规矩，朝廷有法度，绝不能打着自己的旗号在外招摇，"不可多才丧志"，不可"以吾名坏其风节"，应该"持身贵谨，待人贵谦贵敬"。

当地流传着多个关于谭纶廉洁清正为官为人的故事。两广总督任内，有官员托人置办酒席宴请谭总督以求升迁，谭纶得知目的后拂袖离席；内亲黄仰虚家遭不幸，自念官微和环境艰苦，多次写信希望谭尚书帮忙调动岗位，或告老还乡。谭纶写了一封2000余字的书信婉拒，表达为官靠的是才学和百姓的拥戴，而不是拉关系走后门。黄仰虚听劝后重振精神，"上报国恩，下尽臣职"，在江北一带抗敌保民立下功勋。

随着年代久远，我们无法验证故事的真实性，但可以从另一个历史事实予以佐证。谭纶一生经历正德、嘉靖、隆庆、万历四朝，朝堂党争不断、内阁杀机四伏，这么险恶的政治环境下，同期为官者，无论忠臣奸臣、清官贪官，大多数结局黯然。唯有谭纶，居然一生未受过任何处分，并且以极高礼遇得以善终，无疑创造了大明官场的一个奇迹。

其实，这奇迹并非无章可循。站在那个小村庄的家风家训馆门前，眺望谭纶墓园，五百年纷纷繁繁的历史往事，仿若体验一回时空隧道的穿越，耳畔分明传来一个铿锵有力的声音：

我本谭纶。

一代大师身后的理学温度

提到理学，我们一般都会讲宋明理学。

宋朝是理学的创始和兴盛阶段，明朝则是理学的全面推广阶段。如果说朱熹和二程是宋朝理学鼻祖的话，那么王阳明则在某种意义上成了明朝理学的代表人物。但是，王阳明之前，有个理学大师不得不提，他就是"崇仁学派"的创始人吴与弼。很多学者经考证后认为，吴与弼的理学文化是王阳明的理学思想的源头。

经过数百年的历史流转，吴与弼被淡化得鲜为人知，但他所创造的理学思想，近年来却在不断升温。

一

理学文化的民间交流活动频频，国内外众多专家学者潜心钻研的热门课题，映衬出"理学之乡"的尴尬。

"只有走出省门，才能真切地感受到吴与弼经久不衰的影响力。只有在对外交流的过程中，才能了解到国内外专家学者对吴氏理学思想的热切程度。"对吴与弼思想有着深厚研究的段文华说这番话时，言语中有一种掩不住的失落。

2011年9月中旬，他应邀到广东江门参加"第二届陈白沙文化节"，感受颇深。这项以传播和弘扬明代理学家陈白沙思想为主旨的文化盛事为期一个月，主办方通过古琴演奏会、书画活动、白沙国学讲堂、白沙文化理论研讨会、敬老慈善文艺汇演等一系列丰富多彩的活动，让所有的参与者都能感觉到当地民众由此而生的骄傲。

陈白沙，明代著名的思想家、教育家、书法家，颇具影响的学术流派"江门学派"创始人，被誉为"道传孔孟三千载，学绍程朱第一支"。他还有一个构成这些光环基本元素的身份：吴与弼的弟子。

近年来，全世界研究吴与弼思想的学者及学术机构很多，国内各大高校也有众多专家学者将"两吴"理学更为重点研究课题。记者看到一份不完全统计数据，近10年来，涉及吴与弼理学思想研究的专著和论文就有近百部（篇），参与研究的专家学者包括美国、日本、韩国及中国大陆、台湾、香港地区，涉及数十所高校。其中《吴与弼和崇仁学派研究》课题被列入国家教育部人文社科基金项目。

段文华告诉记者，以"两吴"为主题的理学文化民间交流活动经常举办，尤其是吴与弼两个弟子的家乡广东省江门市和增城市。相比之下，元明两代先后出了吴澄、吴与弼两代理学大师，被称为"理学之乡"的崇仁却显得有些冷清。譬如作为吴与弼出生地和思想成形地的家乡，已经找不到任何遗迹，提起吴与弼和他创办的"崇仁学派"，大部分民众都说不清楚其所承载的历史意义。

对此，段文华每每陪同国内外前来探寻吴与弼大师故地的专家及学者时，都是无可奈何，甚至还有几分内疚。

二

三度坚辞朝廷官职，推动儒学向工农商贾转向，吴与弼创立的"崇仁之学"最终成了中国历史上第二次文化下移的发端。

在吴与弼一生中，最具传奇色彩也最广为人知的故事，就是他被朝廷召入京城，却三度坚辞皇上授官的情节。

据史料记载，吴与弼6岁入学，19岁赴京师金陵求学。偶然读到宋代理学创始人朱熹的著作，当即放弃科举考试返回家乡闭门钻研。21岁开始讲学，从学弟子甚众，并不乏学有大成者。其中有一名弟子叫娄谅，娄谅学成后教出了一名学生，就是后来名满天下的理学大师王阳明。

明天顺初年，年近古稀的吴与弼已经成为儒家高行，声名远扬。朝廷派出专人召他进京。英宗皇帝下谕"烦辅东宫"，希望吴与弼教授皇太子。这事搁谁头上都是一件光宗耀祖的喜事儿，但吴与弼却以"少贱多病，杜迹山林，本无商行"为由请辞。之后英宗三次挽留，他三度坚决请辞。最终，英宗只有派遣官员将其送回，并以禄终身。

这段传奇有证为据，其证据由吴与弼的后人一直保存至今，视为家族之宝。究竟是什么呢？是英宗遣人送回后，下发的一道圣旨。

在崇仁县六家桥乡曹坊村委会庄下村的吴氏宗祠，吴与弼的后人吴乾生小心翼翼地向记者展示了这份代代相传的圣旨。记者认真阅读，上面详细记载了这段应召入京却三度请辞的过程。英宗非但没有责怪吴与弼，在圣旨中还要求当地的地方官员善待这位理学大师。

其实，宁做学问不为官的吴与弼完全有拒绝当朝皇上的底气。在中国历史上，他第一个提出"劳动与读书相结合"。和学生一起劳动，一起生活，在劳动中讲学，在劳动中授教，在劳动中悟"道"。近代教育家陶行知倡导的"生活教育"，正是源于吴与弼的这一教育思想。同时，吴与弼敢于挑战孔子"君子喻于义，小人喻于利"的重儒轻商思想，提出"素其位而行，不愿乎其外"，推动工农商贾儒学化，并造就了明代以来，一大批学士放下身架经商，形成了中国特有的儒商阶层，影响至今。

国学研究专家、湖南大学岳麓书院院长朱汉民研究吴与弼教育思想多年，他指出，吴与弼及其所开创的"崇仁之学"，对明代学术思潮的兴起具有"启明"的作用。清代史学家黄宗羲编撰《明儒学案》时，以吴与弼的"崇仁之学"为开篇第一卷，并称"微康斋，焉得有后时之盛哉"。同时，发生在明代的中国历史上第二次文化下移，是由以王阳明为代表的思想家们推动并完成的。而此前，吴与弼发儒学往工农商贾转向之端，推动中国文化教育发生了纵向性的传递传播，使儒学由上而下，走向社会下层民众，走向工农商贾，意义重大。加之，王阳明的老师又是吴与弼的弟子，由此众多专家学者均认为吴与弼以其创立的"崇仁之学"是第二次文化下移的发端。

三

文化氤氲逐渐消散的大师故里，一群热心理学文化传承的民间人士，期盼唤醒当地文化自觉，重现理学光彩。

由崇仁县城驱车北行，约 20 公里，就到了小陂。

这个见证了吴与弼理学思想从初始到成熟全过程的小村落，曾经学子云集、声名远扬，如今已古迹无存。当年讲学的"康斋书院"所在地，在二十世纪八十年代建起了一幢砖瓦平房，将遗迹抹得干干净净。只有巷道上几块被磨得光滑的块石，仿佛在叹息着逝去的岁月，向偶尔前来探寻的人们讲述着过去发生在这里的一切。

我的眼前仿佛浮现出往日小陂曾经有过的繁盛，其间依稀有一位布衣长衫的老者在田园里耕耘，在书案前挥毫疾书，在学馆里对学子们谆谆教诲。

从京师回乡后，吴与弼继续潜心研究他的学说。明成化五年（1469年），这位差一点就成为成化帝老师的理学大师卒于家乡，终年 79 岁。

从崇仁县城驱车，往另一个方向，依旧是 20 余公里，庄下村。

沿一段山路上行，笔者在当地村民的带领下找到一个名为罗源岗的山坳，一块微微隆起的坟冢隐于丛生的杂草之间，只有冢前一块红石质地的墓碑，记录着主人的身份：明吴康斋之墓。

一代理学大师，就在这里化为一抔黄土。

不远处有一辆推土机正在施工，施工人员介绍，他们正在修一条可以通车的路，专门用于运送修葺吴与弼墓地所需的材料。这项耗资巨大的工作，完全由民间组织自发筹资进行。

2008 年，崇仁一群热心于吴与弼研究的人士，发起成立了一个专门的研究会，段文华就是该研究会的常务副会长。他告诉记者，"崇仁之学"是吴与弼留给世人宝贵的文化遗产，研究会将竭尽所能，结合当代社会实际，唤醒社会大众的文化自觉，使崇仁重现"理学之乡"光彩，努力成为经济社会和精神文明建设中的一股重要助推力量

在历史长河中，每一个生命都如流星般稍纵即逝。吴与弼和他的理学思想，却在他故去数百年后，在身后留下了一个深深的印记，让人感觉到有一种绵延不断的生命的温度。

文学大师张恨水的江西情缘

6月初，一对年过七旬的兄妹张伍、张明明在江西省抚州市黎川县参加一场座谈会后，在专家们的陪同下来到老城河畔的一幢百年老屋前，驻足沉思，眼眶蓄泪。

百余年前，他们的父亲就在这幢房屋里开始接触小说读本，并被深深吸引。之后笔耕不辍，成为当代中国文学史上最为多产的作家。他就是中国现代文学史上鸳鸯蝴蝶派的代表人物——张恨水。

从呱呱坠地于赣鄱大地那一刻起，张恨水就与江西有着诸多割舍不断的情结。

一

陪伴成长的江南印象。

1895年5月18日，江西广信府（今上饶铅山县）县衙，一名婴儿以清脆的啼哭声宣告了自己的新生，祖父张开甲为其取名心远，意为志存高远。身为武将的张开甲不会想到，这名男婴日后竟然会成为中国现代文学史上一颗耀眼的新星。

由于父亲职业的原因，张心远的童年大部分都在江西各地奔波。景德镇、南昌，吉安新淦县（今新干县）、抚州黎川县等地，都留下了他玩乐、求学、思考的印迹。翻开《张恨水年谱》，随处可以找到童年、少年张恨水的印象：1902年，7岁，其父调至景德镇，全家随往，张心远在蒙学读"四书五经"，其聪颖好学，深受先生喜爱，并被乡人誉为"神童"。1905年，10岁，其父调往江西新城（今黎川县）任职，全家随往。张心远与弟在家从端木先生读书，学业大有长进，并开始接触小说及古诗。1907年，12岁，其父调往江西新淦县（今新干县）任职，全家随至该县三湖镇。张心远入一"半经半蒙"私馆，读古文。课余遍览小说，渐懂作文之法……

1912年，张心远的父亲因急病于南昌去世，全家迁回原籍安徽潜山。两年后，时年19岁的张心远只身再赴南昌求学，补习英语和数学。之后，前往汉口，投奔做编辑的本家叔叔张犀草，每日为小报补白，署名"恨水"。

张恨水的女儿张政在《我的父亲张恨水》一书中，描写了父亲进入黎川时的情景："父亲10岁时，随祖父到了江西新城县（今黎川）。这是闽赣交界的地方，距杉关大约60里，是处万山丛杂，林箐深密，驿路一线，盘旋于山水间。南国春早，春节刚过，就已是柳条盈盈，菜花泛金了，父亲坐木船沿赣江而上。一路上风景如画，很是开心。"

张政表示，这些诗一般美丽的景色，都来自父亲的讲述。黎川等典型江南水乡风格的城市给张恨水留下了深刻的印象，他在自己许多的小说当中，时常提到江南的如诗如画，读来让人神往，又有点凄美之感。小说中频频出现的江南意象，或许正寄托了张恨水对少年故地深沉的情感。

二

文学大师的小说启蒙。

张恨水被老舍评价为"中国唯一妇孺皆知的作家",也被誉为"章回小说大家""通俗文学大师"。但很少有人知道,他的文学启蒙竟是从黎川县黎滩河的一艘乌篷船上开始的。

张恨水在《写作生涯回忆》中这样写道:"当我十岁边上(1905年),我父亲接我们到新城县去,坐船走黎水直上,途中遇到了逆风,船上的老板和伙计一起上岸背纤,老板娘看舵,我在船上无事,只好睡觉。忽然发现船篷底下有一本绣像小说《薛仁贵征西》,我一瞧,就瞧上瘾,方才知道小说是怎么回事。"

在黎川,从此知道了小说是怎么回事的张恨水又遇上了一位关键人物,正是这位人物的出现,使张恨水在文学路上走得更远。他就是张恨水的私塾老师端木先生。

端木先生是黎川本地人,同样喜欢小说。他给张恨水上课时,就时常揣着一本《三国演义》。共同的爱好使得这一对师生关系密切,他们经常在一起对小说的细节和人物进行分析,那段日子是张恨水最为快乐的时光,也是汲取文学营养最集中的时段。

据史料记载和当地老人回忆,清末民初的黎川,文化氛围相当浓厚,十里长街上,开有书铺、阅读社七八家,私塾也非常盛行。张恨水在他的写作回忆录中写道:"我把零用钱积攒下来,够个几元几角,就跑到书铺里去买小说书。"刚开始,父亲并不让张恨水看这些"不正经"的书,时常阻止,张恨水也想了很多办法,譬如选择在夜里看书,把小板凳放在枕头边,在小凳上点了蜡烛,将枕头一移,把书摊开,大看特看。到后来,父母亲也不管了,管他叫"小说迷"。

对于张恨水在黎川县的这段经历,其子张伍后来在书中称之为"江南水乡的学童生活",尽管两年之后,张恨水随父离开了黎川来到新淦县(今新干县)三湖镇,但在这之前他已经读完了《西游记》《水浒传》《封神演义》《东周列国演义》《五虎平西南》《野叟曝言》以及半部

《红楼梦》，这使他作文减少了错别字，并把虚字用得更活。

看了很多小说后，张恨水忍不住手痒，萌发了写小说的念头。13岁那年，张恨水动笔写了第一部小说，这个故事是关于武侠的。说的是一位14岁的小武侠飞锤打死老虎的故事，小说里的这位小武侠手握百十斤的两把铜锤，能飞身跳过几丈的深沟。张恨水嫌语言叙述不够劲，还特意在手写本上画了两幅插图，那锤画得特别夸张，超过人的二分之一。

谁也没有想到，日后的张恨水发表文字3000余万，多产成为他最大的特点。尤其是在1928年，同时有《春明外史》《春明新史》《金粉世家》《青春之花》《天上人间》《剑胆琴心》等6部长篇小说在不同的报刊上连载，6部小说的人物、情节、进程各不相同，令人叹为观止。如果没有小时候打下的扎实基础和超群的写作才能，根本难以完成如此庞大的创作工程。

三

涛声依旧的百年老屋。

如今的黎河早已不再漕运，也找不着乌篷船的影子，但黎川的明清老街、美丽廊桥、厘卡码头、私塾、古老书铺依然存在，显露着江南水乡的诗情画意，沿河有洗衣的女子说笑。

从黎川县城出发，穿过一条依旧保留着岁月记忆的明清街，再沿着一条青石板小径走到城南老街的南津码头，可以看到一幢徽派建筑风格的两层木楼。对张恨水在黎川生活有着较为深厚研究的学者黄建平介绍，这幢有着百余年历史的老屋，就是张恨水的旧居。

黄建平告诉记者，黎川老街依河而建，码头众多，水运繁忙，而南津码头作为江西与福建两省交通的枢纽，货物集散之地，当时的官府衙门便在南津码头的渡口设置厘金卡（也称厘金局），征收木竹、盐税。张恨水的父亲身为盐官，一家便居住在码头的公署之内。

百年老屋占地约 300 平方米，门前有两条青石板小巷经过，左边的小巷通向老街，正前方的小巷一直通往跨河的廊桥石阶，右边就是紧依黎河的南津码头。步入小楼的大门，初时感觉光线昏暗，再往前行，一间颇有气势的厅堂顿时使人豁然开朗。大厅地面以麻石板铺就，右侧有一方天井，供阳光和雨水进入。大厅左侧有三间贯通的平房，窗下就是码头渡口。透过雕花的木窗，能看见新丰廊桥和横港石拱桥古老的身姿和靓丽的风采。在大厅右侧，沿着一座油光乌黑的楼梯拾级而上，行至吊楼位置远眺，豁然开朗。逶迤的群山，跨河的古桥，蜿蜒的流水。突然一念起，百余年前的张恨水先生，应该也是以这样的一种视角，在水墨画般的江南美景里沉思。

百年老屋在一个世纪的风雨侵蚀中，虽然苍老，但仍以其顽强的坚持，见证着百年的沧桑巨变。当然，还有潺潺流过的黎河水，浪花拍打着桥墩及两岸护堤，仿佛吟诵着：大师虽仙去，涛声还依旧。

墨池往事越千年

在江西抚州城区文昌桥头，有一处仿古园林建筑群，是当地较为热闹的民间古玩字画交易场所。但是，很多人不知道的是，这个建筑群所依托的文化核心——洗墨池，竟然与一位闻名天下的大书法家，被后人誉为"书圣"的王羲之相关。

阳春三月，记者跟随一群来自书圣故里——山东临沂的书法爱好者前往洗墨池探访，他们言语中压抑不住的激动和自豪深深吸引着记者去小心掀开那段尘封千年的往事……

一

在王羲之的记忆里，临川一定是座让他印象非常深刻的城市。这里见证了他初踏仕途的春风得意，也记录了他痛彻心扉的丧母之哀。

王羲之第一次踏上江西的土地，应该是在晋咸和四年（329年）。

在中国历史上，公元329年发生了两件大事：一是北方的前赵在建国26年后灭亡；二是南方的东晋平定了一场叛乱，都城建康被毁严重，大功臣温峤提议迁都豫章（即如今的南昌），辅佐大臣王导则建议回迁建康。最终，帝采信了王导的建议，南昌与东晋都城失之交臂。

就在这一年，王导的堂侄王羲之被举荐为临川太守。

这是王羲之第一次担任主政一方的实职。26岁的他带着母亲与爱妻前往临川赴任，虽然路途遥远，地处偏僻，却丝毫没能冲淡他春风得意马蹄疾的欣喜之情。

魏晋时期政风务虚，郡守县令大都以清谈、饮酒、遨游为时尚，政务一般都由掾属和小吏办理，积弊很深，王羲之在体察民情后对此感触良多。《全上古三代秦汉三国六朝文》记录了他的感慨："此郡之弊，不谓顿至于此。诸逋滞非复一条。独坐不知何以为治，自非常才所济。吾无故舍逸而就劳，叹恨无所复及耳。"随后，王羲之着力清理积弊，勤求民隐，为民请命，赢得了当地民众的赞誉。据《世说新语·品藻》记载，家人称王羲之为"我家临川"，并自豪地对他人言及"临川誉贵"。

令人遗憾的是，正当王羲之全力施展抱负之际，命运给他的仕途踩了一脚急刹车。

咸和六年（331年）底，王羲之的母亲因病辞世。带着母亲远行见证自己的为官时光，却没想到让母亲客死他乡。这成了王羲之心头永远的痛。他在一则帖子里写下"坟墓在临川，行欲改就吴"。几个月后，主政临川两年的王羲之为母亲迁坟回乡，守孝三年。

满怀伤情离开临川的王羲之没有想到，十几年后，他将再一次踏上江西的土地。他更没有想到的是，历史会再一次重演，下一次依旧是欢喜而来，黯然而去。

根据史书记载和专家考证，永和元年（345年）七月，王羲之任江州刺史。

东晋时代的江州管辖范围很大，相当于今天的江西、福建两省，还加上今天湖北的咸宁、武昌至黄石的长江南岸，湖南衡阳以南以东地区。江州刺史，就是个管辖两个省再加上两个省的一部分的"大员"。

可是，当年十二月，担任要职仅仅五个多月的王羲之，因新帝的岳父瞄上了这个好位子，而不得不离任。这件事给他的打击很大。从那以后，朝廷多次召他任职，王羲之均以儿女婚嫁等理由拒绝。直到多年后被老上级劝召，出任右军将军。因此，他也被后人称为"王右军"。

王羲之的仕途几起几落，但他对于初任地方长官的临川有着颇为深厚的感情。在《王羲之集》中，有一则《临川帖》是这样写的："不得临川问，悬心不可言。子嵩之子来，数有使，冀因得问示之。"表达了他对临川深深的牵挂。

二

———

无论是闲来无事练几笔的闲情，还是不是精品不出手的严谨，书圣以染黑的池水，给后世留下了一段传奇。

王羲之在临川赢得了一个当官为民解疾苦的好名声，更留下了一个传唱千年的洗墨池。关于这个故事，有两个不同的版本，都很有传奇色彩。

第一个说法来自民间。当地民众新建了一座颇有气势的建筑"飞云阁"，百姓请太守大人题额。亲民的太守王羲之允了，回到住地，提笔飞书数幅，却自觉不如意拿不出手。于是，不肯潦草塞责、糊弄百姓的王羲之决意苦练3个月。有一次家人送来馒头、蒜泥、甜酱，王羲之专心致志，竟将馒头蘸入砚台弄得满嘴墨黑。不仅如此，3个月中，王羲之临池练笔，将一池清水染成墨黑。后人在墨池旁立一石碑，上镌"晋王右军墨池"。

第二个说法来自南朝宋人荀伯子在《临川记》里的记述。东晋时期，临川郡城的东面，有块突起的高地，下临溪水，名叫新城。新城上面，有一口低洼的长方形水池，王羲之曾经仰慕东汉书法家张芝，在池边练习书法，长此以往，池水因常洗笔砚而逐渐变黑，后人称为王羲之洗墨池。

无论是哪种说法，都表达了后人对王羲之的敬仰之情。"初唐四杰"

之一的王勃在《滕王阁序》中的名句"光照临川之笔"，亦出典缘此。位列唐宋八大家之一的曾巩专门为此作了一篇《墨池记》，其文借王羲之练笔成就洗墨池之事，引申开去，勉励世人勤学；再由学不可少，推及深造道德更应努力，后人当致力修养，发扬墨池精神，力求上进；同时由为墨池作记联想对社会风气的影响，指出：只要有一技之长者受到尊重，则"仁人庄士之遗风"，便更可受人尊敬。

王羲之在任临川太守期间"临池而书，池水尽墨"的经历，对于后来成就书圣有多大的影响，我们不得而知。但可以知道的是南朝宋泰始年间的书法家虞和在《论书表》中的记录："羲之所书紫纸，多是少年临川时迹。"

20 年后，东晋穆帝永和九年（353 年）三月，王羲之与谢安、孙绰等 41 人，在山阴（今浙江绍兴）兰亭"修禊"，会上各人作诗，王羲之临池畅饮之余，用蚕茧纸、鼠须笔挥毫作序，写了一篇共计 324 字的序文手稿，名动天下。

这就是被称为"天下第一行书"的《兰亭序》。

其时，洗墨池的水应该早已清澈，却在千年后的今天，成为一种精神上的象征，激励着古今中外的书法爱好者。

三

一座逐渐湮灭在浮躁都市的建筑，承载的文化元素依旧厚重。芳草萋萋的院落，掩不住千百年来一代又一代的人才辈出。

一扇半开半闭的红色木门，一行不起眼的文字标识。周边无论是画像的小店还是通信公司的专营店，较之都要醒目许多。如果不是刻意造访，怎么也不会想到，有关部门斥资 500 万元重修的"王右军洗墨池"

時間的溫度

就这样悄无声息地藏身于抚州的闹市区。

从大门进入，可以看见一个精致的小院落，曲径通幽，绿树浓阴，草坪青翠。正前方一座"晋王右军祠"，祠里空空荡荡，只有一块写着"超凡入圣"的牌匾以及一尊王羲之的塑像,正中间的王羲之左手挽袖，右手执毫。祠门一副对联"墨落化龙去，池开引凤来"，仿佛在诉说着1600多年前的书圣传奇。

闻名遐迩的"洗墨池"就掩映于祠前一对挺拔的杨树下，小池呈长方形，中间架有一座石桥，石阶上长满青苔，看得出已经很长时间没有人从上面走过。洗墨池的左侧是一个碑廊，其中陈列着古代的名人碑刻；右侧即是曾巩千古名作《墨池记》碑文，碑基为巨形龟石，系明代中期的石刻。

置身其间,不由让人感怀院内院外两个世界。被纷繁浮躁的都市气息包围的建筑，其所承载的文化元素依旧厚重。而院内的萋萋芳草，丝毫没有掩盖住千百年来这座古城中一代又一代的人才辈出：不畏艰辛、锐意改革的北宋政治家、思想家王安石；大散文家曾巩；开一代词风的词坛巨擘晏殊、晏幾道；被誉为"东方莎士比亚"的伟大剧作家汤显祖；人称"百世大儒"的哲学家、思想家陆九渊等等，均为海内外妇孺皆知的名贤。

尤其值得一提的是，在近代中国，这块土地又出了一位书法大家，他就是中国书法家协会第一任主席，被毛泽东同志誉为"红军书法家、党内一支笔"的舒同。其创造的"舒体"浑圆有力、外柔内刚、宽博端庄、雍容大方，以其特有风格，深为人们喜爱；并已被输入电脑，成为一种通行字体，广泛用于报纸、杂志、电影、电视，显出其独特的魅力。

1600余年前的临川太守王羲之不会想到，因他而存在的"王右军洗墨池"，会以这样的一种方式，完成一次穿越历史时空的交会。

江右理学的一程山水

在中国理学发展史上，很长一段时间里，江右理学都显得有几分落寞，鲜有开山宗师。自宋至明，除了宋代杨万里、元代吴澄、明代吴与弼等人之外，有创见的并不多。

然而，到了明末清初，在抚州的南丰县、赣州的宁都县、九江的星子县三地，竟然崛起了一个颇负盛名的江右学者方阵。三地学人各有所长，思想相互碰撞，精彩纷呈。其中，谢文洊的"程山学派"以东西方文化交融后逐渐形成的独到创见，成为江右理学中的一抹亮色。

从专心应举到潜心学禅，再从心学转向理学，历经学术三变之后，谢文洊创造了"畏天命"学说，由此奠定其江右理学一派宗师的地位。

谢文洊，字秋水。明万历四十四年（1616 年）出生于江西抚州南丰县城西的一座普通民居。少年时期的谢文洊并没有显露出太多的天赋，唯一能够为他日后的成就做铺垫的细节，就是一次在舅父家借宿时无意间读到了一本南宋理学大师朱熹晚年的论著，几天几夜细读精研。

相比平淡的少年时光，谢文洊的学术经历却着实有几分周折，甚至可以说跌宕起伏。

明崇祯十年（1637年），谢文洊的父亲谢天锡为了能够让几个儿子考取功名，特意在相邻的广昌县香山找了一处安静所在，盖起房舍，供他们研习应举学业。可惜，谢文洊辜负了父亲的苦心。两年后，他应试乡举未中，经受了人生的第一次挫折。之后，谢文洊重新研习备考，没有维持太长时间，就到了香山一座寺院，开启为期五年的"禅意人生"。

清顺治二年（1645年），谢文洊受到心学代表人物王阳明《王文公集》、王畿《龙溪集》两本著作的影响，开始研究心学，并提出"万物皆备于我，前后皆备于今"的主观唯心主义观点。清顺治六年（1649年），应友人之邀，谢文洊前往新城（今黎川县）参加学术辩论。其间，受友人王圣瑞影响，读到另一位理学大家罗钦顺的《困知记》后，突然开悟，转而全心投身理学研究。

几年后，谢文洊回到阔别多年的南丰县城西老家，建立"程山学舍"对外讲学。由此，世间多了一位"程山先生"。

清顺治十五年（1658年），43岁的谢文洊对于古今中外的"天命"之说进行了重释。在收录到《四库全书总目》中的《谢程山集十八卷附录三卷年谱一卷》中，有这样一段文字："凡人心慑惮处，必有所著。如小儿怕严师，这怕是著在师身上；如吏胥怕官长，这怕是著在官长身上；临深渊履薄冰，这怕是著在冰渊上。此独知之地，非严师、非官长、非冰渊，如何不恣？须要知此一念灵明，知恻隐、羞恶、辞让、是非，这便是天命我的性；一念私欲，便隄越此天命。所以夫子说'畏天命'，便是畏此独知也。"

从史料可知，谢文洊以"畏天命"为宗旨，以诚信为本，以识仁为体，以经世为要，其理学思想广为传播，在当时的江右理学影响深远。同乡士子、友人甘京、黄熙、封浚、曾曰都、危龙光、汤其仁等均拜谢文洊为师，时号"程山六君子"。甚至其祖父辈的谢退思、老辈名士李淑旦、大司马汤来贺都视谢文洊为师。即便在谢文洊坚辞之后，还将儿子送至谢文洊门下求学。以至于当时的南丰县令张黼鉴感慨道："但得见秋水先生幸耳。"

由举业转为好禅，由好禅转为心学，由心学转向理学。十余年间，谢文洊的学术生涯历经三变，最终创新构筑了"畏天命"学说。并借助以"畏天命"的思想根基，聚集众多理学学者形成的"程山学派"，俨然成为"江右理学之宗"。

与一位天主教徒的数度论辩，谢文洊在东西方信仰的交锋之间，找到了文化融合的节点，"程山之学"成为江右理学的代表思想。

"畏天命"语出孔子《论语·季氏》，后代儒学诠释甚多。但谢文洊在程朱理学思想的基础上，却隐含了西方宗教文化的成分，从而使其对"畏天命"的重释成为一种思想创新。这其中有着怎样的玄机？

国内从事谢文洊以及"程山学派"研究的权威学者——上海师范大学人文学院比较文学与世界文学研究中心教授刘耘华经过多年研究，找到了一位影响谢文洊理学思想的关键人物：天主教徒刘凝。并据此揭开了一段谢文洊与刘凝之间东西方文化交锋与融汇的往事。

明清间以传教士为主要介质的中外文化互动大约持续了250年。以今天的眼光来衡量，这段历史之所以重要，是因为它拓宽了中西文化各自的视域，并在不同层面上展开了思想与知识的重构，泽及后世，影响深远。而刘凝就是这样的介质。刘凝，南丰人，清初有名的天主教徒，曾任崇义县训导。著述丰赡，其中《说文解字韵原》被录入《四库全书总目提要》，至今还能查到其参与编撰的《南丰县志》（《民国南丰县志》）。

在谢文洊所著的《日录》三卷以及后人编撰的《谢程山年谱》中，都能找到谢文洊与刘凝多次辩论西学的内容。《日录》记载了他们之间围绕"上帝属性"的争论。谢文洊认同刘凝借给他阅读的耶稣会士庞迪我所著《七克》一书的观点，认同"上帝"（天命）的存在，认同道德践履离不开"他者"的监督。同时，却又坚决否定"上帝降生"等"启示真理"。

刘凝告诉谢文洊，在马厩降生的耶稣给世界带来了新的变化，以言行为万世典范，为了救赎万民而主动献身，用以引导人性中天赋之善而敬仰上帝。倘若不明了耶稣亲临人世的教诲与救赎，则"其道无由"。谢文洊则认为，西方人以"上帝"为"肉身之人（耶稣）"，"名为尊上帝，其实是亵侮上帝"。他与当时多数中国儒士的态度一样，不相信降生在马槽，身份卑微，且最终被钉死在十字架上的耶稣，居然会是天地万物之创造者和主宰者！

所以，谢文洊驳回刘凝，这不是尊崇上帝，而是亵侮上帝。在他的理解中，上帝是有赏罚权能的"上天"。得罪"上天"，必有灾祸的后果。因此对"上天"才必须"敬畏"；相信这样的"上天"，"畏""怕"的行为才能产生实效并促成精神的纯化和人格的提升。这也是他异于以往性理之学的创新点。

刘耘华教授认为，谢文洊确立"畏天命"为学术宗旨，明显受到天主教的反向推动。正是在不断地认识交锋过程中，谢文洊所代表的东方儒家文化与刘凝的西方文化逐渐形成思想交融，并为程山之学注入了某种独特的内涵与表现方式：在以"中学"为体的名目之下，接纳一些"西学"的"工夫"之"用"，却又否认此"用"之来源。最终形成"程山之学"独特的文化内涵。

一次程山论学成就了江西三山学派，但在谢文洊传播过理学思想的故乡南丰，所有的历史留痕都已随风散去，竟然找不到任何踪迹。

不仅是与西学的交流，谢文洊创立的"程山学派"和同一时期声名鹊起的江右两个文化团体——宁都的"易堂学派"和星子的"髻山学派"来往甚密，其推行的"畏天命"学说得到他们的热烈回应。他在《宁都魏季子五十一序》中称自己与以魏禧为代表的"易堂九子"交往"为兄弟交三十余年"，顺治十二年（1655 年），还专程前往翠微峰拜访。

康熙乙巳年（1665 年）农历四月初九，这是一个值得记录的日子。当天，"髻山学派"核心人物宋之盛专程来到南丰与谢文洊会面，这次会面不仅圆了两人书信论学 10 年的神交梦，还促成了一段江右学术史上堪称巅峰的交流往事。

经宋之盛邀约，正在新城讲学的魏禧、彭任也赶往南丰。于是，有了一次全面而深入的学术交流活动。这次活动在谢文洊的《乙巳会语》、魏禧的《复谢约斋书》及宋之盛的《程山问答》中都有着较为翔实的记录。由此，以谢文洊的理学、魏禧的经术文章、宋之盛的气节共同构成的清初"江西三山学派"正式成型，并以学术方阵的形式，成为中国清初学术史上一道耀眼的光环。

这次聚会，自初九至二十五日，历时 17 天。其间，谢文洊、魏禧、宋之盛在程山学舍大举讲会，广论程朱理学，听者甚众。史料记载："四方远近之游而过之者，殆无不知有程山谢子之学。"宋之盛亦叹道："不到程山，几乎枉过一生矣！"依依惜别之际，大家约定择年再聚首。

没想到的是，宋之盛返回星子 3 年后就去世了。自此，"江西三山"程山论学成为绝响。清康熙二十一年（1682 年），谢文洊在南丰逝世，享年 66 岁。

谢文洊深受客观唯心主义影响，认为治学、创作都要替天行道，必须诚心诚意。在文论上，继承了韩愈"文以载道"的观点，注重文章的思想内容。为人正直，认为"为学之本，畏天命一言尽之矣。学者以此为心法，注目倾耳，一念之私，醒悔刻责，无犯帝天之怒"。一生著述颇丰，其中《明学遗书》56 卷、《谢程山文集》18 卷均收入《四库全书总目》。

令人遗憾的是，在谢文洊倾其一生传播理学文化的故乡南丰，已经找不到任何关于谢文洊的痕迹。无论是谢文洊故居、程山学舍所在地等旧址，还是关于谢文洊以及"程山学派"的所有史料，在南丰县都几乎处于空白状态，知之甚少。

幸好，历史不会失忆。

被远方唤醒的幸福

脱贫摘帽不是终点，而是新生活、新奋斗的起点。

在键盘上敲打这些文字的时候，我的眼前同时出现了刘惠坐着电动轮椅驶向远方、黄德彪骑着三轮车自在穿行、陈娇在晨曦里奔跑的场景。

一

刘　惠

刘惠是被零零星星的爆竹声唤醒的。

这时，天光初亮。她睁开眼习惯性地往身旁看了看，丈夫并不在身边。丈夫总是起得很早，里里外外的事都是他在忙，全家的花销都得由他来赚，自己几乎帮不上一点忙，连日常生活都还要靠丈夫照料。刘惠默默地叹了一口气，侧头看了看一旁的窗户，这时候，丈夫在做什么？她边想着，边用手肘撑起身体，挪动起来。

自从患上小儿麻痹症导致下肢瘫痪，窗口就成了刘惠每天第一个目光落点。刘惠张了张嘴，有些恍惚。她突然意识到，自己这是在新家了！不再在广东打工的厂房，不再只面对一扇灰灰的墙！

一股喜悦在心里头荡漾。是啊，我有家了，我们有自己的家了！她不禁莞尔一笑起来，挪着身子让自己靠得更近一点。窗外，丈夫正在不远处的菜地里劳作，菜地里已经绿油油的一片了，再远一点是一幢幢整齐的楼房，如今农村和城里没有什么两样，甚至比起城里还多了一份好空气，少了一种令人喘不过气的逼仄感。最抢眼的是一条宽宽的水泥路，延伸到更远的地方，那是自己现今不用丈夫背着也能去的远方！她的视线马上从窗外收回来，目光停留在了床前那台电动轮椅上面。

这台电动轮椅是几个月前帮扶干部来家访时了解到自己的情况后，短短几天内就通过帮扶政策跑有关部门申请并送过来的。干部不仅帮她申请了电动轮椅，还为家里的厕所、进出通道都做了无障碍改造。

刘惠至今还清晰地记得，第一次独自坐在电动轮椅在镇里穿行时的情形，花园般的街心广场、生机盎然的田野、绿意葱茏的远山，还有空气中飘着一种淡淡的甜味，那是自由呼吸的味道。

整个牛年春节，这样睁开眼就能品味到的幸福总会时不时地在刘惠心里漾动。她下意识地想起了一个名字：陈娇！

刘惠这么想着，就冲窗外喊："彪哥——"

二

黄德彪

"哎！咋不多睡会哪。"

对于妻子的呼唤，黄德彪向来都不耽搁。他立刻站起身，抱着半盆刚摘的"上海青"就往回走了。

"你先别回，我看地里的菜长得好，多摘些下来，给陈娇妹子带一点。"黄德彪应了一声，又转回菜地里去了。

回到家，黄德彪先把妻子从床上抱到电动轮椅上，看着电动轮椅往卫生间去，心里升起一股欢喜。他以往都要帮妻子洗漱，然后背着她去做各种事情。让他最为内疚的是，以前自己去厂里做事了，妻子就只能在家里待着，日复一日，年复一年。

回家里过春节，对于每一位在外务工者来说，是一件最平常不过的事情。但对黄德彪而言，是一个渴望而难以企及的梦想。

老家的土坯房早已倒塌，自己身患肢体三级残疾，没有收入来源，只能跟着弟弟在广东打工，做点简单的活计。每到春节，大家都回乡过年，只有他在厂里看守，这种背井离乡的日子，一晃就是20多年。

黄德彪自己也不会想到，这个已经被他沉到心底最深处的梦想，会被一通电话重新唤起。

电话是老家的扶贫干部打来的，问了很多情况，也说了很多……挂了电话，黄德彪有点蒙，倒是旁边的妻子先开的口。

"她说会给我们解决房子的问题，这是真的还是假的？"

黄德彪一口就否定了："不可能，我们在老家的屋子早就破败得不能住人了，她自己花钱重新给我们盖一栋吗？"

"听上去人家是真心为我们考虑。"

"不会有这样的好事吧。"黄德彪记得自己当时是这样说的。

可天下原来真的有这样的好事啊！那位扶贫干部，三天过后又打来了电话，说房子的事情基本上办好了，就等着自己回乡办手续！

回乡！在家过年！黄德彪做梦也没有想到，20多年的梦想竟然成了现实。最重要的是，妻子再也不用跟着自己颠沛流离，再也不用担惊受怕地无根漂泊。

回到家乡的黄德彪还找到了一份工作，给一家电商企业当蔬菜配送员。他每天清早五点骑着三轮车去配送站取菜，再送到几个单位食堂，八点多钟就可以回到家照料妻子和孩子。加上镇里安排的公益性岗位收入和各种政策性补贴，一年下来，家庭收入可以达到四五万元。

黄德彪经常会觉得仿佛置身梦里，他和妻子提及最多的是这位扶贫干部：陈娇。

陈　娇

"彪哥，在家乡过年的感觉怎样啊？"

"每天都像做梦一样！不不不，是做梦都不敢想的好日子！还有，你等等啊，小惠还有话跟你说……"

听着电话听筒里夫妻俩你一言我一语的声音，陈娇的眼里突然噙满泪水。她委婉地拒绝了对方刚刚摘下的新鲜蔬菜，却收下了那份朴实无华的心意，和满满的情真意切。她感受到的不仅仅是这对夫妻脱贫之后的喜悦，更有一种对未来生活的信心和期待，分明是从"要我富"到"我要富"的生动写照。

长着一副姣好面容的陈娇其实一点都不娇，喜欢长跑运动的她有着多次参加马拉松比赛的经历，几乎每天早上，都要跑上几公里，心里才踏实。

比起长跑的爱好，陈娇心里还有另一条让她更加倾注热情和汗水的跑道：扶贫路。

"我要让黄德彪一家人在家乡过个安稳年。"这是一年前陈娇在晨跑时突然冒出的念头。一闪而过的念头最终变成了现实，所有的辛苦都值得。

黄德彪夫妻只是陈娇众多帮扶对象之一。身为龙安镇龙安村第一书记，陈娇和同事崔璨承担了全村建档立卡贫困户54户164人的脱贫攻坚工作。两年多来，她们沉下心一户户的排查、事情一件件地落实、问题一桩桩地破解。她们也收获了一次次的喜悦和感动。

产业扶贫、就业扶贫、保障扶贫、健康扶贫、精神扶贫……陈娇感觉自己成了武林高手，练就了十八般武艺，这身武艺并不是为了要和谁一争高下，而是实实在在能够让乡亲们的生活发生变化的制胜法宝。

陈娇有一本扶贫日记，每位建档立卡贫困户脱贫后她都会在名字上打一个勾，并在每次的回访中做个备注。每当看见这些名字，她的眼前就会跳出他们脱贫前后的场景，还有可以预见的美好未来。

每每这个时分，陈娇就能感觉自己正在迎风奔跑，除了耳畔呼呼吹过的风声，还有一份暖心的诗意情怀。

四

诗和远方

因为工作关系，我多次在那座有着"黎明山川"美誉的山城小县停留。明清古街的岁月往事、扑朔迷离的船形古屋、淳朴善良的当地居民在我的心里留下了一个个美好的印记。

这个扶贫干部帮助在外漂泊 20 余年残疾村民圆梦的故事，是我从当地宣传部领导的口中听到的，他多次提起一对扶贫小分队的"铿锵玫瑰"。这对 90 后和 80 后的组合，承担了 54 户位建档立卡贫困户的帮扶工作。

早春时分，当这对组合中的一员和她的帮扶对象一起坐在我的面前，那份自然流露的融洽与亲切瞬间感染了我。

最打动我的，是黄德彪夫妻之间相亲相爱的默契和恬静。彪哥外形有几分彪悍，但在讲述过程中，他时不时望向妻子的眼睛里，分明柔情似水。长相清秀的刘惠话不多，笑意盈盈，爱意满满。从这对夫妻身上，我能够清晰地感受到源自内心深处那份纯粹的温暖和幸福。

这份简简单单的幸福，和全国近亿成功脱贫的群众心意相通，背后凝结着千千万万扶贫干部的智慧和心血，正是这份聚力同行的暖心力量，唤醒了每一位追梦者的诗和远方，创造了彪炳史册的人间奇迹。

小山村里的先行者

1978 年 12 月，安徽凤阳小岗村 18 位农民在一纸分田到户的"秘密契约"上按下鲜红的手印，实行农业"大包干"，拉开了我国农村改革的大幕。

鲜为人知的是，40 年前抚州的一座小山村里，8 名 20 余岁的年轻人也签了一份协议，率先在当地进行了一场"包产到组"改革，成为我省首批推行家庭联产承包责任制的探索者。

本报记者经过数次深入采访，揭开了一段具有深刻历史意义却又几乎湮没在岁月长河里的尘封往事。

一

敢为人先，小山村里的"大包干"。

"能够亲身参与到轰轰烈烈的农村土地改革进程中，我们打心底感到幸运和幸福！"2019 年 11 月 16 日，已经退休多年的上官德辉话语中有一种掩饰不住的自豪。40 年过去，这位新中国的同龄人，依旧清晰地记得当时的不少细节。

2018 年 12 月 15 日，由中共江西省委党史研究室、省中共党史学会主办的《党史文苑》杂志第 12 期，以《东乡县虎圩乡炉前山科村分田包干亲历记》为题，记录了这段往事。

文中提及：1979 年 3 月，东乡县（今抚州市东乡区）虎圩乡炉前大队山科村（今炉前村山科村小组）的下放插队知青上官德辉，无意中得到一份中央关于加快农业发展的文件，该文件尽管仍然强调"不许包产到户，不许分田单干，不准化小核算单位。"但"可以在生产队统一核算和分配的前提下包工到作业组"，另外，文件还强调"在巩固和发展集体经济的同时，应当鼓励和引导农民经营家庭副业，以增加个人收入，活跃农村经济"等内容。这些文字所释放的"农村改革"信息，让上官德辉隐隐感觉到，一场社会变革即将发生。他和身边数位想改变现状的年轻人反复酝酿，决定实施"从组到户"的变通策略，即先按文件规定"包工到作业组"，在作业组内部则实行"分田包产到户"。

1979 年 8 月，经过多次私下动员、细心沟通并几经波折，全村一致同意将当时所有的耕地、耕牛、农具、仓库等劳动生产资料打包，实行"联产计酬、自负盈亏"大包干，对国家公粮、征购粮等，则按所分得的耕地面积数进行分摊。由此，以"七个生产组、一个木工专业单干户"为主要内容的全新农村生产方式，在这个只有 30 余户村民的小村庄里诞生，取代了沿袭多年的"大锅饭"。新的生产方式取得了立竿见影的效果，村里几个月后的二季稻出现了爆发式的大增收，村民收入实现翻番。

记者小心翼翼地翻开一份保存了 40 年的原始凭证——村民代表签署的《山科一队分组合同》，在这份发黄、卷边甚至有些破烂的协议书上，写着"建立生产则（应为责）任制，实行多劳多得、多劳多分、自负盈亏、各负（其）责……"等内容，后面有 4 个签名：官善辉、官炳辉、周以宗、官友根。上官德辉向记者介绍，当年还有一份山科二队的分组合同，上面签名的是自己和官景辉、官慢生、官运春。每份合同有 4 位代表签名，合同原本共有 8 份。随着世事变迁，其中有的人已经辞世，协议书也只找到了这一份。

　　他们当时并不知道，仅仅 8 个月前，数百公里之外的安徽凤阳小岗村，18 位村民也签署了一份分田到户的协议书，并由此获得了"中国农村改革第一村"的称号。

　　2019 年 10 月 29 日，炉前村举行了一个简单的"炉前村山科组包产到户四十周年座谈会"，上官德辉等 6 位亲历者和村干部、村民们一起回味那段青春激扬的岁月。他们不曾想到，自己会成为我省农村改革第一拨"吃螃蟹"的人，参与并见证家庭联产承包责任制实施的历史进程。

二

　　"敢"字当头，逐梦的脚步不停歇。

　　冬日时分，走进村庄，稻田里余下一茬茬秸秆，可以想象曾经硕果累累的稻浪场景。稻田旁边，一栋栋青瓦白墙的民居交错排列，呈现出一幅岁月静美的新农村图景，令人流连忘返。

　　随着中国农村改革的不断深入，村民们生活水平都得到了明显提高。山科村的先行者用自己的勤劳和智慧，成为当地最早富起来的一批人，并在不同的地方、不同的岗位活出了属于不同时代的精彩。当年参与家庭联产承包责任制的官景辉老人，后来带头开荒山种果林，带动村民开展多样化的种植业，被评为省劳动模范；上官德辉回城后，先后在东乡油脂化工厂、宜春绣江制药厂等单位工作，始终保持了"敢"字当头的创新精神，他优化生产流程，加快生产效率，得到领导和同事们的广泛认同，曾被评为县级劳动模范。

　　把握时代脉动，探求发展新路。改革开放以来，曾经偏远落后的小村庄在各个方面都发生了翻天覆地的变化，进村道路从唯一的泥土路到全村水泥路环绕，村民收入越来越多元化，生活越来越富裕。2018 年全村集体年收入达20余万元，人均年纯收入2万余元，实现了新时代的新跨越。

每个村庄都有自己的故事，每个故事就是一段历史。每个村庄的变迁虽然不同，但都沐浴着改革开放的春风，享受着改革开放的成果。我国的改革开放始于农村，抚州的这个小山村的发展只是其中的一个缩影。

"过去我们愁吃愁穿愁住愁病，整天盼望着提高生活水平，盼望着安装电灯电话、农业生产机械化。现在什么都不愁了，真是做梦都没有想到！"上官德辉眼中充满着对未来的憧憬。他还有一个心愿，就是希望能够在村庄里建一个村史馆，把当年山科村村民们的探索实践，通过文字和实物予以展示，让后人记住那段历史，知道自己的先辈，曾经在时代发展的进程中留下过一个值得铭记的印记。

匠心竹衣

当雕刻工艺遇见山野竹衣，会碰撞出怎样的神奇呢？

一位匠人，原本只是在耳濡目染中捏着泥人长大，辗转多地在人间烟火里谋生的普通人。如今，他以一颗对民间艺术执着热爱的真心，给山野间最平常的物件赋予了全新的意味，使其脱胎换骨。

一片竹衣，原本只是在山野间裹挟着竹竿拔节生长，待到竹竿成熟后脱落地面化为泥土的寻常物件。如今，它披在腾龙模具上惊涛拍浪，它披在孔雀模具上翩翩起舞，它披在雄鹰模具上气冲云霄。

乐安竹衣工艺，这是一场源于自然艺术灵感的精彩呈现。

只有遇见，才能造化。

陈亮的匠心。

陈亮出生于一个雕匠世家。

陈家从事雕刻技艺最早的文字记录可以在家谱中找到，生于清道光十五年（1835年）间的陈瑞钰有一栏"善雕刻笋壳为料做祭祀物"的职业备注，之后代代均标注为"雕匠"。传到陈亮一脉，已经是第五代了。

陈亮的雕刻记忆是从捏泥巴开始的。起初倾心于父亲手中出神入化的雕刻刀，父亲却甩给他一坨泥巴，随手捏出各种造型的小动物，让儿子照着学，看着儿子把泥巴捏出了几分模样，才开始教他绘画、雕刻。

乐安县家具厂烫画师、县工艺美术厂研究开发室主任、自主创业开办广告装修公司……除了刚参加工作时短暂当过一年营业员，陈亮的人生轨迹始终没有离开雕刻技艺。雕刻技艺在他命运里还镌刻了两个深深的印记：赴上海工艺美术学院进修期间打开了广博浩瀚的美术世界之窗；与女友共同赶制竹衣工艺品凑齐彩礼，娶得佳人归。

2018年，"竹衣工艺""木板烫画""才子玉雕"三项技艺同时被列入乐安县非物质文化遗产名录。2021年，"竹衣工艺"被列入抚州市非物质文化遗产名录。2022年，《一种竹衣工艺品的制作工艺》获得国家发明专利。

"祖先们在繁衍生存的过程中留下来的这些文化符号和历史烙印，承载着鲜明的地域文化和民族特色，我们有责任做好弘扬与传承。"如今，身为三项非遗文化传承人的陈亮把广告公司交给了外甥打理，自己则一门心思从事竹衣工艺的创作研究。

一门手艺，一颗匠心，一份坚守。

兜兜转转，雕匠陈亮和乐安竹衣工艺的故事，或许这才刚刚开始。

二

竹衣的造化。

一件优秀的竹衣艺术作品，首先要有一片好竹衣。

竹衣也叫竹壳、笋壳、竹笋壳，是竹笋的外层薄皮。乐安竹衣工艺以韧性良好的毛竹外壳为原料，或通过剪裁、拼接形成各种栩栩如生的动物造型，或雕刻勾勒成生动传神的版画，作品需显出创作物体本身的气势、气韵和意境。由此，对于选材非常讲究。

每年四五月份，是上山采集竹衣的季节。

这个季节的竹笋已经成熟，完成了保护使命自行脱落的竹衣便成了匠人首选。选材的部位很有讲究，必须是 2.5 米以上 5 米以下的毛竹竹衣，太低了竹衣长度不够，太高了面积又偏小，铺展开来宽度能达到四五十厘米的就属于上好佳品了。

乐安县位于我省中部腹地，是全国商品木竹基地县和江西省重点林业县，境内丰富的毛竹、竹笋资源为乐安竹衣工艺制品提供了源源不断的原材料。

搜集的竹衣，经过清洗、去毛、蒸煮、杀菌、消毒、烘干、压平、整形等多重工序，成为可以保存的原材料，供匠人全年创作使用。

原材料的采集只是初始。创作一件竹衣作品，还需要构思设计，再经过定模型、剪片、绘型、雕刻、打磨、定型、上光、配底座等十多道复杂的工序。一条盘旋的腾龙，仅身上的鳞片就要用到 2.6 万余片剪裁成指甲大小的竹衣，这道工序历时一个多月。

在陈亮的乐安竹衣工作室，随手拿起一件雄鹰展翅作品，可以发现每一片羽毛，都是根据鹰本身的羽毛选用相符的竹衣原料制成的。在黏合的过程中，需要按照鹰体不同部位的弧度选取相应纹理走向的竹衣。最终，竹衣外层花纹与鹰体羽毛花纹达到高度匹配，真假难辨。

原本自然脱落后腐烂于山间的竹衣，经过匠人的巧手，变成一件件活灵活现的工艺品。

"早先的竹衣制品用来祭奠或祈福。如今的竹衣工艺品侧重观赏性和收藏价值，因为每一件作品都是独一无二的。"从陈亮的语气里，能够听出一种自豪感。

让老手艺焕发新生命，让文化创造新价值，这是竹衣的造化，也是民间文艺传承的意义所在。

第二篇章

那些事

建昌帮的前世今生

在数千年的中华文明发展史上，中医药是我国优秀传统民族文化中的瑰宝。

被誉为"千年古邑"的江西抚州南城县，诞生过一个颇为活跃的中医药行业组织。它与樟树药帮一起被称为中医药的"江西帮"，跻身全国中医药"十三帮"行列。它曾经空前繁荣，在中国南方药业市场有着垄断性地位，却又很快湮灭在岁月的长河里。

它就是省级非物质文化遗产——"建昌帮"药业。

一

一位东晋道人留下的医药学著作，成了诺贝尔奖得主的解惑钥匙。以此发端，历经数百年的实践和探索，建昌药业成帮。

2015年12月7日，瑞典卡罗林斯卡医学院。我国第一位获得诺贝尔医学奖的科学家屠呦呦在主题为《传统中医献给世界的礼物》演讲中，提到了一位东晋时期的人物葛洪。她说，在面临研究困境时，重新温习中医古籍，读到一则"青蒿一握，以水二升渍，绞取汁，尽服之"的截疟记载，由此改用新的提取方法，最终突破了科研瓶颈。这则给了屠呦呦灵感和启发的文字出自葛洪所著的《肘后备急方》，意思是放在手肘背后，随时应急的药方。

葛洪，晋丹阳郡句容（今江苏句容县）人。他的另一个身份是道士，相传与南城县有过交集，并在麻姑山留下了神来之笔。《道光南城县志》记载："洪见天下已乱，避地南城麻姑山。有葛仙丹井相传，洪于此炼丹故名。"更早前，明代画家马徵在《麻姑山图》中也绘有葛仙丹井。葛洪一生著述颇丰，其中有一部被收入《四库全书》的神怪作品《神仙传》，记录了当时流传的92位神仙的故事。书中有一位"已见东海三次变桑田"的麻姑仙女，就是来自南城县境内的麻姑山，也是"沧海桑田"典故的由来。曾任抚州刺史的大书法家颜真卿据此写了一幅书法作品《麻姑仙坛记》，被后人誉为"天下第一楷书"。

由于年代久远，一边炼丹一边搜集神话故事的葛洪鲜为世人所知，但是他精晓医学和药物学的过往，以及留下的医学古籍，不仅解了屠呦呦遇到的医学难题，还成了南城中医药的源起。由人民卫生出版社出版的《盱江医学纵横》一书中提及：葛洪在南城的医药活动有力地推动了当地人们对药物制备和应用的认识，这为后代建昌药业的兴旺起到了开创性的历史作用。

抚州中医药学会会长、对"建昌帮"文化有着深厚研究的胡志方教授向记者介绍，南城的医药文化在宋、元、明、清等各个朝代不断得到发展，积累了近千年的药物加工制备和经营销售经验，逐步形成优势与特色，最终臻于成熟状态。

胡志方的观点可以在历代众多史料中找到依据。宋代知名学者袁燮在《建昌军药局记》中写道："追求良药，反对药不及精、增损剂量、牟求私利。"由此可知，宋朝的官府重视药业发展，专门设立药局进行管理，药商注重药品质量和药业信誉。在元代，盱江流域（抚州地区）涌现了数以百计的名医群体，形成了当时独具特色的盱江医学体系，医药合一的特性进一步推动了药业的发展。元泰定年间，时任太守萨瑞斋收集前人单方、验方编撰成《瑞足堂经验方》一书，这本著作在我国古代医药学史上具有较高价值，充分显示出当时对药物的认识和应用已经达到很高水平，人们不仅能够制备出各种药物剂型，而且对每一味药的加工炮制和用药都非常地细致规范。到了明清时期，以盱江医学为推手，药业采购和销售渠道为核心，建昌药业迎来了发展的鼎盛期。

沿着历史长河的脉络，可以发现：随着建昌药业的不断发展，药材交易竞争日益激烈。面对药材运输和经营过程中出现的各种变化，共同的利益驱使着原本各自为战的药商群体自然凝聚，一个有着典型地方特色的药帮逐渐成形，在中药界被称作"建昌帮"。

二

从鼎盛到衰落，昔日王城已难觅踪迹。战乱年代众多被迫迁居的药商，成为建昌帮的传播使者，名号蜚声海内外。

1368 年是个改朝换代的年份，随着朱元璋黄袍加身，宣告大明开国，统治中原近百年的元朝正式终结。时年九月，南城成为建昌府的府治所在地，并在数十年后，开启了一段长达 150 年的王城岁月。

最先踏上这块土地的是明仁宗皇帝的第六子荆宪王朱瞻堈。他于明宣德四年（1429 年）来到此地就藩，生活了 17 年，明正统十年（1445年）迁往湖北蕲州。半个世纪后的弘治八年（1495 年），朱元璋六世孙益王朱祐槟封藩建昌府，大兴土木，建成了南城历史上规模最大的一座府第——益王府。从朱祐槟算起到崇祯十七年（1644 年）益末王朱慈炱为止，这座王府共世袭了八代王位。

益王封地的荣耀给建昌府带来了王城的地位，也为建昌药业的繁盛打下了坚实的基础。朱祐槟喜欢研究医药。他不仅从京城带来了御用药典，还在益王府内设立医学（校）、良医所，招聘建昌府本地的良医为其所用。《道光南城县志》里就记载了一位医药名家程式，并对其评价甚高："以医名，凡诊治无不神应。"

到了清乾隆年间，随着朝代的更迭，几经变更用途的益王府已经不复昔日的光辉，建昌药业则迎来了鼎盛的时光。诸多史料记载，这个时候大规模的药业群体已经成形，建昌府的药材交易空前繁荣。对于这段历史，"建昌帮"药业第七代传承人上官贤兴奋之情溢于言表，恍若场景重现。他说，当时中药界有一句顺口溜"南城客，建昌帮，人参鹿茸用船装"，一点都不夸张。那时建昌药商前往全国各地的药材产地订购药材，常常以预付银圆、钱庄票证抵押等方式，包山订购整座药山的药材。建昌药业强大的影响力，还吸引南方各省市的药商前来这里交易。当年的盱江河里，装运药材的船只川流不息，整座城都弥漫着中药的芳香，盛况空前。

建昌药业的繁荣一直持续到民国初期。1913年，建昌府被废。不久，辛亥革命爆发，军阀混战，战乱频仍。再往后，到了抗日战争时期，作为军事重地，南城受到日军连番轰炸，城市几成废墟。大批药商、药工远走他乡，建昌药业受到致命打击，进入长达百年的沉寂。

令人欣慰的是，这些出走的药商把"建昌帮"的传统带到了各个地方，与更早前就在各地经营药材业务的"建昌帮"成员互相交融，日渐衰落的建昌药业竟然以另一种方式将"建昌帮"的名号传播得更远。从周边的福建、湖北到千里之外的重庆、上海，再漂洋过海到东南亚国家和地区，都留下了"建昌帮"的印记。

几年前，南城县从事地方史研究的退休干部周春林在搜集"建昌帮"史料时，发现目前最早有"建昌帮"文字记载的资料出自湖北汉口的《夏口县志卷十二·商务志》："据《民国七年汉口总商会新举各帮会员名册》，所列各帮行名目尤夥，江西字号帮：江西建昌帮、江西抚州帮、江西吉安帮……"在《云南文史资料选辑》第9辑《昆明商业团

时间的温度

体组织及活动概略》一文中也有"江西帮、建昌帮……"的记录。

透过这些史料，我们可以窥见文字背后的信息：散落在各地的建昌府药商、药业从业人员从来没有忘却自己的身份和建昌药业的传承。在他们的内心深处，始终飘扬着一面承载了厚重历史的光辉旗帜。

二

中医药的国内先进，就是国际先进。无论是高校学子还是企业学徒，他们在不同环境里传承，拥有同一份属于民族的骄傲。

生于 1997 年的杨孟娇显得比其他班的同学要更忙碌一些，听专业讲座、频繁出入实验室、参与各种讨论。身为江西中医药高等专科学校中药学专业"建昌帮药业试点班"的首期学生，经过一年多的学习，她已经从完全不知"建昌帮"，到现在成了"建昌帮"文化的忠实传播者。对此，杨孟娇感触颇深："对'建昌帮'的历史文化了解越多，就越想把古法技术传承好，对今后的发展方向更加明晰。"

杨孟娇是江西中医药高等专科学校盱江医学、"建昌帮"药业传承人培养计划中的一员。从 2017 年开始，该校分别从中医学、中药学专业分别择优挑选 50 名新生，集中优秀师资，通过请专家讲座、见习期提前、跟师跟班等方式实施重点培养，并借助校企合作等多种形式，努力打造盱江医学、"建昌帮"药业传承的中坚力量。

距学校百里之遥的南城县建昌帮药业有限公司，同样年轻的学徒工崔家泉正在不厌其烦地进行中药切片的刀工训练。有幸被上官贤挑选成为 6 位"建昌帮"药业亲传弟子之一，崔家泉要付出更多的艰辛和汗水，在他身上，也能看到比同龄人更加深重的责任感。

自然成帮的建昌药业，有约束无帮规，有独特炮制工艺方法体系却不立文字，多种因素给这项省级"非遗"的传承增加了不少难度。记者注意到，授业时的上官贤背出了一长串饮片配方口诀，其流畅度和熟悉程度令年轻的弟子们咋舌不已。他以亲身经历告诉大家，建昌传统中药炮制方法是历代从事医药业的人们不断积累，经过一代代老药工的口传心授而形成的。"建昌帮"以中药饮片加工炮制和集散经营销售两方面特色著称，其中传统炮制风格包括：工具辅料独特、工艺取法烹饪、讲究形色气味、毒性低疗效高。并且在辅料和炮制工艺方面都极为讲究，所以在学习中不能有丝毫懈怠。

在抚州文昌里历史文化街区的"建昌帮中医药文化体验馆"和南城县麻姑山的"建昌帮展示馆"，都可以看到一把造型独特且精巧的刀具，这种用来切药片的刀具与樟帮的小汉刀、禹帮的满月刀被公认为全国中药加工三种主要刀具，它有一个属于"建昌帮"的专业用语：建刀。药界过去有"见刀认帮""刀法不同，建刀更有用"的说法。"建昌帮"还有另一种独门秘器：雷公刨。药工们在此基础上独创的"刀刨八法"，体现了"建昌帮"中药材加工技法的最高水平，对我国南方药界影响甚深。

"传承不拘古，创新不离宗。"对于"建昌帮"的传承与重振，胡志方有着非常深刻的认识：首先要从现代全球视野来看中医药行业，中医药和陶瓷一样，是中华传统文化的瑰宝。要充分运用好包括卫生资源、经济资源、科技资源、生态优势、文化优势在内的五大资源优势。同时还有一个重要因素是医药结合，医知药情，药为医用。在历史上，盱江医学的名医和建昌帮的药师相辅相成，许多名医都是前半生经营药材生意，后半生从医。因而，自古就有"药不过樟树不齐，药不过建昌不灵"之说。

2016年2月，国务院发布《中医药发展战略规划纲要（2016—2030）》，明确了今后一个时期中医药发展的重点任务。时隔4个月，

《江西省人民政府关于加快中医药发展的若干意见》发布，正式确定中医药强省战略。

2018年6月23日，世界中医药大会第四届夏季峰会在南昌召开，世界的目光再次聚焦江西中医药产业，吸引全球29个国家和地区的1500余名专家学者参会，共同研讨新时代中医药国际化。

2008年10月27日至30日，第二届中医药文化大会在抚州召开。来自国内业界的近百位专家、学者齐聚这块"建昌帮"药业的诞生地，通过多个论坛和高端对话等形式，畅论中医药文化的发展与未来。这也是中医药界与社会各界共同携手、全面推动中医药及相关产业振兴发展的一次盛事。

金秋季节，乍暖还寒。在"建昌帮"药业发源地的南城，随处可见热火朝天的中医药项目建设场景。这座昔日的王城，正在持续发力，以前所未有的豪情，努力重振"建昌帮"曾经的繁盛。

我们清晰地看见了一个值得期待的未来。

江右抚商

　　"做客莫如江右，江右莫如抚州。"

　　这是明代人文地理学家王士性在其所著的《广志绎》卷四《江南诸省》中写下的文字，也记录了抚州曾经在中国商业版图上的历史地位。

　　抚州是个人文鼎盛之地，1400余年的历史长河里，丰厚的文化积淀，优越的地理位置，使这里孕育出了灿烂的"临川文化"，涌现的才子群体流光溢彩：王安石、曾巩、晏殊、晏幾道、陆九渊等等，都是临川（抚州）古代才子群体中的佼佼者。这些大家在中华文化进程中，有着非常高的历史地位。由此沿袭数百年的文化之邦、才子之乡，也成了历代名人、墨客聚会之地。这些名人、学士在临川留下了大量遗墨华章，为闪光的临川才子群体增添辉煌。

　　在商业领域，同样有着一批杰出代表，在古往今来的商业版图中，熠熠生辉。如果翻开明王朝的史籍，我们会发现一段让人惊异的尘封往事。在当时众多的商帮中，最早成形的领军者，并不是现在熟悉的徽商、晋商、浙商、闽商，而是地处江西中部、声名并不显赫的抚州商帮。抚商的足迹遍及云、贵、川、粤、湘、闽、楚、皖及京师，甚至东南亚诸国也有"无抚不成镇"的说法。

　　今天，我们在抚州文昌里历史街区，还能看见一幢见证抚商发展的建筑，全国重点文物保护单位——玉隆万寿宫。置身其间，一幅幅历史照片、一件件展陈物件，仿若穿越时空的使者，让人清晰地感受到千百年前风云际会的激荡岁月。

一

　　抚州，自古就有"襟领江湖，控带闽粤"之称。

　　抚州位于江西省东部，总面积 1.88 万平方公里。自隋朝建州以来，距今已有 1400 多年的历史，素有"才子之乡""文化之邦"的美誉。

　　唐代以后，随着全国经济重心的南移，抚州成为北方人南迁的重要定居区域，尤其是唐末五代，地方割据势力兴起，危全讽入主抚州数十年，采取保境安民、劝课农桑、招探商旅的政策，使农业和手工业得到一定程度的发展，呈现出"既完且富"的局部繁荣景象，吸引了大批中原人士竞相投奔。

　　从明代开始，随着土地的进一步开发，抚州区域内已是土狭人稠，没有一技之长的人都糊不了口，不远走他乡即便有手艺也找不到事做。为生活所迫的农民，只得带上一点土特产走上经商的道路。他们走湖广，入滇，负贩于四海。而明代，为了防止东南沿海倭寇的侵扰，实行了长时期的禁海政策。国内贸易，甚至对外贸易，都主要依靠内陆的水上通道，"运河——长江——赣江——珠江"成了全国贸易的黄金水道。这条通道长达 3000 多公里，在江西境内则有 1000 余公里，使其在国内、国际贸易中处于极为有利的地位，为江右商帮的发展提供了前所未有的机遇。随着商品经济的不断发展，抚州商人也成为江右商人的主要组成部分，抚州商人以人数众多、操业甚广、渗透力强的特点迅速遍及全国，抚州商帮也由此兴起。

　　《广志绎》中记载："余备兵澜沧，视云南全省，抚人占十之五六，初犹以为商贩，至城市止。既而察之土府、土州，不能自致有司者，乡村征输里役，无非抚人为之。"明朝抚州人艾南英曾自豪地说："追随太阳的大雁尚且不能到达的地方，然而我家乡的人却在那里形成聚落

（随阳之雁犹不能至，而吾乡之人都成聚于其所）。"在云南普洱的茶马古道上，至今仍矗立着十几座商帮的会馆，万寿宫即是其中规模最大的一家。在这座万寿宫中，除了供江西籍商人共用的主楼外，还单独兴建了一座供抚州商人用的辅楼，名字就叫"抚州阁"。仿佛这样还不能完全显示抚州商人的特殊地位，就在万寿宫旁五十米处，还另外建有一座"抚州会馆"。世人言江右商帮，必言抚州商帮。

万历年间，云南居民"十有五六"原籍在江西抚州，就连缅甸一带村落中的首领、头人也绝大多数是抚州人。湖南、湖北、贵州、广东、福建等省，也是抚州商人活动的重要区域。湖南一带至今还有"无江西人不成市场"的说法。据史记载：抚州人不分男女都善织夏布，制作毛笔和烟花，如遇荒年，举家外徙，就地取材，以技授徒，可丰衣足食。而抚州盛产灯芯草，为制蜡所不可缺之物，肩之一担外出，可售三年，归者皆有余资治房地产。由于灯芯草运输轻便，无须大规模地搬运，在运输业落后的偏远山区，抚商仍如履平川。这是各大商帮无法与之竞争的主要原因。

明清时期，抚州商人就已进居北京商埠，其瓷商、纸商无孔不入，并以其质量、价格击败同行产品，垄断了北京的瓷市纸场。清朝，抚商在北京具有举足轻重的社会地位。北京有磁器口、灯市口、灯草胡同等，这些地名的由来，或多或少与抚州商人有关。为了维护同业利益及同乡利益，抚商在重庆、安徽、云南、四川、贵州、湖北、湖南、福建等省都建有会馆和公所，而尤属京师最多。

至民国时，江西92县市，抚州在京会馆独拥13所，冠居江西各郡县馆之首，亦可证明抚州商帮在江右商帮各大分支中，是最强大的商帮，同时，又可称为中国最强大的地域商帮。

二十世纪八十年代，世界财阀排行榜上，抚州籍王兹华被推举为"世界拆船大王"，其财产总值位居台湾十大富翁之列。抚州商帮随着历史的脚步，已跨入国际市场参与竞争。抚州会馆亦伸延至中国港台地区，遍及东南亚诸国，鼎盛时期，抚商曾经占有江西总资产的七分之四……

二

抚州商人在千年的商贸实践中，积累了丰富经验，创造了巨大财富，也形成了流芳百世、令人景仰的人格精神。

当时道教在抚州十分盛行，抚州商帮敬奉许逊。许逊是江西的地方保护神，俗称"福主"。他创办了明净道，主张"存心不善，风水无益；父母不孝，奉神无益；兄弟不和，交友无益"，强调"百年世事有天罗，休把心机太用过；莫道苍天无报应，十年前后看如何"。这也是商道中，诚信经营、童叟无欺信条的翻版。是以，抚州商人在从商的过程中以讲求"贾德""贾道"而闻名。同时，江西也受儒家文化的影响，认为诚信乃经商之本，无信而不立，无德而不成。也就是说做生意讲信誉，诚实守信，讲究职业道德，不卖假货、劣货，不抬价、欺行霸市，并提出了"君子爱财，取之有道"，由此形成了"以诚待客，见义制利""和气生财，公平守信""货真价实，童叟无欺"等一系列道德要求，为抚州商人共同遵守。有的家族将这些儒家道德规范作为家规、族规的重要内容，要求家庭、家族成员严格遵守。这种儒家思想在商业行为中的反映，正好契合了抚州作为"礼仪之邦"讲诚信、重农耕的文化思想。

抚州商人多系农家子弟，自幼养成了吃苦耐劳的品格。许多抚州商人走州过府，走南闯北，凭着"一个包袱一把伞，走遍天下当老板"的执着，奋勇拼搏，白手起家，艰苦创业，蔚然成风。见多识广的浙江旅行家王士性对于明代江西的社会状况及商人活动，有一段著名评述："又其出也，能不事子母本，徒张空拳以笼百务，虚往实归……"意为去时一个包袱一把伞，回时腰缠万贯车载船运。一个包袱一把伞，抚州人敢到天下任何地方做老板。

精明的抚州商人视商场如战场，讲求谋略，主动出击，抓住商机，抢占市场，开拓进取。宋代的抚州布商陈泰，生意做得很大，他在各地雇用了中间人，协助将资金预先贷给金溪、崇仁、乐安以及吉安等地种麻、织布的农民手中，而后再收购他们的布匹产品。陈泰以预付定金的方式垄断货源，这种经营方式非常具有超前意识。

清咸丰年间，当时郡属抚州临川的文港邹家笔商拓业于汉口建紫光阁笔店，紫光阁为争夺京城文化市场，派邹文浩携十万支毛笔北上京师开辟市场。然而，京城人士只认周虎臣笔。因乾隆帝甚爱周家所制的毛笔，赐其店名为"周虎臣"，并列入贡笔。清时科举应试的儒生必购其店毛笔，以沾享皇感，由此周虎臣之笔占据京师市场而举世闻名，而紫光阁笔无人问津。邹文浩并没有知难而退，而是心生一计，其将十万支毛笔连夜撒遍京城街巷；次日，各家门前皆有笔，试者无不称奇，笔商亦争订紫光阁笔，一时供不应求，至此浙江王一品笔、上海周虎臣笔、临川紫光阁笔并称"中国三大名笔"。这其实是现在商业中，先用再买、免费试写，针对客户进行差异化销售、用质量赢得订单的经营策略。

商业经营，尤其是长距离跨省贩运贸易，乃至出海贸易，要冒财产甚至是生命的风险。为减少这种风险，弥补个体经营上的不便，江西商人往往以亲族、同乡或同行业关系组成区域性商贩集团，称为"客帮"。抚州商人通过多年的打拼实践，确定了团结互助、抱团发展的理念，在从商地区建商馆、会所、万寿宫，作为同乡同行洽谈生意、交流联谊的场所。在福建、两广、云贵川都建有不少抚州会馆。乐安流坑木竹交易商、建昌药商还建有自己的帮会、工会等组织。抚州商人通过这些形式有力地维护了同行、同乡的经济利益。

尤其可贵的是一些抚州商人在发财致富后没有忘记社会责任，他们勇于担当，投资社会公益事业，济困扶贫，建宗祠、宗庙，修路建桥等。据同治《抚州府志》所载，临川商人陈文楷的社会公益性投资有以下诸项：嘉庆五年创"与人社"于重庆、汉口、吴城，拯溺掩骸，费金二千；嘉庆二十五年，运川米万余石平粜，救济江西饥荒，折亏六千金……仅有数字可考者便有白银近三万两。不仅如此，陈文楷还专程往西北地区推广自己创立的"接泉洒润法"。该法"以机斛水，力省功倍"，并绘制图式散于各村。说明他已经不仅限于赈灾救荒，而是试图帮助干旱的西北地区寻求缓解旱情、增产增收的长久性有效措施。

三

江山代有人才出。

抚商的这些艰苦奋斗的创业精神、和合共赢的协作精神、以义制利的儒商精神、童叟无欺的和谐精神、勇于排难的战争精神、稳扎稳打的务实精神、胸怀大志的进取精神，教育和影响了一代又一代的后人，在推进经济发展、社会进步中，发挥了巨大的作用。

一个国家和地区企业家的数量多少，素质高低，在很大程度上决定一个国家和地区的创业水平和经济竞争力。现代的抚州商人，有着比先辈们更开放的思想、更先进的理念、更开阔的眼界、更丰富的知识、更无畏的气概，而抚商先辈们勤劳、诚信、务实的品质将成为融入现代抚商人血液中的优秀基因。

人才聚则产业兴，产业强则人才聚。今日抚州，"人才优先、科技优先、企业优先"已成为全市人民共识。秀美的绿色生态，优良的创业环境，让企业家们在抚州舒心、安心、放心地干事创业，大展宏图。走过"十三五"，抚州的创新发展欣欣向荣、活力迸发；面向"十四五"，抚州的换道超车、高质量发展还需各级人才的赋能助力。

抚州是一个有梦有戏的地方，有梦就是有理想，有戏就是有希望。

期待着，重现抚州商帮荣光，共建美丽抚州。

解码赣州话方言岛现象

赣南是汉民族客家民系主要的聚居地之一。千百年来，生活在这里的700余万客家人，都使用客家方言进行交流。然而，正是在这个客家方言的"汪洋大海"中，却存在着一个与客家方言截然不同的赣州话方言孤岛。

受客家方言包围，却使用北方语言的南方古城赣州，难道语言也如城区地理位置一般，被章贡两江的江水隔断？抑或在遥远的历史长河里，有着与北方文化的某种共通？

赣州话方言岛现象，似乎是时光给我们留下的历史密码，蕴含着诸多悬疑。连日来，本报记者多方采访，试图综合专家学者的考究和平民百姓的认知，进行全面的解读。

一

探源：有关方言岛成因的争论。

特殊的历史背景和特定的地理位置，无意间成就了一座被客家方言包围的方言岛。但是，记者在采访中发现，追溯这一方言岛的成因，却存在着若干种不同的说法，其中包括战乱说、王阳明说、避嫌说等等。

赣南师范学院中文与新闻传播系周建华教授是王阳明说的倡导者。周建华教授在他的办公室接受记者采访时，非常明确地表示，赣州话的形成和推广系王阳明所为。致力于研究王阳明多年的周建华教授向记者详细阐述了自己的观点。他告诉记者，王阳明在赣州做官、讲学，对赣州的影响十分重大。特别是王阳明讲学，影响尤其深远。据史料记载，当时赣州几乎达到了倾城谈论阳明学的地步。由此，可以确定，赣州话的形成，一是王阳明的讲学，二是由于王阳明在镇压农民起义时多次留下北方军士屯田，以占绝对优势的北方方言，影响了赣州市区的方言。

对此，赣州市文化局原副局长、赣州市博物馆原馆长韩振飞有着不同的看法。他在《宋城赣州》一书中明确提出了自己的疑问："这一传说是值得怀疑的，因为语言有非常顽强的传承性，且不说古代信息闭塞，就是在进入信息时代的今天，要靠某一官员的行政力量推广一种语言，似乎是不可能的事。再次，王阳明为浙江余姚人，其母语为吴语，即使王阳明推行官话，也只能是'浙江普通话'，而赣州人说的却是'西南官话'。其实，在古代要改变一个区域内的公共语言，只有靠移民，只有居民的成分发生了重大的变化，语言才会发生变化。"韩振飞推测，明朝正德三年，王阳明的前任陈金，因赣南农民起义频发，本地兵力不足，奏请朝廷从广西桂林、柳州调来狼兵（雇佣兵）。这一群体把桂林、柳州话带来赣州，逐渐形成赣州官话。

在赣州，民间流传最广泛的是避嫌说。这一说法的核心内容是，王阳明主政赣州时期，为防止农民起义军进城刺探军情，要求赣州城区所有居民必须在短期内掌握"官话"，即当时通行的西南官话。否则，一律视为起义军或者山匪的探子，一旦抓获从严处理。受到这一律令影响，为了保住颈上人头（至少省却许多被盘查的麻烦），赣州城区居民无不彻夜学说。很快，官话便成了赣州城区的流行语言，并且一直流传至今。其实，避嫌说之所以流传甚广，和众多民俗专家的认同不无关系。其中韩振飞还在一部著述中提到，王阳明接任陈金后，为防止农民起义军进城刺探军情，规定不会说官话的人不得进城。

然而，对于避嫌说，赣南师范学院周建华教授又提出了疑问。他认为，当时赣州周边的农民起义军已经基本上被朝廷的军队平息，不存在大规模部队攻城的可能。再说，农民起义军并不精于排兵布阵，先行派出探子进城探消息的可能性很小。

还有一个战乱说，赣州从南宋以来500年间历经4次围城战争，每一次战乱过后，城里的居民几乎惨遭清洗。而外来部队长期在赣州驻军，在生活中与当地居民交流，其文化潜移默化地影响了赣州历经更迭的居民。由于部队通行的都是西南官话，所以这种语言也逐渐成为赣州城内居民的主要语言。与此说法相呼应的是，赣南除了赣州城区之外的信丰县，与赣州话属于同一语种，而当时信丰县也是主要驻军地。

如果这一说法成立，记者不由得遥想战乱纷飞的年代，那些为战争而来的士兵，不经意间带来了他们故土的文化，而语言，则是这种文化最简明最直接的载体。官话竟然以这样一种残忍的方式走进了在躯体和心灵上饱受战争创伤的赣州当地居民的生活，融入了他们的血液，并以遗传的流程，进入了赣州子孙后代的血脉之中。最终在江西的最南端，崛起了一个赣州话方言岛。

无论是王阳明说、战乱说，抑或民间流传甚广的避嫌说，都给赣州方言岛这一历史现象的形成提出了参考。虽然，这些成因没能像人类破解基因密码一般，将赣州方言岛蕴含的历史密码完全地给予解构。但是，却从历史、文化、民间等多个角度，为我们提供了一个清晰的脉络。

二

寻根：赣州话的母语地处何方。

既然赣州话属于外来语言，那么肯定会有语言的根，即母语。

无意中看到这样一则消息，北方大城市天津，也是一个语言的"孤岛"。20世纪70年代，天津地方志工作者曾经外出寻找天津话的源头，结果在江南凤阳花鼓之乡一个名不见经传的小地方——固镇找到了。后来，天津建城600周年之际，天津文学院的作家们专程去安徽进行文化寻根。令他们欣喜的是，他们在固镇听到许多天津的方言，看到相同的民风习俗。

　　那么，赣州话根在何方，源在何处呢？记者以王阳明说糅合驻军影响的说法，在网上搜索王阳明史料，发现王阳明虽是浙江余姚人，但他在正德三年至五年（1508—1510年），因得罪朝廷权贵刘瑾，贬谪到贵州龙场驿（今安顺市修文县）当驿丞。3年时光，王阳明在学术思想上有一次飞跃，后人称之为"龙场悟道"。他先后创办龙岗书院、文明书院与贵阳书院，使贵州学风大盛，至今留下许多"阳明洞""阳明祠"，可见影响之深。黔滇川桂均属西南官话区域，安顺包括在内，王阳明与士人学子和民众接触交流，应会说当地语言。

　　再说，赣州城内众多有广西狼兵传播西南官话的基础，王阳明也熟悉并喜好这种语言。而广西柳州的西南官话也是从贵州传入。那么，能否大胆地推测，赣州话的母语就是来自贵州安顺？

　　当然，这些只是一种推测。时至今日，赣州还没就这一重要人文历史问题，进行过实地调查论证，也没人研究赣州话与西南官话的异同。在方言俚语、民风习俗、饮食起居等方面，究竟有多少相似之处，有待调研证实。希望有关部门能组织作家与专家，仿效天津的做法，前去采风寻根。

三

走向：消亡或者固守相互矛盾。

6月11日，赣州城区阳光明媚。记者沿着贡江河畔从城市穿行，依江而建的宋代古城墙安静地向前延伸，千百年不变地守护着赣州城区。一瞬间，记者恍若倾听到历史的往事，古城墙给赣州方言岛划出了一个明显的分界线，城里说北方官话，城外全是客家方言。赣州方言岛作为特殊的语言现象，它的最终走向如何？是固守岛土并拓展影响，还是接受改变逐渐消亡？

记者找到韶关大学中文系教授庄初升关于方言岛最终走向的一份资料。其中提到，逐渐缩小范围以至最终消亡，是大多数方言岛的共同趋势。其理由主要是方言岛将受到周围方言的蚕食和侵占。他举了一个例子，福建省闽侯县青口镇荣莫洋村，历史上曾经是个"汀州话"的客家方言岛。如今，全村就剩下两三个七八十岁的老人还会说"汀州话"。可以想象，再过几年，这个客家方言岛将不复存在。

赣州方言岛目前也存在类似的迹象。随着时代的发展，赣州人在日常生活中使用普通话的频率逐渐增多。同时，受到外来迁居人口及流动人口增加的影响，赣州城内的官话环境受到严重挑战，会说纯正赣州官话的人是愈来愈少了。

记者在采访中，感觉到赣州人对于赣州话的走向存在一种矛盾。一方面，普通话的推广证明了赣州城市的现代化进程以及城市的胸怀，是一种文明与进步的表现；另一方面，大多数人认为，赣州话作为一个地域的文化特征，有着保留的必要。并且语言是最具亲和力的媒介，西南官话在全国不少地方有着强大的影响，加强与这些相同语系城市的交流，对于发展赣州经济和旅游会有好处。

在历史长河中，任何一种语言都是"发展中的语言"，或变得更完美，或因使用它的人越来越少，最后走向消亡。我们无法判断也不知道赣州话方言岛最后是一个怎样的走向，固守或者消亡，都是历史进程中刻下的一个美丽而经典的印记。

背景：北方语言占领南方重镇。

赣州自古以来就是客家人的聚居地，这是不争的事实。而历史上，对说相同或相近方言的一部分人迁入说另一种方言的人的地盘，所带来的方言在本地方言的包围下，就如大海中的岛屿，即通常所说的"方言岛"。

由此可以做出判断，赣州话方言岛现象之所以存在，在历史上肯定发生过大规模北方人口的渗透。记者对赣州话方言岛的探寻过程自然从赣州城市的渊源开始。

赣州自南康郡守高琰筑城以来，虽一度迁回于都，但在梁承圣元年（552年），郡治又迁回赣州，从此一直是赣南郡、州、军、路、府、道的治所，是政治、文化、经济、交通的中心。历代朝廷派驻赣南的官员大多来自北方，他们带着北方方言来此地实行统治，在一定程度上起到了"官方语言"的作用。

另外，从地理位置上看，赣州地处赣江上游章贡两水的汇合处，自然水系发达，自古就是中国南方繁华的商业城镇。唐代大庾岭驿道开凿通衢以后，赣州更成了"缩谷东西，呼应南北"的重镇。作为一座沟通南北的交通枢纽重镇，人口流动频率大，语言繁杂纷乱可想而知。

赣州话也便在这历史的长河中，以北方方言的语音为外壳，以北方方言的词汇为建筑材料，逐渐形成了与客家方言有着明显区别的赣州话。非常奇特的是，受到周边客家方言的包围，赣州话仅仅流行于赣州城墙之内，过了东河、西河、南河，包括郊区农民讲的都是客家话，形成一个不折不扣的语言"孤岛"。

应该说，赣州在历史上一直作为中国南方的重镇，这一特定历史地位是赣州方言岛形成的背景。如果没有这个特殊的历史背景，南方的文化和北方的语言根本不可能出现质的融会贯通，从而，在客家方言的"主地"浮生出一个使用北方语言的赣州话方言岛。

太平天国的最后殇情

2011 年，是太平天国起义 160 周年。阳春三月，江西抚州石城县一幢客家古建筑桂花屋开门揖客。桂花屋内设立的"太平天国与石城陈列展示馆"展示了太平天国在石城活动的历史、太平天国幼天王等五王在石城被俘的经过等，引起了参观者的浓厚兴趣。

这幢普普通通的客家建筑，因为见证过太平天国幼天王的最后岁月，从而在中国历史上留下了一抹印迹。

经过当地政府部门数年的修葺，桂花屋向民众敞开参观大门的同时，也再度开启了那段尘封久远的历史记忆。

一

当地首富十四载建成桂花屋。

桂花巷位于石城县西城区的客家商业街中心，由于城市改造已经基本上没有了巷子的感觉，规划整齐的徽派建筑群环绕着一幢古宅，古宅门楣上方，"桂花屋"三个字赫然夺目。

走进这座古代建筑，高墙深院，雕梁画栋，青砖、青瓦、石窟门，屋内木质隔墙和檐壁等雕刻精细，庭院不大，天井在中央，可以看出这座清代客家民居建筑当时的富丽堂皇。桂花屋是客家姓氏祠堂的建筑风格，占地 1400 多平方米，天井式，分为前厅、中厅、后厅，两侧则是厢房，充分体现了传统客家建筑文化。

据了解，屋主黄性存是石城北门人，在当时是远近闻名的富豪。财力丰厚的黄性存择地在县衙的南面、熊氏和黄氏祠堂之间，建起了这栋豪宅。屋主建房时因地制宜，将房基上原有的两棵桂花树保留，成为南院进门的一道景观，并在东西各建花厅一间，房屋为两层，形成了五进数十间的布局。从 1851 年开始兴建，到 1864 年落成之时，正是桂花盛开的季节，满庭芬芳香飘数里，黄性存便为豪宅取名为"桂花屋"。

在桂花屋石窟门左侧，有一间普普通通的厢房，里面立着一个戴镣铐穿黄袍的少年雕像，墙角有一张铺着干草的木床，这就是当年太平天国幼天王的囚禁地。踏进狭小的厢房，记者粗略估量了一下，宽约 3 米，长约 10 米，地面的青砖和墙上的石窗还是当年模样。遥想 147 年前，年仅 15 岁的幼天王在这个房间里，或蜷缩在屋角，或来回踱行。窗外自由飞翔的鸟儿，院子里桂花的阵阵馨香，陪伴着他度过了人生最后的岁月。

经历了 100 多年的风风雨雨，桂花屋斑驳的墙壁散发出的气息依旧动人。

二

幼天王折戟石城，失去自由身。

桂花屋的主人黄性存无论如何也没有想到，建建停停 14 年后，他的新屋迎来的第一位"客人"竟是位流着客家人血液的"王族"。黄性存更没有想到的是，一个王朝竟然会在他的这座极其普通的宅子里悄悄地终结。

史料记载，1851 年，洪秀全在广西金田起义，自称天王，建立"太平天国"。1853 年，定都南京，占据了清朝的半壁江山。1864 年 6 月，洪秀全去世，其长子洪天贵福即位称幼天王，7月南京失陷，幼天王洪天贵福再率8000太平军，突破重围，转战于浙江、安徽和江西。9月，他们途经广昌与石城交界处的杨家排古岭脑时，遭清军席宝田部伏击，幼天王及旗下四位王相继被俘。

刚刚落成的桂花屋，就这样与太平天国及幼天王的命运联系在了一起。

而当时，石城县桂花巷桂花屋的主人黄性存，根本不知自己身旁发生的这些惊天动地的事情。他只关心着两件事：一是他将安排八个儿子中的四个居住到桂花屋；二是他觉得桂花屋还不够气派，决定按风水先生的建议在桂花屋的正面加砌五进马头墙。

这天，也就是1864年的9月13日，马头墙刚刚砌好，黄性存满意地端详着建了14年的桂花屋，心里盘算选个黄道吉日住进新宅子。

未等黄性存如意算盘敲打完毕，石城知县找上门来了。知县告诉黄性存清军统领席宝田的指挥部要驻扎在此处。更让黄性存想不到的是，入驻不久的清军竟然将被俘的太平天国幼天王洪天贵福及其余四位王尽数囚禁于此。

幼天王在桂花屋关押了20余日，大约在1864年10月6日被江西巡抚沈葆桢凌迟处死于南昌。从石头城的皇宫到石城县的民宅桂花屋，太平天国以这样一种戏剧性的方式，完成了从鼎盛到终结的全部过程。

三

诸多巧合平添古宅神秘色彩。

洪秀全是中国历史上唯一一位称王谓帝的客家人，桂花屋的主人黄性存同是客家人。两位客家人，通过桂花屋这幢客家民居建筑及种种不可思议的巧合，共同演绎了近代中国的一段历史。

石城县博物馆原馆长罗德胜在对桂花屋的建筑风格、建筑特色及历史文化背景等内容作了详尽而专业的介绍之后，主动向记者提起了这些在民间广为流传的桂花屋与太平天国运动相关的巧合，正是这种种巧合，给这座客家民宅增添了神秘感。

首先是时间的巧合。桂花屋始建于 1851 年，竣工于 1864 年，整个建设工期 14 年。而 1851 年是洪秀全发动金田起义、掀开太平天国运动之始，1864 年则是以幼天王被俘被杀作为标志性事件，宣告太平天国运动失败之时，前后历时也刚好 14 年。而这，只是桂花屋与太平天国运动众多神奇巧合的其中之一。

其他巧合包括称谓的巧合、地名的巧合、建筑风格与被关王的人数的巧合。先说称谓的巧合：桂花屋位于石城县桂花巷，因院子里两棵桂花树而得名，可以称为"双桂"。太平天国运动起源于广西桂平，广西简称"桂"，亦可谓"双桂"。地名的巧合：定都南京是太平天国运动的最盛时期，南京被称为石头城，太平天国终结的地方则是石城。还有建筑风格与被关天王数的巧合：桂花屋建筑时黄性存特意加了一扇五进马头墙，而当时在此关押的正是太平天国的"五王"——幼天王洪天贵福、干王洪仁玕、尊王刘庆汉、昭王黄文英和恤王洪仁政。

我们已经无从考证当年身为石城首富的黄性存建筑这幢客家大院时为什么花费了整整 14 年，有一点是可以肯定的，黄性存建造的初衷绝对不是为了做出太平天国盛衰的预言，诸多巧合中也不乏后人为了增加谈资而千方百计拼凑的牵强。但不能否认的是，正是由于这些千丝万缕的联系和巧合，桂花屋得以在经过百年的岁月洗涤之后依旧存在，甚至增添了更多神秘色彩。

正是春雨时节，西厢房前新长的青草显得愈加嫩绿。当年的青砖历历在目，昔日的豪宅被时间褪去了光华，却多了一份庄重。不管风云如何变幻，总有一处宁静为历史而存在。

穿越历史的尘烟，我们无从解释诸多神奇巧合，只知道，一场席卷神州历时 14 年的起义，一场吞噬了 2000 万条生命的战争，一个建立在石头城上的农民政权，一个称王谓帝 14 年的王朝在石城县桂花巷的桂花屋里悄悄地终结。

四

记者手记：触摸一段如风般历史的影子。

据说幼天王洪天贵福囚在桂花屋的西厢房时，哀不自胜，曾在粉墙上书写绝命诗一首："有志攘夷愿未酬，七星苗革得难谋。足跟踏开云山路，眼底空悬海月秋。"这首诗抒发了少年天王的志向抱负和无奈心境。一个十五岁的少年，能在临死之际方寸不乱，写下如此令人痛心和动容的诗篇，当然是非常不容易的。如今，粉墙早已铲尽，是否真有其诗，已经无从可考了。如若真是如此，这花窗之外飘来的桂花清香，一定在这关键时刻给了这位少年难得的心灵慰藉和足以宁静心境的定力。

桂花屋与太平天国运动，种种看似巧合的历史，难道也是上苍冥冥中安排的宿命吗？！

离开桂花屋前，记者忍不住再次走近西厢房，静静地伫立许久。每一个参观者都会在这里停留，并四处认真地观察，似乎是要寻找当年那位英俊少年的身影，又似乎是为了寻找另外的什么。

寻找什么呢？搜寻周围的遗迹，除去后人补放的雕像和木桌陋床，已经看不到任何文字的痕迹，也看不到任何与之相关的物件。

忽然觉得，我们是在寻找历史的影子。而历史像一阵风刮过，而后一切都沉寂了下来，没有几个人知道答案。

只有桂花屋，依旧以一种沉默的方式记录着。

走出"围屋"叩"梅关"

难以走出的"围屋情结"。

围屋,打着"客家"烙印的典型风格建筑,既可以使大家有充分的交流空间,还能抵御外来入侵,确保安宁,充分融汇了客家人智慧的结晶,也成了天下客家人引以为傲的文化表现载体。但是,赣南客家在文化与经济相融的过程中,却出现了别样的"围屋情结",即不能有效地以文化内涵引领经济行为,从而使当地客家文化对经济的作用未能发挥得淋漓尽致。

一位客家研究专家向记者介绍,客家文化孕育在赣南,发展在闽西,成熟在粤东。有意思的是,赣闽粤三地的围屋风格佐证了这种说法。从围屋建造结构来看,赣州以方围为主,有着浓浓的古罗马城堡式风格,属于围屋最初始状态;福建的是圆围,发展空间得以扩大;粤东的围屋则是后围前不围,外延空间进一步得以扩大。

虽然对于客家最中心地域的定位,赣闽粤三地还各有说法,但有一点是肯定的,赣南的客家文化底蕴最为深厚,只要是关于客家内容的学术研讨,一定绕不开赣南。但出现了一个怪现象,赣南对客家文化的挖掘研究较早较深厚（从 20 世纪 80 年代开始就已经形成相当的积淀），但在客家文化实际运用方面却要落后于闽粤（近几年才开始）。有人把这种现象称为"醒得早，起得晚"。

赣南对客家文化的理解更大程度还停留于纯文化研究状态，客家文化在市场运用方面，虽然取得一定的发展效果，但也暴露出了一种硬伤。这便是"标签式"的客家文化运用。譬如漫不经心想来做店名的"客家餐馆"，与客家没有任何关系的所谓"客家食品"，还有许多产业，都打上"客家"的招牌，却找不到一丝客家文化的影子。而同时，记者在无意中获知，最具客家人文化精髓的剧种——赣南采茶戏，如今使用的语言竟然不是客家方言。

二

梅关驿道开启"天门"。

唐开元四年（716 年），时任左拾遗内供奉的张九龄做了一件颇为得意的事情——开通大庾岭路，成就"梅关古驿道"无限风光的同时，更打造了一条中国南部的"丝绸之路"，堪称大手笔。

一时间，这条自秦汉以来的南北通衢极度繁忙，南来北往的商贾、物资蜂拥而至，昔日偏僻的赣州、大余古城开始成为"商贾如云、货物如雨"的江南名州，近 4 万平方公里的赣州大地吸引了大批"北客"，他们在这块土地上居住劳作，繁衍生息。"天门"开启，赣南客家的第一个辉煌时代宣告来临。

如果说千年前张九龄的"天门"开启是导人，那么，千年之后的赣州决策者们所做的一切，已经千倍万倍地完成了超越。

翻开赣州大事记，关于现代"梅关"的种种数据历历在目。

1959 年，民航赣州站正式设立；1996 年 9 月，京九铁路全线开通运营，赣南大地第一次响起了火车的轰鸣，着实令赣南人民振奋了好一阵；2000 年 12 月，赣南有了第一条高标准水泥路——昌厦一级公路；此外，还有境内立体穿越的 105、323、206 三条国道。

2005 年赣南第二条铁路"赣龙铁路"全线开通，2001 年赣南历史上第一条高速公路——总投资达 46 亿元的赣定高速公路竣工。赣州市公路局一位负责人介绍，"十五"期间，赣州公路建设新修高速公路 200 公里，改造国、省道 1000 公里，改造砂石路 200 公里和老柏油路 150 公里，改造主要旅游景区公路等，总投资约 100 亿元。

关山变通途，首先受益的便是旅游业。在赣南，极具客家风情的旅游景区随处可见，龙南的围屋，等等。大余的梅关古驿道、安远的"东江之源"三百山、信丰玉带桥，赣南境内的旅游业在近年内取得了飞速的发展。

客家食品业也开始逐渐走向世界，兴国鱼丝、石城白莲、南康甜柚、会昌豆干以及赣南擂茶等客家美食深受世人喜爱。"天门"承载的还有赣南客家人创造的丰富多彩的艺术，兴国山歌、于都唢呐、石城灯彩等等。

赣南这方土地上的客家人，再一次以自己的勤劳智慧参与到长远的发展进程中，打造了一条条通天坦途。我们相信，由客家先民开辟的赣南大地，将在新一代客家人的创造下更加辉煌。

三

客家文化引人关注。

客家人以其卓越的人文精神，即刻苦耐劳、坚韧刚强、开拓创业、团结奋进的精神而著称。这也正是客家民系千百年来迁徙发展并保持强大凝聚力、创造力的根本所在。

打客家牌，其实是搭建一个文化平台，通过赣南深厚的客家文化，吸引世界的关注，与海内外朋友广泛交流，从而提升城市形象，并孕育商机。有着文化背景的经济推动行为才能持久，才能发扬光大。

赣南客家文化中也有"软肋"：首先是赣南本土人的客家意识非常淡薄，有不少居民甚至还不知自己的客家身份；其次是文化活动的眼光不够长远，以急功近利的思维对客家文化进行保护和开发；还有赣南企业对客家文化建设的参与意识不足，而在广东、福建等地，企业能做到"借船出海"，从而推动企业本身甚至地方经济的发展。

赣州市文联副主席、《赣南客家》杂志主编钟东林对此也深有感触。他说，在当前经济竞争不断加剧的背景下，拥有文化优势，就拥有竞争优势。一个国家一个民族乃至一个城市一个企业，她的品牌魅力和内涵，就在于文化的积淀，要做好做大做强，关键在于挖掘出深层次的文化内涵，并附加到产业上。

钟东林认为，当前首要工作是"洗牌"。如果把赣南深厚的客家文化比作一手"好牌"，目前所应做的则是"洗牌"，而不是匆匆地无序"出牌"，否则，好牌也会被浪费。要以一种长远的眼光来经营文化，拓展思维，从而使文化底蕴和经济发展相得益彰。

2004年的赣州，注定是世界瞩目的焦点。世界客属第十九届恳亲大会和中国客家文化节在赣州举行，这是国内第三个举办"世客会"的城市。"世客会"的举办，也有力推动了赣南经济的进一步发展。

"在赣南，看到的是客家人，听到的是客家话，吃的是客家饭，感受到的是浓浓的客家风情。"这是赣州市原市长王昭悠在印尼申办会上一番诚恳的言辞，不仅赢得了热烈的掌声，还给所有在海外的客家人留下了深深的印象。

2004年，是800万赣南人的期待。

世上本无客，迁徙他乡成客人。

2200 多年前，秦始皇所统领的秦军共 60 万人经过数场征战，将地处中原的楚国几乎夷为平地。随后，秦军分兵南征，进驻当时尚属蛮荒之地的闽粤赣边境，并依照秦军的风格，在当地建城。于是，几万名参与筑城的中原百姓便成为第一批进入"南蛮地"的移民，约占当地居民的三分之一。

那以后的悠悠千载，一代代黄河子孙，一代代客家先民，溯赣江而上，一程程一站站，历尽艰辛，来到赣南。他们在这里放下疲惫的行囊，落脚谋生，繁衍生息。或者又从这里溯章、贡二江而上，跨南岭（大余梅岭梅关），越武夷（石城赣闽通衢），辗转他乡，走向天涯，衍布世界。于是，赣南成为接受自北南迁移民最早、最多的地区，成为孕育客家民系的温床、摇篮和发祥地。

根据最新数据显示，客家人迁徙于国内 17 个省、区和海外 84 个国家与地区。赣南共有人口 805 万，其中客家人约有 750 万以上，约为闽西、粤东客家人口的总和，是闽粤赣边客家大本营中最大的一块客家人聚居地。

1000 余年来，正是这些迁徙他乡的客家人艰辛开拓、勇敢创业，从而使自己成了赣南这方土地上自信的主人。

一幢历史建筑的焕新纪录

　　这是一幢无法找到确切主人的历史建筑，我们只能依据门匾上雕刻的文字来推测它的过往。

　　这是一次大胆的探索与实践，注入文化内涵，激发青春活力，浸染岁月留痕的民居百年焕新。

　　这是一份令人感动的力量，徜徉其间的游客和居民，都能参与一幕幕现代与历史的时空对话。

　　八月未央。距 2020 江西文化发展巡礼展已经过去一年，再一次走进活动主办地——抚州文昌里，通过一幢历史建筑重焕新生的解读，可以清晰触摸到文化赋予城市的温度。

一

　　运用数字化技术进行线上 VR 展馆建设，不仅是对设计空间的全维度呈现，也是对历史建筑的一份尊重表达。

河东湾 131 号，江报传媒全媒体互动体验馆。

汤小勇和助手正在对一台播放设备进行调试，他们准备将前不久制作完成的线上 VR 展馆"搬"到线下，让游人能够通过最简单的设备，即便是置身实体馆内，也能拥有不一样的视角，享受数字技术带来的全新体验。

汤小勇是黎川县良缘文化传播公司的创始人，专业从事VR全景技术制作和传播。几个月前，他偶然间发现设在抚州市文昌里历史文化街区河东湾片区的江报传媒全媒体互动体验馆，切身感受到省级党媒从"铅与火""光与电"到"数与网"的时代发展印记，以及融汇其间的传媒推介、休闲空间、互动体验等功能展示。眼前一亮的同时，他决定做点什么。

随后，经过充分的前期沟通，汤小勇和他的摄制团队历时月余，最终推出了抚州首个线上VR文化展馆——江报传媒全媒体互动体验馆全景VR版本。其中融合运用了3D展厅技术和互动式体验，集纳视频、图文、海报、网络链接等多种新媒体展示形式，能够让体验者身临其境，让眼睛看到的图像和文字"活起来"，增强线上游览的趣味性和吸引力。

"活起来"的不只是一座文化展馆，还有建筑本身。

据文昌里历史文化街区管理委员会工作人员介绍，这栋民居为清代建筑，房子的主人是明朝万历年间举人吴应试的后代。吴应试曾先后担任浙江龙游县知县、广东阳春县县令，回临川老家赡养父母期间，参与修复了千金陂、万魁塔等。他的后代在道光年间建了这栋宅邸，鉴于其祖上的功绩，时任临川知县，应允其将门匾雕刻为"世大夫第"。

在我国古代，"大夫第"多指文职官员的私宅，象征着某种不同于普通民众的身份。而"世大夫第"，则是承袭祖上府第称号，彰显着一个家庭的显赫。

由于年代久远，民居的主人是不是吴应试后人已无从考证，居住在这里的一代代住户们倒是真实见证了文昌里河东湾区的繁华与没落。从资料图片可以看到，修葺前的"世大夫第"残垣断壁，掩映在荒草丛中，掩不住地孤寂与凄清。

直到2020年，随着江西文化发展巡礼展承办场地确定在抚州市文昌里历史文化街区，"世大夫第"与其他众多的历史建筑一起，迎来了焕然一新的机会。

如果说建筑物整体修复是形体上的重生,那么,江报传媒全媒体互动体验馆的落户和建设,则在某种意义上赋予了这座历史建筑文化灵魂。

江报传媒全媒体互动体验馆的设计风格体现在两个方面:一是全面融入文昌里历史文化街区业态,成为河东湾片区具有标志性的文化展馆;二是全面体现媒体融合的探索与实践,属于兼具展示与服务功能的城市文化空间。三百余平方米的空间内,分别设立了直播访谈室、新闻发布厅、创业咖啡吧等区块。开馆后,以鲜明的特色迅速引发关注,受到来自省内外游客和当地居民的热捧。

"能够通过数字技术的传播,呈现出一幢老房子新的生命力,并且可以让更多的人通过网络身临其境地感受到,无论身处何方,无论白天黑夜,我觉得这是很有意思的一件事情。"汤小勇和他的制作团队以一种倾情付出的方式,诠释着历史建筑保护与利用的创新实践。

文化创新,让历史建筑向阳而生。

二

从"网红燕子"到"我要上头条",群众喜闻乐见的背后传递着文化建设为人民服务的根本。

"旧时王谢堂前燕,飞入寻常百姓家。"这是唐代诗人刘禹锡在《乌衣巷》里留下的经典名句。

国人眼中的燕子象征着和谐美好,代表着所居环境的优美。然而,随着城市化进程的快速推进、建筑风格的改变,无论城乡,燕子的身影愈来愈少。而在"世大夫第"的厅堂里,有 3 个燕子窝,这背后还有一个暖心的故事。

2020 年 5 月，"世大夫第"在改造为江西文化巡礼展江西日报展馆时，原本里面只有一个鸟巢。考虑到长期运营的实际需求，借鉴一般经营场所的装修做法，最初的设计思路是做成一个全封闭的空间，天井部分采用玻璃封顶，保留透光，雨天防雨水进入，盛夏防冷气外泄。燕子的进出，则尽量打开房门，让它们从天井改道。

随着一窝小燕子的诞生，情况发生了变化。由于成年燕子觅食越来越勤，早晚出行的频率越来越高，燕子的命运受到多方牵挂。项目方临时调整设计方案、施工周期，保留开放式天井，为燕子让出一条随时顺畅的飞行通道，并采取多种措施保护这窝燕，让它们安全地育雏、成长。

人类付出的努力，鸟类以行动予以了肯定。不久，又一对燕子来到这里，衔泥筑巢，开始新生命的孕育。到了次年 5 月份，工作人员惊喜地发现，厅堂的房梁上又有了第三个燕巢。一年多来，已经有十余只雏燕从这里飞出，"江报馆的燕子窝"也成了文昌里一个网红打卡点，游人和市民们都前往探巢，看成燕喂食、雏燕学飞。

与"网红燕"同样受到游人和市民喜欢的，还有设在厅堂里的一台具有互动体验功能的电子设备。这是江西日报社技术团队自主设计开发的"我要上头条"。参与者只需站在设备前点击开始键，就会自动生成一张带有"江西日报"报头的版面，头版头条位置正是参与者的照片，再用微信扫一扫同时生成的二维码，就能将这个版面保存在自己的手机里。

"我是一名江西日报的老读者，能够以这样一种方式登上头版头条，很自豪，有着特别的纪念意义。"抚州市委一位退休老同志道出了众人的心声。

暖心之举守护了鸟巢，更守护了抚州这座文化之城的文明风尚；创新互动丰富了展馆内容，更丰富了来来往往游人和当地居民的文化生活。这既是人与自然和谐相处的见证，也从侧面体现出有创意，更有温度的文化情怀。

文化的力量，温暖而坚定。

　　一波接一波的活动，一场接一场的图片展，一幢历史建筑散发出的文化魅力，处处彰显着文化自信。

　　8月7日，立秋。

　　几位年轻人走进设在江报传媒全媒体互动体验馆里的新闻咖吧，找一个位置坐下，透过玻璃墙，可以看见一个小小的院落，院里的绿植按照自己的形态生长着，虽然没有专业打理的那般精致，却也有着别样的自然味道。

　　提供一方自由生长的空间，不仅在绿色植物，在新闻咖吧的运营思路上也能够得到体现。

　　"咖吧除了给文昌里的游人提供一个休闲场所，更重要的是通过线上内容产业与线下文化空间的跨界融合，将咖吧打造为青年创业的众创空间与抚州文化生活潮流的策源地。"在江西熹玉文化创始人、新闻咖吧品牌主理人张柠玉看来，咖吧只是文化产业链条的前端窗口，"我们打造的是一个城市文化空间，通过观影会、读书会、品鉴会及配套的私域流量孵化，厚植空间运营基础；通过新媒体项目实操运营、创意文化内容设计与导入，打造文化创意案例；推进众创项目孵化、创业路演、思享会等，聚集更多创业团队，一起来为这座城市贡献创新力量，从而让一杯咖啡也有着更多可能。"

　　在新闻咖吧的墙上陈列着一幅幅摄影作品，记录了抚州各地脱贫攻坚的场景，摄影展由抚州市委宣传部、抚州市新闻摄影协会等部门联合举办。兼具展陈功能的咖吧，是建设之初决策者提出的设计思路，也是新闻咖吧和其他咖啡吧不同的地方。一年多来，这里先后举办了光影70年摄影图片展、探寻抚州文化符号之黎川油画展、抚州高校书法艺术作品展等多个展会活动，成为当地文化艺术展示场馆的新生力量。

与新闻咖吧互为呼应的是同样设在体验馆内的新闻直播室和发布大厅。其作为省级媒体融合发展实践基地和众创空间，探索出一个创新与创业相结合、线上与线下相结合、孵化与投资相结合的运营模式。它以一年前七夕之夜的小提琴演奏会为发端，先后举办了抚州"青年创新汇"创业论坛、抚州消防救援支队学习百年党史直播访谈、金溪老兵宣讲团走进江报馆等系列活动，其中"金溪古村落保护与利用"访谈节目，借助省级新媒体发布平台"赣鄱云"的省市县三级联动，获得了140余万的流量。

这幢见证了百年风云的历史建筑，已然成了文昌里历史文化街区的一张文化名片。

四

历史建筑能够反映历史风貌和地方特色，是城市发展演变历程中留存下来的重要历史载体，也是留给当代人如何利用与保护的课题。

我们应该以怎样的一种方式，赋予历史建筑新的生命力？

国家住建部下发的《关于加强历史建筑保护与利用工作的通知》中，有这样一段内容：加强历史建筑的保护和合理利用，有利于展示城市历史风貌，留住城市的建筑风格和文化特色。通知同时明确，支持和鼓励历史建筑的合理利用，要在保持历史建筑的高度、体量、外观、风貌等特征基础上，合理利用，丰富业态，活化功能，实现保护与利用的统一，充分发挥历史建筑的文化展示和文化传承价值。

当前，江西省正在全面开展历史建筑的保护和利用工作，全省各地已于2021年10月底前将符合标准的建筑确定为历史建筑，并在12月底前完成了所有已公布历史建筑的标志牌设立工作和测绘建档工作。江西省住建厅〔2021〕5号文件《关于进一步加强历史文化街区和历史建筑保护工作的通知》提及：开展历史建筑数字化信息采集，建立数字档案，鼓励有条件的地区探索历史建筑数据库与城市信息模型（CIM）平台的互联互通；支持和鼓励在保持外观风貌、典型构件基础上，赋予历史建筑当代功能，与城市和城区生活有机融合，以用促保。

全国历史文化名城保护专家委员会一位专家实地考察了江报传媒全媒体互动体验馆之后，感触颇多。他说：“当前较为普遍的做法，就是保留历史建筑的外形，内部装修则完全是现代化风格。而这里无论内部外观都基本上没做改变，其设计风格和运营模式，能够感受到现代文化与历史文化的交汇，体现了历史建筑保护与利用的创新。”

河东湾131号的实践，是项目实施者交出的一份文化答卷，也是江西省众多历史建筑保护与利用的一个缩影。在全国对于历史建筑所承载的文化价值愈来愈关注的背景下，全省各地如何结合自身文化优势做出特色做出亮点，值得期待。

古村向新

　　金溪是一座方圆仅 1358 平方千米的小县城。

　　这里有古村落 128 个、明清古建筑 11633 栋，其中中国历史文化名镇（名村）7 个、中国传统村落 42 个、江西省传统村落 31 个。

　　这里被国内专家学者誉为一座"没有围墙的古村落博物馆"，其精美完好的古建筑群，是明清赣派建筑的代表，在江西建筑史乃至中国建筑史上都具有重要意义。

　　一个个散落在各地的古村落，带着栉风沐雨的时光厚度，揣着朝代更迭的憧憬，无声地向世人讲述着久远的岁月往事。穿行其间，和一幢幢古建筑对视，与一位位坚守者对话，历史和现实就那么洋洋洒洒地弥散在空气里，怀古的幽思和眼前的情境让人感动。

　　一种新生的力量，在古村落萌动。

一

　　北宋名相王安石，南宋大儒陆九渊，明朝宰执何宗彦、蔡国用……诸多名动天下的人物以不同方式隐现，现代人只需借助一本书一盏茶，或许就是一场不期而遇。

　　根据导航提示音，在陆坊乡旸湾村七转八绕后，一幢在清代民宅基础上改造的古建筑出现在了眼前，门前立了一块石碑，上面写有"青田书院"四个字。书院背靠村庄，前面视野开阔，田野里稻香阵阵，再远处是一座小山，当地人称为"陆家边"。

生于 1987 年的洪志文是这座民间书院的发起人。几年前，在县城上班的洪志文回到老家，把祖传的老房子改建为书院，考虑到陆象山故里曾用名青田里，最终确定了"青田书院"这个名称。书院依托深厚的象山心学文化底蕴，致力于传播象山心学与传统耕读文化，持续组织各类文化交流和体验活动，先后举行了"江西古村学社年会暨第五次学术研讨会""江右古籍书友会第 21 次欣赏书会暨金溪刻书展"等活动，现有书籍 5000 余册、珍藏古籍 300 余册，其中陆象山有关的学术著作有 300 余种。

令洪志文感到欣喜的是，他在查阅相关古籍文本时发现，早在 800 余年前，当地就有两位洪姓先人致力于传播象山心学，其中一位对"青田书院"的创建颇有贡献。《四库全书》对于青田书院有这样的一段记录："在金溪县北三十里元邑士洪观澜宗陆氏学乃建之以祠三陆先生。"在吴澄所著《陆象山语录》中也提及"金溪学者洪琳重刻于青田书院"。

当然，我们现今所看到的"青田书院"早已不是停留在古籍文字里的传统书院，在回归传统的同时，洪志文和他的小伙伴们正在结合时代需求，探索搭建一个田园之上的创新公共文化服务空间，并努力使之成为金溪古村落里的一个新兴文化地标。

距青田书院约 1.5 公里，就是陆坊村。它是心学创始人陆九渊的故乡，是大儒世家金溪陆氏的世代栖居地，更是这一方水土文化与精神的家园。大儒家庙、象山墓地都在这里。

陆九渊在中国思想文化史上有着重要的地位，世人尊称为"象山先生"，后人尊称其"陆子"。与其兄陆九韶、陆九龄皆为南宋著名学者，史称"金溪三陆"。象山心学不仅对我国，也对日本、韩国以及东南亚等国家的思想文化和社会变革产生过重大影响。

陆坊村整体坐北朝南，老屋连片，石板街巷纵横交错。虽经历岁月磨砺，村中古建筑与古遗迹却大多保存完好。门楼背后巷弄井然，南北纵深较长，一路延伸百余米。道路两旁的房屋，比较整齐划一，几乎都是平行地排列，符合儒家的严谨礼制。在陆坊古村，分明能够读出一种文化操守。

同样具有这种文化操守的，还有一个名叫岐山的古村。

岐山的人文历史比金溪建县还要早几十年。据北宋《太平寰宇记》记录："至周显德五年（958年），析临川近镇一乡并取饶州余干白马一乡立金溪场。后置炉以烹银矿。"宋淳化五年（994年）改场为县。据《岐山吴氏宗谱》记载，岐山以吴谦为第一世祖，而吴谦约公元960年迁至金溪。

岐山的文化操守不止于人文历史的悠长。从宗谱溯源，岐山吴氏来自柘冈吴氏后人的迁居，仔细理一理其中的脉络，我们会有一番惊人发现。吴谦的孙女嫁到南丰曾家，生了三个儿子，其中一人名叫曾巩。吴谦的重孙女嫁到了临川王家，也生了三个儿子，其中一人名叫王安石。

唐宋八大家里，竟然有两大家都与柘冈吴氏渊源极深。今日柘冈旧址已经沉没在水库底下无处可寻，距柘冈三四公里处的岐山古村自然就成了时空对话的好去处。

走进依山傍水的岐山古村，57栋各式明清建筑玲珑有致，高低错落的宅第之间构成一条条高低错落的红板石巷子，幽深静穆。巷子曲折有致，阡陌幽深，那斑驳的青苔、墙上挂着的藤萝，一条小河依村流淌，潺潺清流浣洗着岐山数百年的岁月风尘，沐浴着一代代后人。

王安石、曾巩、陆九渊，这还不是金溪古村落的全部骄傲。在琅琚乡上东漕古村、石门乡靖思古村，各走出了一位行使宰相职能的大学士。

关于这两位宰执，有必要提到明朝的一段往事。

明洪武十三年（1380年），左丞相胡惟庸专权擅势，对皇权产生了威胁，被明太祖以谋逆罪处死，受株连致死者达 3 万余人，史称"胡惟庸案"。朱元璋借此废除了政务中枢机构中书省，秦汉以来施行上千年的宰相制度也一并废除。两年后，由于政务量过于庞大，设立了一个皇帝顾问职位——殿阁大学士。到了明成祖（1360—1424）年间，正式有了内阁机构，由内阁大学士行使宰相之权，其中以内阁首辅的地位最高。

正是在这样的历史大背景下，明天启年间、崇祯年间，何宗彦、蔡国用两人先后入阁，均被授礼部尚书兼东阁大学士，任户部尚书、吏部尚书。何宗彦被授建极殿大学士，蔡国用被授武英殿大学士。颇为巧合的是，他们都与明朝一位大奸臣有过斗争，何宗彦在位期间对他予以压制，数十年后，同乡蔡国用则被他算计罢了官。这位宦官名叫魏忠贤。

在"青田书院"的小茶室，与洪志文聊着象山先生的故事，念头里许多个古村落及其相关的历史人物纷纷涌涌，一个个都是那般亲近。

二

风流总被雨打风吹去。时光流转，一座享誉明清的雕版印刷名镇褪去了耀眼荣光，当繁华与喧嚣渐行渐远，文化符号重现的梦想却是越来越近。

"临川才子金溪书。"

金溪与临川才子相提并论的盛名，与一座名叫"浒湾"的古镇密不可分，因为"金溪书"制版、印刷、交易的主要集聚地就在浒湾。

浒湾，位于金溪之西，原名许湾，清道光年间开始逐渐演化为浒湾。当地人执意把"浒"（hu）字读成（xu），并且流传着几个不同的读音来由版本，都与当朝皇帝有关联。究竟与帝王是否相关无从考证，但这份坚守倒是充分体现了当地人对这座古镇繁盛过往的留恋和自信。

金溪在明清时期是江西的雕版印刷中心，浒湾则是主要代表。史料记载，浒湾的雕版印刷业始于晚唐，兴于宋元，兴盛于明清，衰于清末。其鼎盛时期含印书、卖书等从业人员达三千余人，这其中既有在北京、重庆、上海等地开设书铺分号的当地书商，也有来自北京、南京、长沙等地在浒湾设立书店分号的当地书商。刻印书业的兴盛为金溪赢得"江南之书乡"的誉称，长期饮誉全国刻书行业。浒湾与四堡（福建）、武汉、北京并称为中国明清时期四大雕版印刷基地。旧版《辞源》及民国九年（1920 年）商务印书馆出版的初中《地理》课本中，均有"金溪浒湾男女皆善于刻字印书"的记载。今天，在浒湾古镇的前书铺街、后书铺街和礼家巷仍然保存有与印书、卖书有关的古建筑 120 多栋。

千年积淀的文化底蕴，散发出典型的农耕文化和儒文化的气息。在书铺街漫步，当年的喧嚣已然沉默，仿佛什么都没有发生过，只剩下空荡荡的街巷和古旧的建筑。

相比浒湾的落寞，同为雕版印刷集中地的竹桥古村则显出了几分新生的活力。

竹桥古村位于双塘镇，这是一个典型的因书而兴的古村落。村中至今完好地保存着古朴典雅的古祠堂、古门楼、古井、古雕版印刷作坊遗址、明清古民居。资料显示，从清康熙年间开始，竹桥人在全国做卖书生意，有的在京城开书肆，收罗古籍，有的回乡里自开印书房。竹桥人开了金溪雕版印书的先河。

近年来，当地政府全力打造竹桥古村，植入业态，实行市场化运营，将这座中国历史文化名村成功创建为国家 4A 级旅游景区。每逢周末或节假日，在这里总能看到来自各地的游人，他们在各个街巷里行走，感受古村迷人的魅力。

兴许是为了给醇厚的书香添个注脚，在金溪还有一座古村落，就是被誉为"教授村"的东源村。

东源村隶属于琉璃乡，距浒湾古镇不过十余公里。古村有 700 余年历史，现存各类明清传统建筑74栋，其聚落形态清晰完整，是一个明清建筑群保存完好的历史文化名村。村落纵深约200米，九条青石小巷从北门、西门呈放射状直通南边主石街，使全村呈折扇状打开，形成九大古民居聚落群。每个聚落群屋宇相连、布局紧凑，其间有青石板与鹅卵石铺就的小巷相通，纵横有序。

最令当地人骄傲的是古村人文气息浓厚，才俊辈出。自民国至今，"盛产"教授、博士、高级工程师等20余人，其中2人享受国务院政府特殊津贴，故有"教授村"之称。

从浒湾到竹桥再到东源，从集镇到村落，这条关于古代文化传承和发扬的线索并没有在历史长河中间断。一幢幢古建筑不仅蕴含着千百年时光凝聚的美好记忆，还承载着现代人在文化自信中向前奔跑的梦想。

三

从"拯救老屋行动"到"古村落金融贷"，从残垣断壁的荒凉无人区到流光溢彩的网红打卡地，一个个沉睡数百年的古村落，在看得见的变化里渐次苏醒。

身为工科男，出生于1988年的南宫琦却有着一颗文艺心与田园梦。

2017年，在上海已经闯出一片天地的南宫琦打点行装回到了出生地何源镇何源村，开始实践他高中时期就筹划的梦想——把老房子改造成一座集舒适生活、商业运营、艺术观赏于一体的赣派风格建筑。他自己设计施工图纸，采购建筑原材料，给施工人员作改建示范，建设完成后起了个颇有意境的名字：南园小隐。同时结合新农村建设，把设计思路延伸到村里，竟然在这座普普通通的偏僻小村庄里整出了一个个网红打卡点。

2019 年，南宫琦组织人员努力不懈搜集民间资料，成功恢复何源镇一项已经失传的省级非物质文化遗产——矮脚龙，并著有《金溪矮脚龙》一书。由他发起的何源镇春节联欢晚会也成了最受村民欢迎的"年夜饭"。

如今的何源村已发展起南园小隐、天然居、何源民宿、云林茶坊、金泰河农庄、崇兰堂农庄、北院民宿、飞越山地户外摩托等旅游业态，每年有数万人来到这里，有的是顺道去看看周边的山水，有的只是为了来放松心情。

同样怀着文艺心与田园梦并成功实践的还有一群来自荷兰的艺术家，他们漂洋过海从荷兰来到金溪，在秀谷镇大坊村实现了一场沉寂古村与世界装置艺术的隔空对话。

艺术家们在不改变古村肌理和古建筑外形的前提下，在村庄和老建筑中置入了一些灵活可变的空间，通过随处可见的独具匠心、造型独特、寓意深厚的雕塑，使村子融汇了中西方元素、传统与现代的艺术理念。一度破败的大坊村焕然一新，大坊荷兰创意村由此入选"50 个中国最美乡村建设案例"。

128 个古村落，就是 128 种文化形态。金溪县在古村活化利用上，经历了多个阶段的逐步演进，从 1.0 版本到 5.0 版本，从深入开展"拯救老屋行动"到在全省率先组建"生态产品综合交易中心"，创新推出的"古村落金融贷"被中国人民银行向全国推介。"古屋贷"被写入中办、国办《关于建立健全生态产品价值实现机制的意见》，古村落确权抵押利用机制入选国家生态文明试验区改革举措和经验做法推广清单。

每一座古村落、每一处历史遗迹，都是一部承载厚重历史的典籍，记录着先辈的智慧创造与文化记忆，传承着独具地域特色和民族风格的乡土文化。它们本身就是一种强大的力量，是一个个被坚守了几百年的真实存在。

金溪通过修复历史文物古迹、重塑乡村格局、完善生活服务设施、营造纪念性空间等措施，让传统遗存与现代元素相互交织，让当代乡村与遥远记忆的联系逐渐得到重新连接。不是每一座古村落的沉默都能被唤醒，但是我们可以做一个倾听者，接收那穿越历史传来的声音。

"我想致力于重新激活何源村的公共生活，依托何源太山的自然风光，发展当地休闲旅游及配套产业，以此为突破口，吸引青年返乡创业，找回农村活力。同时在乡村生活中植入都市生活品质，繁荣乡村生活。"南宫琦说。

南宫琦与洪志文基于古村落活化与利用的探索，是如此地相似。他们更像一个衔接旧业态与新业态的文化生产者，与当地政府部门的创新实践一道，共同汇聚成中华传统优秀历史文化的坚定力量。

寻亭记

我在找一座亭。

这座亭既没有出过汉高祖刘邦这样级别的亭长，也没有经历过唐风宋雨的缠绵缱绻，我甚至无法描述它的年代和模样，因为它在每个人的心里都有着不同的存在形态。

这座亭有一个浪漫的称谓，牡丹亭。

一

牡丹亭是有灵魂的。

数百年前，临川人汤显祖以一部惊世作品《牡丹亭还魂记》让牡丹亭成为一个特定的文化符号。如果要选亭长，汤显祖自然当之无愧，并且可以始终保持连选连任。

汤显祖的祖地在抚州市文昌里，一个能够集中展示临川文化的物理空间，至今还有为数不少的历史古建筑群。对于古建筑，我有着异乎寻常的兴趣，我曾无数次地在文昌里和老城区之间穿行，这期间很多次都会想到汤亭长的一次搬家往事。

425 年前，大约也是这个秋风送爽的季节，辞去浙江遂昌县令一职回到家乡赋闲的汤显祖搬了一次家，从文昌里汤家山搬到了老城区刚落成的新居，一向喜欢玉茗花的汤显祖给新居命名为"玉茗堂"，想必少不了在后院里种上几株玉茗花。

乔迁新居自然是人生一大喜事，但放眼历史最多只是一件私人事务，根本无法留下丝毫痕迹，除非还有另外一件大事在新居里发生。

对于中国乃至世界的戏曲界而言，确实有大事发生。中国大百科全书出版社出版的《中国大百科全书·戏曲·曲艺卷》汤显祖条目中，能找到这样一个平实的纪录：明万历二十六年（1598 年）……秋天，从临川东郊文昌里迁居城内沙井巷。著名的玉茗堂和清远楼就在这里，传奇《牡丹亭还魂记》也在此时完成。

《牡丹亭还魂记》就是传唱至今，被列入我国四大古典戏剧之一的《牡丹亭》。而牡丹亭，因其蕴含丰富的文化内涵，成为中华优秀传统文化的承载物之一。

二

　　在一个有着五千年悠久历史的文明古国，亭并不仅仅是一个普通又简单的建筑物而已。

我们知道，从最初战争时因边防实用功能而设立的"十里一长亭、五里一短亭"，到后来成为园林中观赏性建筑的"满园亭榭都参遍"，再到文学艺术作品中用以寄托情感的"长亭外，古道边，芳草碧连天"景致，亭子的概念变得愈发模糊，已经不是那个具体的亭，而是一种文化，一种形象，是抽象的亭。我曾经读到一篇文章，其中有这样的表述：它（亭）所要表达的不是那个亭的形象，而是那个亭所具备的意蕴，已经深入到人心中的那种中国古典文化的意蕴。以有限的具象表达无限的情感，亭子的精神价值也得以被最具哲理冥思的中国古代文人不断发掘。因此，在中国文化和历史发展的进程中，围绕亭子积淀了丰富的精神意蕴，"亭子"的形象逐渐成为一种文化的符号与象征。

牡丹亭正是这种意向最贴切的体现。

我接触的第一座牡丹亭在大余县。20多年前，身为一名刚入职不久的媒体新人，我接到了第一个独立采访任务，前往有着"世界钨都"美誉的大余了解尾砂利用情况。采访结束后，当地宣传部的同志带着我顺道去了牡丹亭公园，并介绍说《牡丹亭》的创作灵感就取自于此。《牡丹亭》的故事我自然早就知晓，但第一次和故事里的场景这么近距离地接触，看着公园里那个并不精美的亭子，很是感慨万千。

之后，随着工作岗位的调动，从赣州到南昌，再到抚州，其间还曾应邀至浙江遂昌参加汤显祖纪念活动，我都在有意识地寻找，一座座各具风格的牡丹亭，是不是都传递着相同的文化意味，是不是都有着一个共同的灵魂。

承载着《牡丹亭》这个感天动地爱情故事的亭子早已从"临川四梦"中走出，化作一个个看得见摸得着的实物，遍布在神州大地，还跨越万水千山，从东半球到西半球，在英格兰南部小镇斯特拉福德落地生根，无声地演绎着来自东方的浪漫传奇。

对了，这个小镇也有一位名动世界的戏剧大师，他和汤显祖在同一年去世，名叫威廉·莎士比亚。

小镇并不大，只有2万余人，但每年有150余万来自世界各地的游人前往。牡丹亭就在该镇罗瑟街的绿地花园内，距离莎翁诞生地步行仅约10分钟。亭子的所有构件，包括每一块石头、每一根木头、每一片瓦，都是从抚州运至英国，承载着最纯粹的中国文化元素。

这座牡丹亭，已然化身为一位文化使者。

美是属于全人类的。

"情不知所起，一往而深，生者可以死，死可以生。"这是汤显祖在《牡丹亭》开篇的一段文字。时年48岁的汤亭长借此毫不遮掩地告诉全世界，他要讲一个至情唯美的爱情故事。

400多年过去，这段被赋予超越生死的浪漫"至情"，依旧有着穿透时空的力量。

打开高中课文，我们能够读到这样一段文字："原来姹紫嫣红开遍，似这般都付与断井颓垣。良辰美景奈何天，赏心乐事谁家院！朝飞暮卷，云霞翠轩；雨丝风片，烟波画船——锦屏人忒看的这韶光贱！"

再一次读这段唯美的文字，伴随着脑海中一幕幕闪现的画面，我放下了心中的执念。

我们终其一生寻找的，不就是自己的心吗？

《牡丹亭》中最具代表性也流传最广的唱词《游园》走进了课本。

"亭长"汤显祖则从课本里走了出来，徜徉在某个城市的某座亭子里，诗意地栖息。

立人的罗盘

站立远眺的古人陶俑，手中捧着一个圆形物件，上面有刻度、有指针……如果没有讲解员介绍或者墙上的文字说明，参观者不会想到，它竟然是现知世界最早的罗盘造型实物。

暮春时节，走进抚州市博物馆，恍如开启了一段跨越时空的文化之旅。不妨跟随着"宋代彩绘立人罗盘陶俑"，去聆听千年抚州"襟领江湖，控带闽粤"的某件尘封往事。

一

指南针是中国古代四大发明之一。

在指南针的基础上，我国古代的方家将磁针与分度相配合，研制出了一种名为"罗盘"的仪器，使用更方便、读数更容易，广泛用于堪舆和航海。

世界上关于罗盘的首次记载，源于南宋笔记小说《因话录》中的一段文字："地螺或有子午正针，或用子午丙壬间缝针。""地螺"也称为地罗，也就是罗盘。

按磁针的支承方式，罗盘分为水罗盘和旱罗盘两大体系。中国的磁针和罗盘经由水陆两路西传，对人类文明的进程产生了重大影响。在罗盘的诞生国度和时间上，学术界长期存在着不同的观点。较为通行的说法是，指南浮针和水罗盘为我国两宋时期所创制，旱罗盘则是欧洲的发明。我国宋元时期没有旱罗盘，直至十六世纪初期或中期才由日本传入。另一种说法认为旱罗盘也是中国发明，其主要依据是，清乾隆年间堪舆家范宜宾的《罗经精一解·针说》曾提及"指南旱针（即旱罗盘），造自圣王""创自江西，盛于前明"。不过，并没有实物佐证。

直到 1985 年的一次考古发掘，才让范宜宾提及的内容始现端倪。时年，抚州市临川温泉乡莫源李村的窑背山发现南宋邵武知军朱济南墓，墓内出土了一批陶俑，均为模印贴塑而成的单体侍立状圆雕，大部分俑底写有该俑名称的墨书题记。其中两件陶俑（一件保存完好，另一件残破）造型相同，怀抱形状疑似半个罗盘的物件，俑底墨书"张仙人"三字。"仙人"应该是对从事堪舆行业方家的尊称。考虑到半圆形并非罗盘的标准形状，只能从陶俑的身份上推测出其为罗盘。

距那次发掘 12 年后，抚州又有一次新的考古发现，震惊世界。

1997 年 5 月，原抚州地区粮食储备库工地出土了一批文物，其中一件陶俑引起了专家的注意。这件陶俑高 23.2 厘米，底径 7.6 厘米，重量为 423 克，陶质灰白色，俑底墨书"章坚固"三字。最显眼的是，陶俑手中捧着的一个带有指针的圆形物件。指针中部为菱形，中间有小洞，两侧呈长条状，作左右指向，右指针针端为矛头状，整个指针位置居于圆盘中央，针端与圆盘相接，圆盘为宽平面环状，盘上有明显表示刻度的条纹。如不计指针针端和俑手掩盖的盘面刻纹，刻度共有 15 条，其中两条十分靠近且一端相接，其他刻度之间的距离则大致相同。毫无疑问，这是一件装在刻度盘上，可以转动用来指示方向的罗盘。

经考证，陶俑的年代属于两宋时期。由此可以得出结论：早在 12 世纪，我国就已使用罗盘确定方位，这一发现将旱罗盘发明的时间提前了近 400 年。

专家们将这具陶俑命名为宋代彩绘立人罗盘陶俑。

三

2010 年，上海世博会中国馆以"国之瑰宝"和"文明传承"两个主题展出一系列文物。

抚州市博物馆馆藏的国家二级文物宋代彩绘立人罗盘陶俑参展上海世博会，在核心展区"智慧的长河"主题中展出，是江西省入选该主题展的唯一珍宝。

"在众多的馆藏文物中，宋代彩绘立人罗盘陶俑具有十分重要的历史、艺术和科学价值，它是抚州人民的骄傲，也是当之无愧的镇馆之宝。"抚州市博物馆社教部主任陈芳妮的语气中有一份遮掩不住的自豪。

站在博物馆的展品柜前，记者与陶俑对视许久。

立人束发，两眼炯炯有神，目瞻前方，面泛朱红色，一袭黄褐色右衽长衫。其手中捧着的罗盘，不仅承载着古代先民的智慧，还给这块孕育了深厚临川文化的土地，打开了一个充满无穷魅力的科技世界。

兴鲁书院的风骨

书院的风骨不在于建筑，在于师者。

说起抚州的教育史，兴鲁书院是一定要提及的。

说起兴鲁书院，就不得不说一个人。他是位列"唐宋八大家"之一的文学大家，也是一名"文名太盛掩功名"实则治理有方的官吏。

他，就是曾巩。

宋至和二年（1055年），曾巩37岁。距写下千古名篇《墨池记》7年后，他在距离墨池胜迹不远处的香楠峰找了一处所在开设书院，取名"兴鲁书院"。

此前10余年间，经历了丧父之痛、疾病折磨、生活持续困窘、科考屡次落榜的人生低谷期，曾巩开始从容起来，希望通过科举入仕的念头渐渐归于平淡，对文化教育事业的认识却越来越深刻，为世人留下了《宜黄县县学记》《学舍记》《筠州学记》《劝学诏》等一批蕴含着优秀教育思想的文章。在《与王介甫第二书》中道："夫我之得行其志而有为于世，则必先之以教化，而待之以久，然后乃可以为治，此不易之道也。"

曾巩将书院取名"兴鲁书院"，意在"兴五帝三王之道""上承曾子之家学，以继周公孔子之传者"。曾巩远祖曾子是孔子儒家学说的集大成者，春秋战国时期鲁国人。史料记载，明清两代，兴鲁书院是抚州6县（临川、崇仁、宜黄、乐安、金溪、东乡）的讲学之所。兴鲁书院也曾几经兴废、多次重修。清代末年，改名为抚郡中学堂，这便是如今临川教育代表性学府之一、被誉为"赣东教育明珠"抚州一中的前身。

史料记载，宋代以来，江西共有进士 10553 名，其中抚州有 2441 人。抚州以一隅之地，培养出遍及各个领域的英杰，历千年而不衰。这其中固然是政治、经济、文化诸多社会因素相互作用的结果，但其深厚的文化教育传统，历代兴学重教，尤其是非常发达的书院教育，为其人才成就的一个首要因素。这其中，兴鲁书院自然也有一席之地。

兴鲁书院虽然名为"兴鲁"，兴的却是赣都大地的文化教育事业，是"临川才子"的摇篮。当时的曾巩深得北宋文坛领袖欧阳修的赞誉，虽为一介布衣，已负盛名。他亲自讲学，制定学规，很多文人学士也不时来书院会讲。

兴鲁书院开办两年后，曾巩及其家人迎来了家族史上的高光时刻。嘉祐二年（1057 年），曾巩带着弟弟曾牟、曾布，堂弟曾阜，妹夫王无咎、王彦深进京赶考，全部进士及第。一门六进士的光彩，让朝野为之惊叹。

从此，曾巩开始步入仕途，兴鲁书院成为布衣曾巩的最后一站。

北宋熙宁四年（1071 年），曾巩调任齐州（今山东济南）知州。创办兴鲁书院 16 年后，曾巩终于踏上了齐鲁大地，开始以超强的施政能力完成曾经的兴鲁心愿。短短两年的任期里，主政一方的曾巩除盗肃霸、治水患，还在兴修水利工程之余信手留下了一湖山水，赢得了"为官一任，造福一方"的好名声。

"四面荷花三面柳，一城山色半城湖。"这是后人对济南大明湖美景的描述，也是曾巩为先祖故国鲁地兴盛留下的文化符号。

曾巩离开后，兴鲁书院沉沉浮浮，学脉始终未断。600 余年后，这里迎来了一位 68 岁的名士担任山长。这位山长名叫李绂，也是一位了不得的人物，深得清代康熙、雍正、乾隆三任帝王赏识，因精于陆王心学，被梁启超誉为"陆王派之最后一人"。兴鲁书院是他辞官归家重回布衣身份的第一站，也是最后一站。

清乾隆八年（1743年），先后担任广西巡抚、直隶总督、户部侍郎等职的李绂因病告老还乡，担任兴鲁书院山长，并亲自讲学。李绂，字巨来，号穆堂。至今，兴鲁书院旁边有一条路就叫穆堂路。

城市里的许多地名，会随着时间的推移而更改，兴鲁书院所在的兴鲁坊路，全长不过四五百米，数百年来始终未改。李绂在《兴鲁书院记》载："抚城中香楠峰为先生（即曾巩）兄弟故居，有书院曰兴鲁，先生尝讲学其中，东近盐埠岭，建坊亦以兴鲁名，今石础犹存。"

不改的何止兴鲁坊？

找一个放晴的日子，从曾巩书写《墨池记》的"晋王右军墨池"纪念馆门口步行数十米，折入穆堂路，行不多远转到荆公路，再二三百米就是兴鲁坊路了。曾巩和王安石这一对宋朝的莫逆之交，在千年后还能够这般亲近，真让人感慨万千。

沿着兴鲁坊路前行，途经兴鲁坊小游园、兴鲁坊小区，看到临川第六中学的校门，兴鲁书院旧址就在校内，和临川实验小学仅一墙之隔。

进得校门，迎面就是一尊曾巩塑像，背景是大理石刻的曾巩简介，右侧是兴鲁书院介绍文字。穿过校内一面以曾巩生平时间轴为内容的文化墙，一幢学堂模样的仿古建筑就那么矗立着，上书四个大字：兴鲁书院。

近千年的岁月流转，兴鲁书院就这样真实地留在了历史的记忆中。

伫立在兴鲁书院旧址前，耳畔传来琅琅读书声，我仿若看见一位位渐行渐远的儒雅身影。放眼全国，无数书院在历朝历代的更替中成为废墟，即便重建重修，也早已失去了原本的模样。但在尚存的瓦砾间，因为这一缕风骨有形，我们依旧能够看到书院曾经的意气风发。

文脉尤在，弦歌未绝。

此心安处是吾乡

正月初二，春节味道最浓郁的时候，我和小妹两家人就踏上了返程，留下老姐一家在赣州陪着父母继续过春节。由于时间仓促，原想着回老家一趟，最终没能提上日程，心下多少有些许遗憾。

正月初五，难得放晴。突然很想了了这个心愿，用手机导航随机选了一条路，便驱车一路向南。不多久，进入宜黄县，行经一个名叫黄陂的小镇，黄陂向南是东陂镇，再往南走，就是生我养我的家乡宁都了。想到家乡也有一个乡镇叫黄陂，我决定在这座小镇逗留一会儿。

小镇很小，街两旁挨挨挤挤的各色小店，红艳艳的春联爆竹烟花、喜气洋洋的礼盒摆在路边，挂着各地车牌的返乡车辆时不时堵塞着原本并不宽阔的马路。

路边，一位老人家正在一口小油锅前，手里正炸着的米粿和小时候吃到的一模一样，特别亲切。老人招招手："尝一个，好吃！"我蹲下身，老人已递了一个过来，"在城市里可吃不到这个味道吧。"

还没入口，已有香味扑鼻，放进嘴里酥脆细腻，米浆的醇香和小葱的清香弥漫，分明是久违了的纯而浓郁的儿时味道。

"果真，好吃！"我赞不绝口。

"（你）不是宜黄人啊？"老人又抬头看了我一眼。

"不是，宁都人。"

"知道，这里过去就是宁都。我小儿子就在那里的医院工作，今年说是要参加疫情防控，回不了。"老人边说着话手上边忙乎，却听不出丝毫的埋怨。

"这么近，都不抽个空回来看看？"

"现在和以前不同，以前不管走多远，都要回到老家过个年才安心。如今不管身在哪里，只要心里装着老家，哪儿都是家，啥时回都一样。"

老人的话让我心中豁然开朗，我再看看圩镇上的情境，看着脸上洋溢着喜庆的人们，仿佛回到了年少时光。心念微动着，回宁都老家，更多的是想去寻找曾经的记忆。现在，在这小小的圩镇上，吃着油米粿，不一样回到了心中的小时候吗？不照样可以安心？

我没有再往前走，而是折回宜黄县城，用另一种眼光打量这座经常踏足的小城。千年风雅今犹在的棠阴老街，中国佛教禅宗五大宗派之一曹洞宗发源地的曹山宝积寺，在中国戏曲文化史上有着一席之地的宜黄戏……而这些，在另一座称之为家乡的小城，几乎都能找到对应的内容，还有那些童年的趣事、少年的纵情，似乎都能发现熟悉的印记。

因为一个人，爱上一座城。

我开始寻找一个人。我找到了与林则徐同为清代禁烟名臣的黄爵滋，找到了与戚继光并肩抗倭收复边关的谭纶，找到了授道于北宋一代名相王安石并留下诸多师生传奇的杜子野……还有许许多多在这座城市工作着生活着的普通人，有的并不是在这里出生，却在这里为这座城市的发展奉献青春与热血，在这里度过一个又一个的春节时光。

随着中国经济发生翻天覆地的变化，工业化和城市化快速发展，无数人走出家乡去求学、工作，最终选择了在他乡工作生活。记忆里的家乡，早已不是当年的模样了。

家乡，不一定就是故土。真正的家乡，应该是让我们心安的地方。这个地方可以是城市，也可以是乡村，只要在这个地方觉得内心安稳，有值得珍惜的人或事，这个地方就不是异地。

宋元丰六年（1083 年），平生都在各地为官的苏轼为好友王巩作了一首词《定风波·常羡人间琢玉郎》，下阕是："万里归来颜愈少，微笑，笑时犹带岭梅香。试问岭南应不好，却道，此心安处是吾乡。"

乐安那场烽烟往事

1月4日,晨曦初现,乐安县湖坪乡汉上村还是一派静谧。

天色蒙蒙亮着,王宗耀就出门了,沿着房子周边的鹅卵石路不紧不慢地踱步。房子是祖屋,落成于清道光甲申年,距今已有198年,门楣上"大夫第"三个大字依然清晰可辨,在远方模糊不清的山体映衬下,厚重而深远。

自打几年前老伴走后,83岁的王宗耀就开始了一个人的生活,孩子们都在外地工作,远在山东的儿子早就提出,希望他搬过去能够有个照应,老人却始终不愿松口。

王宗耀放不下的不仅仅是这一幢祖祖辈辈留下的老房子,更让他惦念的是屋子里那些红军当年留下的标语和漫画。标语、漫画共有30多条(幅),分布在不同的墙面上,没有规律地排列着,黑色的墨迹或浓或淡,有的墙面还清晰地留着一个个弹孔,斑斑驳驳的,让标语、漫画显得更加生动。这些标语和漫画给老屋添了许多年轻气息,因为经常有年轻游客慕名而来,只要在家,王宗耀就会兴致勃勃地主动上前为他们讲解。

墙上有一幅漫画,寥寥数笔勾画了一个战斗场景,天上飞机在飞,半空中有炸弹坠落,地面山头两军对垒,一位军官被击中,上面写了几个标记身份的字样"白军师长李明"。对此,老人颇有几分骄傲,因为漫画所描绘的场景,是一场红军史上的经典战役。

1933年2月27日至3月1日，红一方面军总司令朱德、总政委周恩来指挥中央主力红军在黄陂、蛟湖和登仙桥一带，采取声东击西与大兵团伏击的战略战术，歼灭敌军两个师，其中52师师长李明重伤不治、59师师长陈时骥被活捉，取得了第四次反"围剿"的重大胜利，创造了红军大兵团伏击战的先例，即著名的"黄陂战役——登仙桥大捷"。

虽说红军记录登仙桥大捷的漫画就在王宗耀家墙上，但登仙桥距他家还有一段距离，约50公里路程。不过，黄陂战役三个月后另一件载入党史、军史的大事件，就发生在他家门口。

1933年6月至7月，红一方面军在乐安县湖坪进行了军事整编，内容包括取消"军"的番号，按"三三制"原则把原来的小军小师改编为大师大团，原来的小团编为营等一系列动作，史称"大湖坪整编"。整编后新成立的"东方军"在彭德怀的带领下入闽作战，歼灭了大量敌人，缴获了大量军事物资，为扩展红色区域、巩固中央苏区做出了重要贡献。

历史的硝烟早已散尽，但当年红军驻军乐安时，在城乡山村书写的数千条标语依旧历历在目，成为永不磨灭的红色印记，提醒和激励着千千万万的后人"不忘初心、牢记使命"。

2006年，乐安县文物管理部门开始搜集与红军有关的文物，在山砀镇口前村居民住宅内，第一次发现了近40条非常清晰的红军标语，主要内容有"农民起来打土豪分田地""红军是工人农民的子弟兵"等等。此后十几年里，全县13个乡镇陆续发现了3800余条各种形式的红军标语，这些红军标语在数量、时间跨度、内容、种类形式等方面都是全省之最，在全国也不多见。

红军标语是中共党史文化中的特殊符号，也是见证中国革命历史风云的红色"活化石"。在乐安，当地政府部门重视红军标语的发掘和保护，成立全省首家红军标语博物馆。民间也涌现出了一大批守护者，其中万崇镇池头村 85 岁的邱希仁和 82 岁的邱惠仁叔侄发起倡议自筹资金修复有着 112 条红军标语的祖屋的故事也广为人知。

　　"年轻时候我就告诉孩子们不能在墙上乱涂乱画，如今儿孙都在外地，我还要一直守护下去，让越来越多的人知道，当年红军在这里战斗过。"王宗耀的话语中流露出一种平平淡淡却坚定如磐的信念。

　　王宗耀们倾心守护的红军标语背后，记录着乐安这片革命先烈用鲜血和智慧浸润的红色土地上，一段永远不能抹去的烽烟往事。

扯一扯《大秦帝国》的铁幕

坊间都说读史可以知今。

很多年前，以挑灯夜战的勤奋读了一套《大秦帝国》，信手闲扯了些许文字作为读后感，边读边扯。

文字，也是一种见证。

上篇变法

秦成就帝业，秦孝公年代的变法起到了基石作用。短短几年间，把一个头顶大诸侯国光环实则日薄西山的秦国改造成了全民奋进、思维唯新、国富民强、铁军强兵的强国雏形。

开篇：六国（魏、赵、齐、韩、楚、燕）共聚魏地商议天下事。其一，结盟互不侵袭；其二，瓜分小诸侯国；其三，肢解秦国。新任秦国国君秦孝公在大哥嬴虔的支持下，迅速稳定国心，采纳臣子意见，派出说客怀揣绝世奇珍———一件传说中的第一利器献给魏国权势公子卬，延迟六国攻秦时间，并导致各怀心机的联盟分秦工程夭折，最终换来秦治国喘息。

秦死里逃生，至此起步。

卫鞅变法，即课本上的商鞅变法。平心而论，在那个年代，卫鞅的种种变法思路完全可以称之为"敢为天下先"，包括废井田制，废奴隶制，严禁解决民间恩怨单挑的个人英雄主义或者族群争斗，等等。总结起来，也就一个意思，变人治国家为法治国家。而这意思，就是法家的立学宗旨，在战国时期，法家学说早已传遍天下，只不过没有几个国家拿来作为治国之本。

此举，从周王朝已经开始操作，只不过不彻底；此举，同时代的齐国相申不害也开始施为，只不过不够心狠；此举，几乎每个新上任的国君都在琢磨并授意施行，只不过碍于利益牵绊，无法真正到位。

所以，所谓的变法谈不上伟大，大多数都是新瓶装老酒，折腾来折腾去都是那几招，无非是充分发挥民众激情，与国同心。变法成败的关键，还在于执行，秦变法得到执行，秦就成功，就成王。

墨家

总算在诸子百家里面，厘清了墨子的思想是什么。

墨子是干什么的？墨家学说的核心理念又是什么呢？先来看看其全力推崇的十大理念：兼爱、非攻、节用、节葬、尚贤、尚同、敬天、明鬼、非乐、非命。这其中的关键词就是"兼爱"，其余都是一些为人处世的要求。

通俗地说，墨子就是法子的反对项。墨子一如《笑傲江湖》里面的任我行，以个人意志个人喜恶作为行动方案，凌驾于各国法律和国君之上，建立一支独立于各国的地下非法组织，打着除暴安良的旗号，随意干涉各国内政，这点和黑手党性质相当。从大处说从文明处说，也就是不折不扣的人治思维。

虽然说有几分替天行道的义气，但人治的种种劣习也一览无余。不讲规则，以暗杀等非正常手段试图达到主持正义的目的，其实是一种螳臂当车阻碍历史进程的可笑之举。

就这样一个自以为是的学派，在诸子百家中也未必有啥新的理念，在《秦书》中竟然被捧上了神坛，成了一股似乎可以左右他国发展的强大力量。

墨家的主张正好与法家相左，人治与法治岂能同生共存？由此，墨子学派全力诛杀卫鞅乃至秦孝公。恐怕并非因为卫鞅杀了七百余以身试法的民众和破坏程序越级上报的县令赵亢而主持天下公道的行径，而是因为秦国的法家实践，与墨家主张格格不入，因此必须杀之阻之。

曾经看过一部电影，刘德华主演的《墨攻》，其间就蕴含了墨子兼爱、非攻理念。

二

卫鞅

卫鞅满腹法家经纶，意气风发地手执秦孝公的招贤令，来到秦国准备一展通天才华。有一个小细节，很有意思。卫鞅为了试探秦孝公是否真的具有变革魄力，在前两次与秦孝公相见时故意提些迂腐苍白的主张，直到第三次才亮出真心话（数百年后的三国时期，那位不懂季节不管冷热都摇着一把羽毛扇的诸葛亮同学，应该就是读到了这一章节而效仿，让泪水多于汗水的刘备三顾茅庐）。其中有一个心理活动，卫鞅想知道秦孝公的变革方向是否和自己一致，如果一致则全心为秦，如果不一致则到此为止。

最终，卫鞅心愿达成，便将所学所想和盘托出。其实，他知晓了自己所想正是秦孝公所想，要做的便是执行。换个角度，卫鞅正是在与君主的前两次交流中，知晓了君主的真实意图，而后顺其意图拿出自己的施政方略，终得以合拍。

卫鞅变法前提在于秦孝公想变，秦孝公有一个变的大体思路，秦孝公有变的决心和能力。卫鞅只是执行者而已，他的高明之处在于，参透了秦孝公的心理。

卫鞅变法施行之初，秦孝公为了确保变法能够独立，能够增加传播力，能够提高效率，专门设立相府这一议事机构，配备专门人员，全权负责国务。卫鞅未负王意，果然把君权国权分立使用得风生水起淋漓尽致。

卫鞅要排除太子封地改革阻力，为了能够立威，一向亲民的他讲起了排场，亲自赶往封地，不到县衙升堂，而是在城郊搭起了一座战时军中统帅作为统帅部用的"力行新田联制幕府"，摆出一副盛气凌人的姿态。

中篇对决

大国命运就在苏秦张仪的合纵与连横之间。

秦国从弱到强，内因是商鞅变法，外因则是遇强则强。

面对变法后国力渐强的秦国，六大强国在苏秦的游说下合纵，欲将秦消灭在萌芽状态。苏秦身佩六国相印，剑指秦国。

张仪则开始连横，祭出老套的联姻把戏，将秦国公主嫁入燕国；使出最下三滥的欺诈手段，假称划地三百让楚国缓兵，等等。

竟然真就破局成型。

当然，几场惨烈对决是直面关键。

整个秦惠王时代的历史，就是一章合纵与连横的对决。有阴谋有阳战，有令人眼花缭乱的剑法，也有无影无踪的刺杀。大国的命运，竟然就在两个同门师兄弟之间的斗法竞技中展开。

抹去个人英雄主义的烟雾，可以理出一个明晰又简洁的总结：

苏秦合纵灭秦，张仪连横破局。合纵失利，在于六国各有图谋，杂念乱生；破局成功，在于秦国举国一念全力一击。当然，还有一个原因，六国之间没有超级大国。

大凡天下事，成败之由，莫过于此。

变法的精义在于变，国家如是，单位如是，个人如是。

齐宣王力行变法，任苏秦为大丞相，遭遇众权贵发难。值此之际，苏秦殿前有一番论政："李悝新法变战国，商鞅新法变强弱。亘古三千年，一个变字囊括了天下风云！善变者强，不变者亡，岂有他哉。"

确实，从商鞅以来莫不如是，由人治到法治，变法的精义实则并不在法，法行之四海而皆准，行之各国而皆知。但国之强弱、变法之成败不在于法义如何，而在于变得是否彻底。国家的变叫改革，单位的变叫革新，人的变叫变化。

春秋六国，都有过一番励精图治的雄心，但最终都没有坚持执行。唯有秦，变者逝矣变法不已。

变，谁都知晓。

但谁能够消除阵痛，坚持到底，才是真变。否则，只是玩概念。

所谓功高良臣，实则只是帝王眼里的鸟人。

秦惠王患怪病身亡，张仪立即准备辞呈，历史都是惊人地相似：一朝天子一朝臣。

即使纵横捭阖，挑战权贵，畅快淋漓施行变法的商鞅如何？即使纵横驰骋于六国合围之间行云流水化解的张仪又如何？

再往前推到合纵连横之前的乱局期，苏秦效秦、犀首献策、张仪助齐，都一一黯然离场。一厢情愿的策士，往往难落好下场。纵有满腹经纶，纵有一腔热血，又如何？

成王败寇，很是现实。成了，是王，王者的成。败了，是寇，王者的寇。许许多多的良臣，一如一将功成万骨枯的万骨，早已湮没，自然或者人为地湮没。

秦惠王以最重的剐刑，处置对王奉承有术的县令，其心智和决心真非常人所能及也，完全刹住了不正之风。看看现今，揣摩君心、专事媚上之举的人等无不平步青云，忠言进谏、勤政敬事之人无不讨累讨嫌。但换一个角度思考，能者也罢庸者也罢谄媚者也罢，在王的心里，统统只是一只鸟。

受五千年文化浸淫的国人真是智慧无穷，就拿一个鸟字来说吧。鸟，本来就是指长着羽毛在天上飞的动物，很简单的一个名词，硬生生让人给强加了许许多多的含义。《现代汉语词典》这样做的描述："鸟，同'屌'。旧小说中用作骂人的话。"

所以，进入网络社会前夜，就开始有长着翅膀在天空飞着的人，千万别以为人家在奉承你，删去乱七八糟的枝节，就俩字——"鸟人"。

都说国有良臣兴，张仪苏秦屈原之流的良臣们一个个都自以为是得长了翅膀一般，恨不得飞起来，其实啊，就算飞起来了，也只能算个鸟，只是为君畅快耳。

下篇君臣

《大秦帝国》第三部"金戈铁马"，真一幕风起云涌的战国乱局。其中尤以秦赵两国"长平大战"为巅峰一战。自此，秦一统天下雏形渐成。

都说一将功成万骨枯。这一回合，涌现的亮点均是各国诸臣，或者大将。秦白起，楚屈原，鲁仲连，齐孟尝君，燕乐毅。

相形璀璨将星，君王皆黯然。

以秦王纪时，从秦武王嬴荡炫周室不成反折寿始，至秦昭王环顾四周难觅良臣止。

一

长平之战，白起做了秦昭王的替罪羊。

秦赵两大强国的长平之战，在战国历史上堪称最为惨烈的战役：双方对峙三年不断增兵，从各约五万，到双方总兵力超过百万。两国均是一副气势压人、不战而屈人之兵的打法，长平大战之初，一派排兵布阵的超强演习阵容。

赵国领衔主演廉颇，就是那位流传千年"廉颇老矣"的廉颇老将军。秦国领衔主演白起，一位神出鬼没运兵如神的神将。但见双方你来我往地运兵布阵摆了几年 Pose 后，一场小败让白起反间计得逞，赵军换将，换上满腹经纶却没有实战经验的赵括。

长平大战至此开拔。

此役精彩的是赵括在大败之际竟然依葫芦画瓢根据兵书摆出了传说中的阵法"车城圆阵"，让白起亦束手无策，也算是一大亮点了。但终究无法改变兵败命运，四十万人一战成白骨。

新锐赵国自此一蹶不振，超级大国秦国隆重登场。

再有一个小插曲，赵国二十余万军队降秦，给秦国出了一个大难题。秦王以可全权处理军务为由，让白起做出杀降的决定，把一个天大的罪名栽赃给了白起。

最为出彩的决定性战役，最为强大的明星将士阵容，最让人鄙视的王者风范。

五国合纵，老牌强国齐国几乎灰飞烟灭。

又一个让人炫目的明星脚踏五色祥云身披燕国盔甲现身，这个人就是乐毅。

乐毅最出彩的功绩就是成功完成了苏秦未成的事业，主导五国合纵，一举灭齐。上演了一幕战国版的蛇吞象。由此，老牌强国齐国被打得仅剩两座孤城，一向不显山露水的燕国浮出水面，最具实力的明星战将乐毅如一颗新星冉冉升起。

换个角度。被经常拍拍脑袋乱做决策的齐闵王整得惹来五国合纵、国君被民众万拳齐下捶得一命呜呼，国将亡之际，又是一位爱国商人田单在谋士鲁仲连的协助下，守孤城六年，保住齐国命脉，星星之火可以燎原，最终得以复国。再一次对比了君无能臣坚强。

即使是灭齐之功败于一瞬，原因并不是乐毅无功，而在于燕国换君。

又是一出君衰弱臣雄起。

赵国变法，以彼之道还施彼身的战国版。

唯一有亮点的国君是让赵国成为战国新锐的赵武灵王。

低调外交、精心治国，二十年的内外调和，硬是将一个不起眼的赵国打造成了堪与强秦一较高低的新锐强国。尤其是以胡治胡，从穿衣服的改革开始，变长袍为劲装，整饬军务让人击掌喝彩。以变军为由，实则变国，走出了一条有赵国特色的变法之路。

　　其中耳熟能详的将相和，大将廉颇和平民宰相蔺相如之间的矛盾化解，把人才兴国的主旨表达得淋漓尽致。

　　同时，赵武灵王最终没有逃脱被叔父、儿子算计，落得个饿死边关的凄惨下场。君星偶亮之余再度黯淡。

　　古今多少事，都付笑谈中。

光影里的光阴

从露天放映到院线影厅，从通宵排队购票到网络支付选座，从被动观影到专场点映……光影里的光阴故事，见证着改革开放 40 余年来翻天覆地的时代变化。

放映在路上，露天电影留存的朴素情怀。

晚上 10 时许，架设在村口空地前的电影幕布上，正在放映片尾的演员表，数十位围观的村民依旧不舍得散去。他们坐在从家里带来的椅子上，回味着电影里的情节，或者说着与电影不相关的话题。章小琴和队友一边将放映设备拆卸、装车，一边和帮忙的村民聊天。小村距县城有 25 公里，返程时路上少有车辆交会，皮卡车的灯光在曲折黑暗的山路上穿行。13 年来，章小琴和队友们已经无数次经历着类似的场景。

章小琴是南丰县电影公司的一名流动电影放映员。她根本没有想到，小时候给自己留下美好回忆的露天电影，长大后竟然会与自己有着如此亲密的接触。她曾经跟着家人去邻村看一场电影，看完后回到家已经是凌晨了，那种伴着满天星辰回家的喜悦感，至今不曾抹去。

成为流动电影放映员后，章小琴开始以另一种视角去观察观众。一次次跑到电影屏幕后观看那些倒过来的影像的老人、在光束后用小手做出各种造型映在银幕上的孩子、爬到树上在乡间虫鸣和电影音乐交织中享受聊天乐趣的年轻人……不同的人群，共同享受着露天电影带来的快乐。印象最深的是在一个小乡村放映电影《举起手来》，一位50来岁的妇女整场都在笑，笑声感染了旁边的村民，也感染了现场的放映员。能够给普通的老百姓送去欢乐，除了有一种满足感，更多的是责任感。

20余年来，章小琴从电影院场务、验票员到露天电影放映员，见证了从二十世纪到现在电影行业的发展历程和进步变革，亲历了从胶片电影到数字电影的技术飞跃，感受着观众们因生活质量变好在精神生活层面的追求发生了变化……

技术在变，场所在变，服务在变，体验在变。不变的是人们对电影的热爱，对美好生活的向往。

二

视听更畅享，商业院线承载的文化自信。

"当前国内的院线建设水平可以媲美全球的业界，在省内的影城就能够体验到顶级的视听效果。"从嘉莱影业总经理胡晓浪的话语里，能够听出明显的自信和骄傲。

总部位于赣州的嘉莱影业是一家专门从事商业院线建设的公司，5年以来，已经在全国参与建设了24家影院。胡晓浪告诉记者，业务的飞速发展受益于国家近年来对文化产业扶持力度的不断加强。纵观国内电影业界，从胶片电影、数字电影再到VR技术的介入，IMAX、中国巨幕、杜比音效……技术水平越来越高，也越来越能满足观影者的需求。

如果把时间拨回到40年前，影院门口只要贴出海报，或在小黑板上用粉笔写出电影预告，马上就会被买票的队伍挤得水泄不通。趴在小小的售票窗口，买票人几乎看不到售票人的模样，只有手伸出来，递过窄窄的电影票，有时是红的，有时是绿的。两毛钱一张，人人都宝贝似的揣着。大家对电影院的设备也没有任何挑剔，硬靠背可折叠座椅就可以满足全部的期待。

几十年过去，电影依旧是满足市民精神需求的重要元素。但也发生了很多变化，影院越来越小，档次越来越高，各种电影类型越来越丰富。购票方式也已完成了从排队购票到网络购票的转换。硬件设施方面，木质座椅换成软包座椅等等。这些改变的目的只有一个：为观众提供更舒适的观影体验。

相比电影的拍摄、制作等工作者，院线建设者胡晓浪所代表的是电影行业里一个不太为大众所关注的群体，但他们努力的方向，是推动电影观感体验不断提升的保证：从胶片放映到数字传输放映新体系，从原始粗放型到信息化管理新手段。不管是技术体系层面，还是管理手段都显示出了飞跃性的突破。

商业院线承载的，不仅仅是商业，也是一种文化自信的体现。

二

策动一座城，专场点映创造的文艺空间。

"在影院的黑暗中，我们的经历和电影互相照亮。每个故事都会有结局，但当影片结束灯光亮起，无数道视线交汇，更多的故事才刚刚开始。"这段充满诗意的文字出自南昌城市策动联合创始人李伟之手。

一年前，李伟和他的城市策动团队在南昌开创了一种观影新模式：专场点映。即由某一位发起人选择一部影片，通过以网络为主的社群发布售票信息，通过网络售票的方式，召集志趣相投者一起观影，观片后再进行点评和交流。所选择的影片一般以文艺片、纪录片等小众电影为主。个人爱好发展成为社群集结，李伟的坚持影响了更多的朋友，也催生出南昌的第一个合作艺术电影放映专厅。从《摇摇晃晃的人间》到《冥王星时刻》，一年多时间里，他们成功发起了25场文艺片、纪录片的点映活动，基本上满座。南昌，竟然有着那么多的文艺同道，丝毫不逊色于一线城市。

电影从来都是年轻人时尚的风向标。

二十世纪八十年代，《追捕》《生死恋》等电影上映，年轻人学起了电影里男女主人公的穿衣打扮。服装色彩渐渐不仅只有"灰蓝黑"，款式也日益多样化，出现了喇叭裤、牛仔裤、西装、连衣裙、运动服等。女生开始留起了长发，穿上了碎花裙、高跟鞋，挎上了单肩包。如今，李伟和他的伙伴们，不知不觉地，正在这座英雄城，引领着一种文艺时尚的观影方式。

2017年夏天的一个晚上，有四位中年文艺男士在文教路的一家小店喝酒聊天。说起这座城市太无趣，缺少好演出、好电影、好展览，微醺的他们决定做点什么。当时想，从艺术做起，哪怕没人愿意参与，最糟糕的情况就是自己做给自己看！这就是城市策动专场点映活动的发端。一年后，李伟和他的伙伴们依旧有着许多的感慨，但也多了几分欣慰："我最想说的是，感谢自己的坚持，感谢322位'城市策动点映群'群友的不离不弃，感谢1000多位南昌影友的共同参与。大家的参与让城市的文艺生活变得更加有趣，正如曾经点映的一部影片片名：《这一切没有想象的那么糟》！"

今天，电影市场的繁荣也昭示着城市文化的繁荣，电影无疑是城市文化的重要组成部分。而以一种文艺的方式支持和坚持，不由得让人多了几分感动。

继续热爱电影，热爱生活，热爱美好的一切。

下一个40年，更值得期待。

德胜之道
——黎川一个小山村的光荣与梦想

核心提示：

德胜关，位于赣闽交界处的黎川县。一个看似平凡的地名，凝聚着来自全国各地人民的情感和牵挂。这里曾经有过被誉为"小上海"的繁盛岁月，有过繁华褪去被人遗忘的失落时光。如今，再度重生为一个集文化旅游于一体的生态宜居秀美村庄。

在这块独特的土地上，传统的农耕文化、红色文化、知青文化和农垦文化互相碰撞，造就了不寻常的历程和多彩的故事。

一

小山村里的"小上海"。

饶荣华从来没有想到，脚下这块生他养他的土地在自己出生的那年，开始孕育一场翻天覆地的行动，并在日后成了他一生中最美好的记忆。从读书到参加工作，他一直没有离开德胜关。

1957 年，在中共江西省委动员下，500 余名机关干部离开所在的省（市）直单位，奔赴数百公里外的黎川，参与创建江西省国有德胜关林农牧综合垦殖场，总场场部选址于德胜关的司前。次年，113 名中国人民解放军陆海空转业军官及其家属来到这里。之后，陆续有来自上海、浙江等全国各地的人员"入关"。鼎盛时期，一个小小的村庄，汇聚了近8000名垦荒建设大军，籍贯遍及全国，当地人口最多时达3万余人。

德胜关，迎来了一段艰辛创业、飞速发展的光辉岁月。

这里先后办起了电炉厂、钢琴厂、整流器厂、工艺美术厂等20多家工厂，形成以机械、电子、化工、陶瓷产业为支柱，与有地方特色的编织、工艺、竹木制品产业协同发展的新局面，建起一个商业繁荣、场区繁华的德胜关。

从1957年到1990年的33年间，德胜关旧貌换新颜，楼房连片，商场林立，市场繁荣，商品琳琅满目，工厂机器日夜轰鸣，影剧院、银行、职工医院、学校、电视转播台、直通省城的专线班车等配套设施齐全。电炉厂、整流器厂、丝织厂、工艺美术厂、孵化机械厂等工厂生产的产品达到当时国内先进水平，产生了极好的经济效应。其中江西电炉厂生产的电炉出口欧亚6国，成为全国电炉行业五大技术指导厂之一。它于1980年4月为国家首次发射太平洋远程导弹火箭生产电热设备，因获得中共中央、国务院、中央军委贺电嘉奖而闻名全国。

"那时，每到夜幕降临，虽然地处偏远山区，但街市每天都是灯火辉煌，人声鼎沸，处处呈现出一派繁华景象。来自全国各地的人带来了各种时尚的生活方式，因此这里被称为'小上海'。"数十年过去，提起当年的场景，饶荣华的脸上依旧罩着遮不住的自豪。

二十世纪九十年代开始，国有德胜关林牧农综合垦殖场所属的数十家企业或搬迁或停产，职工们纷纷或返回原籍或外出务工，村民们也离开家乡外出创业、务工，德胜关繁华不再。

承载历史记忆的农垦小镇。

2019年7月29日，76岁的徐金庚老人专程从县城来到德胜关。每隔一段时间，老人就要回来转一转，他喜欢在保存完好的街道和建筑物之间穿行，触摸时光的印痕。

"村庄越来越美、街道越来越干净、人气越来越旺。每次回到这里，都能感受到新变化，但这个地方的魂还在，主体建筑都没有被破坏。"徐金庚在这里工作了34年，从少年到老者、从入职到退休，始终没有变的，是对德胜关的深厚感情。

2016年底，黎川县投资7000余万元，启动了德胜农垦文化旅游特色小镇建设，把德胜关打造成振兴乡村建设的新亮点。在规划建设过程中，该县充分挖掘农垦文化和民俗文化，聘请专家设计了以"共大垦读（学）、黎河古埠（商）、工贸年代（工）、革命小镇（居）、知青岁月（艺）、农垦记忆（农）"六大主题为主要内容的农垦区域景观，打造了"一轴、三区、五街"的风貌景区（年代风情小镇景观轴；农垦小镇风情区、黎河古埠商贸区、共大垦读教育区；小镇入口服务街、工贸年代生产街、革命小镇生活街、知青故事艺术街、农垦记忆文化街），对德胜街区按照修旧如旧的原则进行了整体修复。

走进德胜关，可以发现沿街房屋立面都是土黄色，这是近似于第一代垦荒者入关搭建的土坯房的颜色。沿街栽种着樟树、紫薇等绿化树，安装了具有农垦元素的太阳能路灯。在农垦文化广场，一座以垦荒者群像为主题的雕塑跃入眼帘，两边的浮雕墙面，记载着德胜关的历史。在农垦文化体验园内，农垦文化展示馆、农耕文化馆、休闲吧、陶瓷创意室、民宿、食堂等建筑物，无声地诉说着关于岁月的记忆。

承载了垦荒建设者美好生活记忆的德胜电影院傲然屹立，古朴的外墙、雕有花色的水泥板块，一股浓浓的怀旧情结迎面扑来。"外墙的水泥板和室内的座椅，都是我们垦殖场同事亲手设计和建设的。"记者从徐金庚老人的眼睛里，看到了依旧年轻的光芒。

今日德胜关，处处都能品味农垦文化，农垦年代的繁华与美丽恍若重现，一个活力四射、充满生机的农垦文化旅游小镇呈现在人们面前。

三

回望是为了书写更美好的未来。

"通过打造农垦文化旅游小镇，形成德胜特有的旅游风格和体系，以此扩大带动就业，发展旅游服务业，促进农民增收，助力精准脱贫攻坚。"德胜镇副镇长赖雅婷告诉记者。这位80后乡镇干部，虽然不曾亲历那段历史，却和当年的创业者一样，有着建设德胜关的激情。

2004年，德胜关林农牧综合垦殖场撤场建镇。德胜村成了德胜镇镇政府所在地。近年来，该镇以建设农垦特色小镇为契机，向精准扶贫发力，大力打造文化旅游品牌，带动贫困户脱贫增收。一度沉寂的偏僻小山村，村风村貌发生了巨大的变化。村里通过发展文化旅游、休闲观光农业等扶贫产业，带动贫困户迸发出了前所未有的脱贫致富内生力和活力。2017年底，该村贫困发生率大大降低，闯出了一条独具特色的脱贫致富新路。

随着农垦特色小镇的建设，德胜村村民迸发出了创业致富的热情，许多致富能手和创业能人纷纷涌现。村里先后成立了德胜兴旺食用菌等5家合作社，全村75户贫困户通过土地和扶贫产业资金入股加入了合作社。

目前，德胜村已流转土地 1000 余亩。村民冯应根创办的德胜兴旺食用菌种植专业合作社在石口村小组建有茶树菇食用菌厂房 400 平方米，每年可生产 50 万筒菌菇，年收益达 200 万元。返乡创业青年周松成立松惠蓝莓种植专业合作社，在 50 亩山地上种植蓝莓，已有贫困户 49 户105 人加入该合作社，实现每年利润分红。合作社优先雇佣贫困户参与播种、除草、采摘等劳务，每年提供用工 5000 人次。全村的贫困户都参与劳务，提高了经济收入水平。

随着农垦文化特色小镇的建设，德胜村的文化旅游产业也发展得如火如荼。神农山庄等旅游公司，农垦之家、关上人家等民宿新业态纷呈，贫困户在家门口就能实现就业创业。与此同时，一批生态农业观光园和各类种植合作社也先后涌现。

500 多亩季帮生态农业采摘观光园内，种植了猕猴桃、桑葚、桃树等果树，还有向日葵、格桑花等观赏性花木，一年四季花果飘香，众多的游客前来旅游观光。村里贫困户通过务工、土地和产业扶贫资金入股每年可以增收 1 万余元。

"可断言，更好的文章，还在后面。"这是德胜关林农牧综合垦殖场建设的决策者、时任江西省省长的邵式平同志对德胜关的期望。

2017 年 11 月 23 日，德胜关垦殖场建场六十周年。1000 多名老农垦齐聚德胜，一起回忆当年农垦时代的艰苦奋斗旧岁月。他们参观了如今繁闹的农垦特色小镇，赞叹"小上海"日新月异的新辉煌。

两年后，48 位农垦知青的后人穿着统一的文化衫，踏上这块他们父辈奉献了青春和热血的土地。他们在小镇里漫步，感受先辈的光荣和梦想，文化衫上印有醒目的"回望德胜关"字样。

回望德胜关，我们能够清晰地看到，新时代的建设者，已经开启了一幅新的发展篇章。

德胜之光

这是一座有故事的小镇。

小镇建置初始叫"关上村"，明朝末年朝廷在这里平乱得胜，改名"得胜关"，后人以谐音"德胜关"一直沿用至今。20世纪50年代末，国家一声号召，江西省（市）直机关的干部和来自上海、浙江等地的有志青年共计2000余人奔赴黎川，参与创建江西省国有德胜关林农牧综合垦殖场。由此，开启了德胜关的光辉岁月。

到了20世纪90年代初，随着时代变迁，企业或搬迁或停产，职工们或返回原籍或外出创业务工，德胜关繁华不再，复归沉寂，只留下许多空荡荡的厂房和老屋。

若是在小镇起起伏伏的纷繁往事里耐心寻找，我们会惊喜地发现，有一个群体，从建场开始到现在，无论时光怎样流转、岁月怎样不居，始终在小镇默默坚守，一代接一代。

他们就如山区里的一盏盏烛光，虽然微小，星星点点，却足以照亮前行的路，足以温暖每一个前行者的内心。

他们有一个普通的称谓：老师。

一

师道

从学生到老师，并且在同一所学校完成身份转变，是一种怎样的体验？

"上学期还是学生，没过多久，曾经的老师就成了同事，起初还真有点不习惯。其实，高中毕业那阵子我并不想当老师，学生时代成绩不错但调皮，经常被老师严管着，所以看见老师就烦。"兰小春今年46岁，从6岁进入小学算起，不想当老师的她在这个校园学习和工作的时间加起来，有整整40年。这期间，校名从江西省德胜垦殖场职工子弟学校改为德胜中学，学校从省农垦厅划归黎川县管辖，学生也换了一茬又一茬。

让兰小春更没想到的是，当了老师以后的自己竟然成了学生眼里有名的"严"老师，自己终于活成了自己曾经一见就"烦"的样子。

"不严怎么行呢？我经常对学生说，要想对得起你们（听之任之），就对不起你们的家长，要对得起你们的家长，那就只能对不起你们（严管）。"兰小春长期在学校里生活和工作，对几乎所有的学生家长都熟悉得不能再熟悉，把学生当成自己的孩子来管，兰小春并不是学校里的"少数派"。

刘岩老师，1988年从抚州师专（现东华理工大学）毕业后分配到学校工作，在这里结婚生子，无论节假日还是寒暑假都在学校，从未离开；魏建华、鲁俊华夫妻，在学校里相识相爱几十年，大部分学生家长的名字他们都能叫得出，不少学生的家长也曾是他们的学生。管得严，在他们眼里都是理所当然的。

2019年，兰小春生了一场大病，开学不久去了北京医治。她有时会依据自己学生时期的想法思考严厉的老师不在身边，学生们会不会因此感到高兴？同学们的学习成绩会不会因此一落千丈？

那天，病床上的兰小春接到学校一位老师打来的微信视频电话，那一端赫然是班上的学生们。孩子们你一句我一句的问候，神情和话语中流露出掩不住的关切，视频中忽然出现了几个平常最调皮孩子的身影，他们挤上前来不自然地笑着，并没有说话。这几个孩子平日里被管得最严，有时候自己脾气上来，凶着对他们说话也是有的，总觉得这几个孩子应该是最讨厌自己的学生，但他们此时的神情分明是一种牵挂。兰小春把摄像头移开片刻，悄悄擦拭已然湿润的眼。

回到学校后，兰小春能够明显地感觉到孩子们的变化。主动参与班级事务的学生多了，破坏课堂纪律的现象少了，学生们似乎在用这种方式表达着对老师的感恩。那一年中考，全班英语的平均分位列全县第一。

兰小春是班主任，也是英语任课老师。

也是那一年，兰小春的儿子参加了高考，成绩并不理想。心情有点低落的她接到一位学业有成、在外工作多年的学生电话，对方在那端轻声说了一句："兰老师呀，这事不能完全怪他，你天天把心思扑在我们身上，哪有时间管自己的儿子哟？"还有亲友借机劝她，这么拼命带出来了这么多出息的学生，自己的娃没时间管，还把身体拼垮了，究竟图个啥？

图个啥呢？

"我就图着能让这些农村的孩子多一个选择的机会，这就是我的为师之道。"说这话时，兰小春望着窗外课间活动的学生，一个个脸上洋溢着天真的笑，像一朵朵迎风绽放的花儿。

二

德良花

2022 年 3 月 19 日。

这个日子对芦金浪有着特殊的意义，那是他退休的日子。从 17 岁开始，芦金浪在学校为学生上了一辈子的政治课。前几天他主动向学校提出，退休时间能不能再延迟几个月，把这一个学年的课上完，免得中途换老师，影响学生们的学习。

"芦老师觉悟就是高！"校领导自然是满口答应。

"政治老师，思想觉悟当然要高，要不怎么教学生？"芦金浪这话并不是随口说说而已，在他看来，政治课不仅要教课本上的内容，更重要的是要通过教育，提高学生的思想品德水平。

芦金浪是一位"垦二代"。当初他的父母亲从浙江来到德胜关垦殖场，与大多数有文化有技术的"垦一代"不同的是，他们是最贴切的"垦荒者"，干着最基础的体力活：上山伐木、开垦荒地。他高中毕业那年，场里有三类岗位要人：老师、厨师、理发师。除了老师岗，其他两个岗位芦金浪都想去。老师岗想都不敢想，自己个头矮小，如果跟着父辈去干体力活未必吃得消。

命运却给了他一个惊喜。

芦金浪是一位懂得感恩的人，从走上课台那一刻起，他就告诉自己，要更加注重学生的思想教育和道德品质建设，努力让更多的孩子改变命运。令人欣喜的是，几十年过去，一波波垦殖场职工子弟、农家孩子从这里走出去，其中不乏成就斐然的热心公益事业者。

令芦金浪印象最深的是一位名叫德良的学生。他在校不守规矩，跟一群社会上的人混在一处，这样的学生，无论是哪个老师都不爱收。但是，芦金浪把他要到了自己班上。那孩子不好接近，软硬不吃，芦金浪想了很多办法，甚至为了建立共同爱好，开始学着养起鸽子来。

把老师当敌人的学生哪里是那么好接近的呢？德良仍喜欢逃课混社会，芦金浪使出杀手锏，硬是说服了孩子的父亲来学校陪读一周。那以后，有了一定效果，孩子很少跟社会上人的往来了，毕竟让父亲陪读，是一件多么丢脸的事。德良的父亲有一阵子也不怎么搭理这位政治老师，每每碰了面，也是撇开脸，连招呼都不打。

几个月后，当地发生了一起命案，参与者就是德良的那伙玩伴。庆幸逃过一劫之余，孩子的父亲专程来学校向芦金浪道谢，孩子也有了明显的变化。芦金浪倒觉得没有必要，在他眼里，教好书育好人是本分。

教育从来都是件耗费精力与心力的事情，芦金浪是"垦二代"在学校的代表。同样是浙江籍的梁奕珩老师，调到县城学校不到两年，就主动申请调回德胜中学；浙江籍的金光华老师任教 31 年，几次有机会调走也没有离开学校……除了同事情谊和师生情谊，他们对学校也是情深意长，因为他们在这里付出了自己的心血。

二十世纪九十年代初，受企业效益影响，还是子弟学校的德胜中学面临困境，校园破败、教室窗户玻璃破碎、课桌残缺不齐。时任校长的聂国安带领着全校的师生，开始了重建工作。拉沙石铺路、修课桌、整地面，随着学校面貌一天天变化，大家找到了当年建设垦殖场的感觉。

一天，快毕业的德良找到芦金浪，说自己在山上挖到了一棵好看的植物，想种在校园里。芦金浪和其他老师一合计，决定种在学校大门口的路边，并将那棵开满了红色花的植物命名为"德良花"。

2010 年，德胜关遭遇了一场百年未遇的洪灾，德胜中学损毁严重，当地政府另择新址建设了新校区，2016 年德胜中学搬入新校区。

几天前，芦金浪等老师重新回到老校区，"德良花"依旧，树高两米有余，繁茂的树冠舒展成生机勃勃的完美模样，就似一颗绿色的明珠，镶嵌在这座山区小镇，见证着一代代拓荒者的坚守和奉献。

三

寻找马明珠

100000，这是马云乡村教育人才计划中的一个数字。人才计划于

2015 年 9 月 16 日正式发布，旨在每年寻找 100 位优秀乡村教师，给予每人持续三年共计 10 万元现金资助与专业发展机会。

2003 年，一位已退休二十余年的乡村教师，向一所自己曾参与创建的乡镇学校捐赠退休金 10 万元，用于资助在读学生。2005 年，这位老师因病去世，家人根据她留下的遗嘱，再次捐赠 2 万元，作为奖学金基金。由此，一所普普通通的乡镇中学，有了一项以普通老师的名字命名的专项助学教育基金，并延续至今。

这位老师也姓马，1958 年从安徽省滁州市只身来到黎川县德胜关垦殖场，参与创建德胜关职工子弟学校，即德胜中学。这位老师的名字叫马明珠，于是，学校将这笔基金命名为"马明珠奖学金"。

18 年来，先后有近 400 人得到资助，许多优秀学生分布在国内外。德胜中学共计四十余次受到省、市、县授予的包括"全省教育系统先进集体"在内的先进荣誉。德胜中学创造了在艰苦条件下取得非凡成绩的奇迹，成为黎川县农村教育的一面旗帜。

"全校 27 名教职工，其中 21 人是'垦二代'，他们的骨子里有一种不服输的精神，他们坚定、实干、执着，是德胜关新一代的'拓荒牛'。"在校长杨振辉眼中，在生命的最后时刻还牵挂着教育事业的马明珠是学校的一座灯塔，"希望通过给予这些乡村教师更多的关爱与支持，温暖他们，也温暖他们身后更多的孩子，给他们更多的希望。"

马明珠、芦金浪、兰小春……他们只是一个个普通的教师，他们终其一生散发出来的只是微弱的光。但他们的身后，有着全国 290 余万乡村教师的坚守，有着 4000 余万乡村儿童梦想和希望。

这所有的微光聚集在一起，便形成了一道智慧的光芒，熠熠生辉，每一个人都会为之感动。因为，这是我们寻找的精神力量。

若有光芒，必有远方。

第三篇章

那些地儿

铭记宋城

　　赣州是座有性格的城市。

　　这性格并不是从汉高祖六年（公元前201年）辟地建城时就有的，而是经历了漫长岁月的雕琢和历史的积淀才逐渐形成。一座城市，一旦有了自己的性格，城市便有了灵气，赣州亦然。

　　当然，赣州完全够资本拥有性格。且不一一细数，信手拈来几个例子就足以说明。江西母亲河——赣江，正是在赣州城下，由章贡两江交汇，成为赣江。也由此，赣州还有个称谓——"千里赣江第一城"。更令赣州人骄傲的当数遍布市区每一个角落的宋城古迹，这些古迹使这座城市的空气里都弥漫着厚重而灵动的气息，赣州也因此被誉为"北有开封，南有赣州"的"宋城博物馆"。赣州的花园城市建设则更是值得一提，赣州在很多年前就已经领先于全省各设区市，不论是观念还是具体实施的行为，都是尽展城市之美，赣州便有了"花园之城"的美誉。或直观感受，或氛围感觉，或山山水水，或赣州人家……虽然是闲闲散散地描述，却总是有一个完全相依的存在，一如赣州城下流动的赣江水，永远都是新鲜的，也永远流不出赣州的视线。

一

　　宋城烙印。

　　赣州城历经千年的风风雨雨，始终无法拂去也不愿拂去的便是宋城的印记。古城墙、福寿沟、浮桥、八境台……在赣州街头，随便找一位市民询问，都能对这些古迹如数家珍。

赣州市博物馆副馆长尚守庆给我留下了极深的印象。在古城墙上穿行，你信手指向一方铭文砖，他马上可以告诉你这块砖出自哪家窑厂，什么年代，甚至说上几许与古砖有关的传奇。尚守庆也是一名摄影爱好者，在他的镜头里，所有的景致无不氤氲着宋城的气息，有着无限的空间感。记者就是从尚守庆处了解了宋城遗址的另一奇迹——福寿沟。尚守庆感慨地说，直到今天，福寿沟还是赣州老城区仍在使用的排污排水系统。近千年来，赣州城经历了千百般的发展，这个排污排水系统至今仍保存完整，并且还在使用，堪称一项奇迹。

赣州城因为承载了宋城文化的积淀，而无法遮掩地透露出一份厚重。赣州城因之充蕴着无穷的魅力，但也因此产生了矛盾的冲撞，在固守与突破之间，表现出了稍稍的无所适从。

赣州文化界一位颇具影响力的作家对记者说，宋城文化是历史给予的丰厚财富，在每一个时代如何运用好这些财富，使其产生更多的附加值，是有关部门应该认真考虑的长远问题。目前所能感觉到的只是停留，是一种靠山吃山式的依赖。长此以往，沐浴宋城光芒的市民会逐渐养成一种性情，一种缺乏创新意识和开拓精神的性情。

对城市爱之深，才会责之切。

二

城市足迹。

近几年来，赣州城区的城市建设取得了飞速的发展。尤其是城南新区的规划，使这座古城骤然鲜活。可以作为一道亮丽风景的市政中心，全省一流的体育中心，被专家誉为新区建设的点睛之笔的黄金广场——建成。如今的新区，尚在建设之中，随处可见的工程车川流不息，各个工地的施工人员挥汗如雨，可以预见，这方曾经荒芜的土地，很快将立起一个崭新而流畅的新城。

赣州的老城改造进程也从未停止，并且体现出决策者的智慧。灶儿巷是一条宋代古街，经历几百年的变迁，不少居民对建筑物结构随意改变，使古街遭到破坏。政府部门拨出几百万专款，用于古街的修复还原，做到了既不影响当地居民生活，又保护古街的效果。如今的灶儿巷成了赣州市民的好去处，行走其间，体验悠远的历史和现代的融汇，感觉真是美到无以复加。

对于城市建设的总体发展，赣州的百姓交口称赞。但对于一些建设细节，却有着自己的"保留意见"。

在赣州市中山路住了60余年的刘老很直白地对记者说，他对有关部门开发中山路、濂溪路有意见。搞城市建设是好事，但有些极具历史内涵的建筑物是应该保留的，譬如说中山路、濂溪路紧靠城墙一侧的旗楼建筑群，怎能说拆就拆了呢？在广州、中山等城市，这是保护都来不及的事呀。刘老说到动情处，竟是满眼蕴泪。

供职于深圳平安公司的蔡先生则对赣州城市建设的低楼层现象提出建议，他对记者说，知道赣州建楼层不能超过18层，在城南新区这种限高还更严格，因为飞机场距城区太近，楼层太高会影响飞机起降。政府部门能否先想办法完成机场的迁移，再来做城市规划，虽说需要一大笔钱，但这么美丽的城市，连一座标志性的建筑都找不到，真是遗憾。

不管有着怎样的说法，有一个事实是摆在市民眼前，城市实实在在地发展了。

绿岛悠然。

记者有一位朋友，完全是那种三毛散文中的人物，经常背一个行囊，走到哪算哪。在某个喜欢的城市待上几个月，一边务工一边感受城市。几年来，他的足迹几乎遍布大半个中国。有一次深夜，这位朋友把记者从睡梦中拉起来，在赣州红旗大道马路边的夜宵摊上吃夜宵。酒至半酣，朋友告诉记者，漂泊了这么多年，心底深处已经有了归宿，那就是赣州。在记者诧异的目光中，朋友笑笑说，真的，所有行走过的城市里，美丽随处可拾，但是能够有底蕴支撑并且美丽的，只有赣州，赣州是个适合生活的城市。

这种感觉并不是这位朋友一人独有，记者很多次乘坐火车回家时，同车厢的乘客说起赣州，便是四个字：文明、干净。文明是对赣州人的评价，干净是对赣州这座城市的评价。及至踏上赣州这方土地，在这个城市巡行了一回之后，往往会增加两个字：美丽。

确实，在赣州的街头行走，真切感受的不仅仅是千年古宋城所独具的悠远，更多的是花团锦簇、如茵绿草构筑的现代都市风情。

美丽的滨江大道宛如一条绿丝带蜿蜒于章江河畔，造型别致、匠心独运的交通绿岛，设计新颖且融于闹市的文体广场，举全省之先"拆墙透绿"的赣州公园……数不尽的景致把赣州城装点成了一座美不胜收的"大观园"。赣州城的绿化早已完成了从单一的草坪向三维立体绿化转化的过程，乔、灌、草合理搭配，美丽无处不在。城区绿地面积 786.69 公顷，绿地率达 29.9%；城区绿化覆盖面积 841.86 公顷，覆盖率达到 32%。

四

骄傲行者。

千百年来，深远厚重的宋文化造就了赣州人文明的特质，也使赣养成了孑然独行的城市风格。稍微熟悉赣州的人都知道，赣州有一种"亚广东现象"。

所谓"亚广东现象"，其实只是民间的一种说法。由于赣州地处江西南大门，前往南昌和广州的距离都差不多，这里的人们形成了一种习惯：不管是商家进货，还是百姓出行，南下广东都是首选，不少生活习惯也与广东基本相同，譬如进餐前先喝汤。在赣州，大街小巷的报亭随时可以买到各种广州的报纸，时差与省内报纸相去不远。

"亚广东现象"并不意味着赣州人对省城的向心力不如其他地市，至少可以窥见其中一些隐藏的成分。还有一个例子很能说明问题。赣州是全国为数不多的"方言岛"之一，即城区内的居民说的是一种语言（西南官话），周边县市的居民说的是另一种语言（客家话）。虽说"方言岛"的形成有其特定的历史背景，但这种语言习惯的存在造成了淡淡的骄傲意识。

不过，赣州人不排外，不管你是哪种口音，在这座城市里都能感受到浓浓的热情。

五

记者手记：以宋城的名义。

记者在采写本文时，一直有一份惶惶不安的感觉。毕竟，仅仅几千字的文章怎么能够承载一个有着如此深厚历史文化底蕴的城市？

我尝试着用一种平民化的眼光来感受我们生活的这个城市，相信在这个城市里，还有着许许多多同样值得关注的存在。

2003年，记者以一位媒体人的笔触浮光掠影地留下这座千年宋城的些许文字。20年后的今天，重读这些文字，更加地惶恐。

在一座文化底蕴如此厚重的城市面前，所有的文字自然都会显得单薄。所以，只是以宋城的名义，对这座一眼就爱上的城市奉上自己的爱意。

算是找了一个心安的理由。

陶风往事在，瓷韵越千年

　　"中华向号瓷之国，瓷业高峰是此都。"

　　郭沫若先生曾经在一首诗中这样描述景德镇。这座被称为"瓷都"的城市以厚重的陶瓷文化及独树一帜的手工制瓷工艺生产体系，创造了中国陶瓷悠久灿烂的历史。

　　中华人民共和国成立后，景德镇瓷业经历了一番风起云涌的发展变化，彰显出更加绚丽夺目的光彩。但是，受到特定的经济发展规律影响，这段时期的历史印记并不那么明晰。

　　今天，我们通过对两个陶瓷博物馆的探访，来触摸一座城市、一个国家，乃至世界陶瓷史上那段令人心潮澎湃的前尘往事。

一

　　景德镇十大瓷厂的前世今生，冥冥中暗合了英国学者李约瑟对于中国文化与科技发展矛盾的世纪之问。

　　在中国近代科技史上，有一位赫赫有名的国际友人，他头顶英国皇家学会会员（FRS）、英国学术院院士（FBA）的桂冠，长期致力于中国科技史研究。他在丰硕的研究成果中提出了一个命题："为什么中国在 14 世纪前的世界领先科技成就没能为现代科学的发展创造条件？"这个命题被学术界称为世纪之问（也叫"李约瑟难题"），引发了世界各界的关注和讨论。这位国际友人的中文名叫李约瑟。1954 年，他出版了一本专著——《中国科学技术史》。这部轰动西方汉学界的巨著共计三十四分册，以浩瀚的史料论证了中国科学技术在世界文明史上曾起过的重大作用，高度赞扬了中国人民的伟大创造力。为此，1983 年他被中国科技委员会授予自然科学一等奖，1994 年被选为中科院首批外籍院士。

在书中，李约瑟对于景德镇作了这样的描述："世界上最早的工业城市。一部瓷器发展史，就是一部浓缩的中国发展史。"

作为一座有着千年窑火、万里瓷路的古镇，享誉古今中外的景德镇进入李约瑟的视线并不意外。但是，鲜为人知的是，中华人民共和国成立以后，景德镇以另外一种方式，暗合了李约瑟的世纪之问。

这便是景德镇"十大瓷厂"跌宕起伏的传奇命运。

关于景德镇"十大瓷厂"，坊间流传的版本众多，其中有两个版本较具代表性。第一个版本最权威的说法来自中国社会科学出版社 1991 年出版的《当代中国的江西》一书，书中写道："'十大瓷厂'都是由私有小作坊改造而成的国有大企业，经历多次的公私合营变迁，各瓷厂和各瓷业合作社合并组成 9 个大型的地方国有日用瓷厂，加上 1950 年 4 月建立的国有建国瓷厂，称为十大瓷厂。"根据这一线索，建国瓷厂、人民瓷厂、艺术瓷厂、东风瓷厂、景兴瓷厂、光明瓷厂、红星瓷厂、红旗瓷厂、宇宙瓷厂、为民瓷厂就是"十大瓷厂"。

不过，"十大瓷厂"还有更宽泛的意义。曾先后在建国、红光两个瓷厂担任厂长的杨国璋提出了较具代表性的说法。他指出："当时雕塑瓷厂、红光瓷厂、曙光瓷厂都没算进去，是因为这三个厂属于大集体，但这三个厂也是历来就有的。"杨国璋以红光瓷厂为例进行说明："虽然红光瓷厂是从红星瓷厂划出来的，但其职工人数有 3000 多人，远远超过了红星瓷厂。"

不管哪个版本，有一点是没有争议的。在景德镇乃至国内陶瓷行业的地位而言，"十大瓷厂"代表了景德镇瓷业最辉煌的一段历史。随着十大瓷厂的成立，景德镇瓷业生产迎来了突飞猛进的发展，古老的手工瓷业生产沿着现代工业化方向迅速前进，烧制工艺经历了由手工到机械，由柴窑到煤窑，再到油窑、气窑的历史性大转变。具有传统特色以及创新花色的品种不断增加，构建了从原料勘探、开采、制料到造型、彩绘、烧成、内外销和设计、科研、教育等布局合理、配套齐全的陶瓷工业体系。

"十大瓷厂"的产品也多次被党和国家领导人作为国礼送给外宾，"水浒故事瓷盘"由毛泽东作为国礼赠送给斯大林；周恩来将青花餐具赠予来访的美国前总统尼克松；邓小平将建国瓷厂生产的颜色釉"三阳开泰"礼赠给新加坡前总理李光耀，将人民瓷厂的青花文具礼赠给日本前首相田中角荣，将光明瓷厂的青花玲珑（150件）礼赠给美国前国务卿基辛格；华国锋将艺术瓷厂的粉彩薄胎山水莲子瓶礼赠给英国女王伊丽莎白二世，等等。短短数十年的时光，景德镇的陶瓷品种迅速发展到13大类、250多种系列、2000多个器型、万余种花面，在各类名瓷中，获国际金奖26个，国家金奖11个，国家银奖11个，部、省优质奖336个，国家新产品开发奖4个，尤里卡世界博览会发明奖和骑士勋章各一枚。

可以说，景德镇"十大瓷厂"的陶瓷生产续写了半个世纪的景德镇瓷业发展的壮丽史。它谱写的，不仅是景德镇制史上最具规模化、产业化的辉煌时期，同时也是现代陶瓷工业文明兴起的一个最特定的历史华章。

时间年轮转到1995年。这一年，歌星邓丽君病逝的消息引发了亿万国人的惋惜；而在大洋彼岸，还有一位英国人走完了95年的人生，他就是李约瑟。这一年，中共中央做出加快实施科学技术进步的决定，并召开全国科学技术大会。同样是这一年，李约瑟在《中国科学技术史》中提及的景德镇，启动了对"十大瓷厂"的改制工作。

曾经承载着新中国陶瓷产业发展重任的十大瓷厂，最终没有完成以科技推动产业发展的使命，而是随着社会主义市场经济体制的建立和改革开放的不断深入，渐渐地淡出了人们的视线，仿若"李约瑟难题"的现实注解。

二

一位国有瓷厂的"末代工人"，聚十余年之功打造的十大瓷厂陶瓷博物馆，与另一座陶瓷工业遗产博物馆相互辉映，共同定格了千年瓷韵的国窑之美。

1986年，一位瘦小的年轻人离开家乡鄱阳，只身来到景德镇，进入十大瓷厂之一的宇宙瓷厂做了一名煤渣搬运工。生生不灭的窑火、有为有位的工友、川流不息的装货车……构筑了那个时代陶瓷从业者所有的希望和梦想。

这位16岁的少年当时不会想到，短短几年就离开了那个原以为永远不会离开的瓷厂。他也不会想到，繁盛的瓷厂竟然相继停产转产。他更不会想到的是，自己创业成功多年以后，又华丽转身重新回到这个行业，并以另一种形式延续了十大瓷厂的光辉岁月。

他叫李胜利，景德镇十大瓷厂陶瓷博物馆创始人。

李胜利是个有故事的人，他总是会在生命的某个节点遭遇劫难，然后突然萌生某个想法，而这些瞬间闪过的心念，无论他走得多远，都会指引着他一步步回到从前——16岁的那个从前。

2000年，回到景德镇创业的李胜利，发现昔日风光无限的十大瓷厂已经渐次消停，他开始陆陆续续地收集流入市场的产品。在艺术瓷、名家瓷广受追捧的那个年代，亲友们不理解他为啥钟情价值不高、升值潜力不大、随处可见的这类瓷品。其实，李胜利也并不清楚，也许只是一种感情，纯粹的感情。

2006 年，李胜利因病去上海做了个手术。躺在病床上体会生命脆弱的瞬间，他想到了这些年创业的点滴，想到了前不久重访瓷厂的冷清场景，想到了 14 年前那次的断指手术，想到了 20 年前第一次踏入宇宙瓷厂时的喜悦……最终，李胜利明确了自己的梦想：身为末代瓷厂的工人，要最大可能地收集十大瓷厂产品，建一个陶瓷博览园，永远地留住那段令人热血偾张的历史和光辉岁月！

从此，景德镇少了一位商人，多了一名唯十大瓷厂瓷品而收的"瓷疯子"。

2010 年金秋，正值景德镇国际陶瓷博览会期间，在闹市区风景路，一幢仿古建筑吸引了来自世界各地的陶瓷爱好者。门楣上"景德镇十大瓷厂陶瓷博物馆"几个大字分外耀眼，更耀目的是馆内近千件来自"十大瓷厂"的瓷品藏品和珍贵史料。在这里，人民瓷厂的青花瓷，有如老酒醇香，使人如痴如醉；红旗瓷厂的釉下彩瓷，好似荷花出水，使人欢快神往；红星瓷厂的文具细瓷，胜似天工造化，使人叹为观止；雕塑瓷厂的各种造型人物，栩栩如生；建国瓷厂的高温颜色釉瓷，简直是人与火的造化，使人啧啧称奇，流连忘返……

此时的李胜利是满意的，他变卖所有产业建成的博物馆不仅填补了景德镇当代官窑陶瓷文化的一项空白，还是对中华人民共和国成立后无数陶瓷工人无私奉献的"瓷魂"精神的最好慰藉。

李胜利也是遗憾的。他的梦想是把陶瓷博物馆办到全国乃至世界，让所有的人都能通过这些精美的产品了解那个时代。而博物馆总馆则要建在"十大瓷厂"的旧址之上，使每一位置身其间的参观者，跨越时空，触摸十大瓷厂的历史温度。

幸运的是，李胜利的遗憾在另一座博物馆得到了圆满。

2013年12月，景德镇新厂西路150号，原宇宙瓷厂旧厂房位置，景德镇陶瓷工业遗产博物馆宣告正式设立。这家由江西省陶瓷工业公司主办的国有行业性博物馆，利用宇宙瓷厂内留存的大型旧厂房，通过建筑设计的创新，打造了一个独特、新颖的文化体验空间。

博物馆展示了自1909年以来景德镇陶瓷工业所经历的沧桑变革。其间，中华人民共和国成立以后承载了景德镇近代陶瓷工业变迁发展历史的"十大瓷厂"因曾焕发出的光华与风采，成为展馆中最亮眼的核心。参与博物馆项目建设的清华大学建筑学院教授张杰对此深有感触："从20世纪50年代到90年代，每个年代最先进的陶瓷生产技术都在这些工厂里，所以从工业遗产保护的角度来说，先要对几十年来不同时期的技术发展脉络有一个系统的认识。"

在博物馆内徜徉，人民瓷厂生产的青花梧桐瓷、光明瓷厂生产的"玩玉"牌青花玲珑瓷、宇宙瓷厂生产的"红楼梦十二金钗"艺术彩盘……不同时期的"厂瓷"在展厅内，与曾经的生产设备一起静静地诉说着岁月的故事，最真实也最纯粹地还原着那段并不久远的历史。它们承载的不仅仅是景德镇那段时期的陶瓷工业、工艺进步史，其作为载体对中国传统文化的瓷上再现，分明可以窥见中华人民共和国成立后文化事业走向欣欣向荣、承前启后的瓷业大繁荣。

2017年11月，景德镇陶瓷工业遗产博物馆获得了联合国教科文组织亚太遗产保护奖中的"创新奖"，颁奖辞中提到，博物馆及综合设施的"新的设计不仅尊重原先工厂的形式和尺度，也创造了与著名陶瓷生产设备的全新对话方式"。

民间文化企业身份的"景德镇十大瓷厂陶瓷博物馆"、国有行业性质的"景德镇陶瓷工业遗产博物馆"，两座不同性质的博物馆，以一种完全相同的方式成为一座城市与世界对话的桥梁，并在这座窑火不灭的古镇里交相辉映，共同定格了千年瓷韵里关于国窑记忆那最美的瞬间。

　　六名硕士组成的"景漂"讲解员方阵，不仅仅是为了个人的理想，更多的是对那段如风往事的历史传承。

　　徐静，景德镇陶瓷大学硕士研究生，这位90后南昌姑娘的研究方向是陶瓷艺术设计与理论研究。她现在的身份是景德镇十大瓷厂陶瓷博物馆的一名普通讲解员。在这个民间博物馆，像徐静这样的硕士研究生共有6名，她们来自不同的城市，却有着共同的理想和追求。

　　虽然在一家民间机构工作，徐静丝毫不觉得"屈才"，反而有一种自豪。因为来到这里她才发现，在课本上找不到的"十大瓷厂"竟然在中国乃至世界陶瓷史上有着那样辉煌的地位。这份工作不仅仅让她学到了那段历史的知识，而且通过与参观者的互动最真切地接近历史。

　　在向参观者讲解的过程中，徐静经常能够遇到一些十大瓷厂的老工人，不少展品能被这些老人一眼认出，有的甚至是出自他们之手。听着他们满怀深情和骄傲地讲述产品背后的故事，身为讲解员的徐静便换位成了一名虔诚的听众。此时，这些看似没有生命的展品瞬间就鲜活起来了。

　　徐静有一个印象深刻的记忆。一位老工人的后代来博物馆参观后，把一张自家珍藏的照片捐献出来，是他爷爷和一位美国客人的合影。拿到照片后，经专家辨认，那是20世纪50年代与美国一家主要经销商签订出口合同的合影。

　　那一时刻，徐静有一种重返过去、见证历史的兴奋。更多的是，一种沉甸甸地对十大瓷厂历史传承的使命和责任。

记者手记：记录的价值。

早春三月，馆长李胜利正在为一部书的出版而四处奔走。这部名为《景德镇国窑 60 年》的书稿，通过朴实的语言与大量珍贵的史料，全方位多角度地展示了那段"十万瓷工齐奋进"的激情燃烧的岁月，以及国有窑业数十年中创造的非凡业绩。

李胜利编撰的这本书自然无法与五十年前李约瑟撰写的《中国科学技术史》相提并论，但这种做法，都能直接体现对文化的自觉与自信。从文化精神价值这个意义上来说，他们是相通的。

这种价值，在一千多年前就已经播下了种子，并以陶瓷为载体，在这座城市生生不息、代代延续。

宋真宗景德元年（1004 年），因镇产青白瓷质地优良，遂以皇帝年号为名置景德镇，沿用至今。

鹤舍古村的上镇往事

这是迄今所发现保存最为完整的鄱阳湖畔古村落。

这里的家族家风沿袭千年依旧一字不变地代代传承。

这片古建筑群记录着与瓷都景德镇相关的繁盛岁月……

走进鹤舍古村，在青石板铺就的巷道穿行，城市的喧嚣渐次散去，时光舒缓而温暖。此刻，最适合静静地追溯一段古村往事。

一

从汝南到江南，家族迁徙的艰辛丝毫没有淡化"卧雪仁风"的袁氏家风。这份植根于世代鹤舍村人内心的精神信念，为不同说辞的村名由来，平添一份颇具人文气息的注解。

鹤舍村的源起可以追溯到东汉年间。

当地较为普遍的说法是，此地原本并无人烟，只有一条官道穿行。有善人见此处前不着村、后不着店，便在路边建茅舍三间，供路人小憩、暂宿。鹤舍村名则源于一个神话传说：东晋时期，湖南郴州人苏耽化鹤归来之际，曾经在此地停留炼丹，故名鹤舍。

有意思的是，在晋代葛洪所著《神仙传》、宋代李昉等编纂的《太平广记·卷十二（苏仙公）》等著述中，关于"苏耽化鹤"的神话故事里并没有找到与鹤舍村相关的文字。然而，对于居住在这里的袁氏族人而言，另外有一段引以为傲的文字，记录着他们先祖典范的史实。

在鹤舍村尚属于无名茅舍驿站的时代，千里之外的东汉都城洛阳，传唱着一段佳话。说的是大雪之年，一位名叫袁安的青年男子宁愿自己饿死也不烦扰他人，此事被巡视灾情的洛阳令无意间获知后大加赞誉。后来，袁安官居司空、司徒等显位，仍然恪守卧雪之风，居官不扰民，位显不欺君。唐朝皇太子李贤在召集文官注释《后汉书·袁安传》中，曾引用晋代周斐《汝南先贤传》中文字："令以为贤，举为孝廉。"

千百年来，"袁安卧雪"成为众多文人雅士引用频率颇高的典故。苏东坡、陆游、白居易等曾在诗作中提及，王维、赵孟頫、文徵明等书画大家也创作出一批经典画作。"卧雪仁风"成了汝南袁氏的家风，其中一脉由袁氏先祖崇美公率领，于明代初期迁居此地。这便是鹤舍开村之始，延续至今。

袁安自然不会想到，数百年后，他的后代会在千里之外的鄱阳湖畔开基立村，并且将其留下的"卧雪仁风"精神，引为世代信奉和遵守的思想行为准则。或许是为了体现耕读传家的袁氏风尚，另外还有一个村名为当地人津津乐道——学舍村。

退休后全身心致力于古村历史文化挖掘和保护的村人袁德芳向记者介绍，当地十分重视办学，成村伊始就请先生办私塾，清初在村里盖有一栋学馆"浣香斋"，培养了许多人才。其中有清朝官居浙江汤溪县五品知县的袁成壁，其中举时，主考官在他试卷上批有八个大字——"文章颇可，字冠全场"；民国时期，国民革命军陆军上将刘士毅、国民政府江西省省长曹浩森都在"浣香斋"启蒙。"学舍"渐成村名，并声名远播。后来，由于"学舍""鹤舍"在方言中接近，慢慢地就叫成了鹤舍。

今天，在鹤舍古村的袁氏祖堂大门口两边，还写着"卧雪""家风"字样。代代相续的袁氏祖德宗法家风，历经千百年时光流传，从未湮灭。

　　民间口语"上镇下府"隐含着都昌人的诗和远方，这份抱负在明清时期的景德镇瓷业市场得以充分体现。出自鹤舍村的瓷商窑工们则在衣锦还乡后定格了那段繁盛，留存至今。

　　上镇下府，很长时间以来，这个词语在都昌乃至周边县都很盛行。上镇是上景德镇，下府是下饶州府（现今的鄱阳县）。这句民间口语的背后，除了体现出都昌与景德镇相邻的地理位置，还蕴含了一段都昌人怀揣着梦想前往景德镇创业，并推动陶瓷业发展的重要渊源。

　　都昌县本土作家徐观潮创作、中国文史出版社出版的《烈焰瓷都》一书对此作了深度的探究。提及创作初衷时，徐观潮这样表述："明朝中期以后，越来越多的都昌人前往景德镇'淘金'，并且逐渐发展壮大。最鼎盛时期，都昌人在景德镇兴建书院，组建了聚千家窑户的三窑九会、四窑九会，控制了烧窑业与圆器业，实现了史无前例的瓷业大垄断。景德镇的行业帮会按地域划分，分为都（昌）帮、徽帮和杂帮。都帮控制了 80% 以上的圆器业，垄断了槎窑与柴窑的建造和烧窑技术。可以说，在景德镇成为世界瓷都的过程中，都昌人起到了至关重要的作用。"

　　徐观潮的观点并不是没有依据。在史料中，能够找到一些佐证。曾在浮梁县当过小吏的清代龚鉽在诗集《景德镇陶歌》中写道："江南雄镇记陶阳，绝妙花瓷动四方。廿里长街半窑户，赢他随路唤都昌。"诗后还加了一句备注："离镇五里观音阁下有江南雄镇，坊窑业多都昌县人。"另外，清代景德镇本土诗人郑廷桂在诗作《陶阳竹枝词》中也发出了类似的感叹："蚁蛭蜂巢巷曲斜，坯工日夜画青花。而今尽是都鄱籍，本地窑帮有几家？"遥想千百年前的景德镇，无论是陶瓷市场，还是窑坊，都能街头遍闻都昌声，在都昌人眼里，是何等地自豪。

如果说徐观潮在书中重现了都昌人在景德镇陶瓷业发展史上的辉煌，袁德芳则在对鹤舍古村越发深入的考证中发现了一个值得印证的重要线索：这些留存至今的古村建筑和街巷肌理体现了鹤舍古村的繁盛，其创造者正是一个在景德镇创业的都昌籍瓷商窑工群体。这其中，最具代表性的人物名叫袁绍起。

清代中期，鹤舍村有一位卖豆腐为生的先祖袁蕃杰，受当时热潮影响，投身进入千千万万"上镇"经商者的行列。袁蕃杰去世后，他的儿子袁绍起接过父亲的生意，经营有方，越做越大。生意最红火的时候，袁绍起在景德镇拥有七座瓷窑、数十间店铺和坯房，成为当时有名的实业家。

衣锦还乡的袁绍起做了两件事，第一件事除了在族谱上留下一行文字之外并没啥实质意义，他出资捐官换了一个名为"资政大夫赐二品花翎"的名头。第二件事则在百年后的今天，引发无数的惊叹：袁绍起在家乡围绕着村里大池塘呈"丁"字形建了一片超级大宅，总计18栋！据传，这个建筑群统一规划，同日起梁，同日落成。建筑的木架主体结构大部分在景德镇集中设计建造，再运回鹤舍村统一组建。

这就是我们今天所看到的鹤舍古村最初的形态。它历经了百余年风风雨雨，依然完整存留着，虽阅尽沧桑，犹难掩芳华。

袁德芳在村里也有一栋祖屋，由太祖父绍海公建设并代代相传。绍海公在景德镇经营瓷窑一座，颇有名气，回乡被选为乡饮大宾（古代一种庆祝丰收、尊老敬老活动的主持），盖了一栋住宅。从太祖父起，前后五代都在景德镇烧窑。到叔父这一辈，家族的瓷器生意已经做得很大，不仅在景德镇有铺面，在南京还有3家瓷器铺。袁德芳的父亲12岁上景德镇，后来进了瓷厂，直到退休才回鹤舍古村的老宅居住。

据统计，当前鹤舍古村还有 25 栋保存较为完好的古建筑，因年代久远，除了袁绍起和袁绍海所建的祖屋，其余 6 栋古建筑的屋主背景都很模糊。考虑到当年都昌"上镇"规模以及国人自古存在结伴同行的习惯，并不排除其中还有在景德镇经营瓷器的瓷商或窑坊从业者。

如果没有都昌人上镇创业的历史，就没有成规模建设的鹤舍古村。同时，正是留存至今的鹤舍古村，才使得那段轰轰烈烈的历史有了鲜活的实证。对此深有感慨的徐观潮在《烈焰瓷都》一书中写了这样一段文字："我看鹤舍古村，看到的不是鹤舍古村，而是一群肩负包袱雨伞去景德镇的都昌先人的背影。"

三

成功列入中国传统村落名单，并没有帮助鹤舍古村摆脱被"空心化"吞噬的阴影。"活化"是留住乡愁的通关密钥，也是对现代人怎样感知古人生存智慧的考验。

七月流火，高铁都昌站。出火车站转乘汽车，约 30 分钟后，就到了鹤舍古村。几个月前，衢九铁路都昌站才正式通车。这在都昌发展史上极具里程碑意义，不仅结束了都昌没有铁路的历史，还一举迈进了动车时代。

相形之下，鹤舍古村依旧是静穆的存在。徽派建筑与赣北民居风格相互交融，墙角轮廓分明，门楼屏头叠起，青砖灰瓦的倒影投入紧紧相依的池塘水面，恰如一幅明清时期的水墨画。信步沿着青石小道融入其间，竟然又是另一番风景，巷道纵横深远，屋屋墙体相连，户户门径相通。纵然雨天邻里之间相互串门，想必也能不踏泥泞半分。

也许是屋主们长期从事精细瓷器活计养成的习惯，古村每一幢建筑的设计总体风格统一，细节各具精彩。伫立厅堂，从天井泻入的光影斜斜地射在房柱上，其上立体的木质花雕以狮子、凤凰图案为主，威武之风与吉祥之气交相辉映，凝固的时光瞬间鲜活起来。以天井为中心，八个木板相隔的房间均匀分布，一组组由神话传说和民风民俗图案组成的花窗精致传神。若逢烟雨天气，雨水从四面屋顶沿着天井流下，经暗管汇入祖堂门前的池塘，与当地人所称的"四水归堂"甚为贴切。那方池塘还有个很美的名字——溢香池。

鹤舍古村跻身省级以上古村行列的时间较晚。2014年9月，入选"江西十大文化古镇（村）"。2016年11月，入选第四批中国传统村落。即使如此，古村整体风貌并没有被新的建筑破坏，依旧保持着明清时期的模样。这在当今传统古村落中并不多见。同时，古村距鄱阳湖的直线距离仅4公里，潮涨潮落和湖区固有的湿气没能对古村造成丝毫影响，也着实令人费解。

袁德芳指着近处的一座山峰告诉记者，那座山叫苏山，山后面就是烟波浩渺的鄱阳湖，苏山犹如一座天然屏障，阻隔了湖区地形和气候对古建筑的侵蚀。另外，全村人严格遵守一条不成文的规矩：建新房不拆老屋。因此，村民们都另择地建房，近8000平方米的明清建筑群则古韵依然。看似轻描淡写就消解了的谜团，实则隐含着古人选址的讲究和建筑设计的用心，以及人与自然和谐相处的生存智慧。

其实，鹤舍古村也有隐忧。

这个当今传统古村落普遍存在的难点和痛点，就是越来越严重的空心化问题。记者探访时，几乎没有看到还在古村居住的村民。由于长期无人居住，缺少日常维护，有一股颓废和破败之气弥漫。有的建筑外表看似完好，一进入屋内，地面长满青苔，木门木柱自下而上开始发霉。在一栋经常有人活动的院落，天井被透明材质封闭，虽然有效防止了门窗不受雨水侵袭，却再也无法体会先人"四水归堂"的巧妙用心。祖堂门前，"溢香池"的池水因没有出口无法流通而呈现墨绿色，一团团的漂浮物明显可见。

多年致力于民间文化遗产抢救，被誉为中国"村落保护第一人"的著名作家冯骥才曾指出，传统民居建筑是民间文化的承载空间，其中留存着大量的历史信息、文脉记忆、艺术创造和生活方式。传统村落每一处都凝结着先人们大量的心血和智慧。对中国传统村落的有效保护与发掘，可以为中华民族留存更多鲜活的历史记忆和文化脉络。

古村落最应当进行的是"活化保护"，不是表面的修缮房屋、恢复旧貌。更重要的是恢复其间承载的历史文化和生活场景，让后代在感受古人的生存智慧中，传承村落所代表的文化遗存和精神价值。如果没有当地居民，只有房子，这个村落的生命也就没了。

冯老在多个场合的痛心疾呼仿若是对鹤舍古村的隔空把脉，也是对每一个有着相似命运传统古村落的一种唤醒。

侧畔的鄱阳湖水枯了还有盈时，对岸的庐山隐了会有现时，百公里外的瓷都窑火越发旺盛。当昔日繁华渐渐褪去，曾经耕读并重、农商并举的鹤舍古村，却以一种难以捉摸的未来，氤氲在历史的深处。

临川千古事，悠然文昌里

2018 年 5 月 7 日，第五届全省旅游产业发展大会在抚州开幕。

当天，一曲盱河高腔《牡丹亭·游园惊梦》唱段在修复完成后的玉隆万寿宫古戏台上响起，赢得了来自省内外专家学者和游人的阵阵赞叹。这座数百年来演绎过无数地方戏曲的场所，在沉寂了近百年之后，重新响起袅袅清音。

这是抚州市利用明清建筑群打造中国戏曲博物馆的第一步，也是当地文化复兴工程的一道剪影；是借助全省旅游产业发展大会的一幕惊艳亮相，更是文昌里历史街区携深厚文化底蕴向世界发出的美丽宣言。

拂去岁月的尘封，我们发现，被誉为"历史档案馆"和"老城博物馆"的文昌里，已然焕出新的光彩。

一条内陆河流孕育了兼容并蓄的古城抚州，一座有故事的桥梁连接了文昌里的前世今生，多个印记鲜明的历史建筑在这里集聚，形成了临川文化最具代表性的物理空间载体。

抚河，鄱阳湖水系的主要河流之一，流域面积涵盖 1.5 万余平方公里，进入赣抚平原后成为抚州的母亲河。唐代中期，官府动员民众拦河修筑了一段蓄水堤坝，因值文昌星，命名为"文昌堰"，附近区域则被唤作"文昌里"。不承想，一个普通的水利工程，不经意间给这座城市留下了一个千古不灭的文化符号。

不知从什么时候开始，一则契合了"文事昌盛"未来的民谣在当地流传：金台石分宰相出，文昌堰合状元生。

其实，文昌堰建成后很长一段时间，这里和文事并没有多大关联，耕作的农民、连片的农田构成了文昌里的日常。直到200年后，一座桥跨越抚河，连接起了被河水分割的两岸，临川文化的昌盛画卷才逐渐舒展开来。

南宋乾道元年（1165年），抚河抚州段首次架设起了一座浮桥。随后几经损毁，不断变化桥体性质。最终成了保留至今的石桥模样。南宋宝庆二年（1226年），石桥被命名为"文昌桥"。

与以农事为本的文昌堰不同的是，文昌桥明显承载了厚重的文化内涵。800多年来，这里留下了众多的历代文人题咏诗文和独具临川文化特色的美好传说，其中最著名的当数"文昌桥头晒文章"。故事讲的是明朝万历年间，陈、罗、章、艾四位临川才子与新任知府在文昌桥头进行诗文交流，最终留下了"上文章下文章，文章桥头晒文章"（在抚州方言里，文章桥和文昌桥谐音），"前黄昏后黄昏，黄昏渡前渡黄昏"的绝配对句，并成就一段文人名士善意提醒地方官员为民造福的佳话。今天，我们在文昌桥头，还能看到一个主题雕塑：四位各具才情的文人面对着太守和随从，或坐或卧，袒腹淡定，自信满满地晒着他们满腹文章的肚皮。

相比广为人知的传说和诗文，很少人知道文昌桥还以另一种文化表现形式，在中国桥梁史上占据着重要的地位。清嘉庆十九年（1814年），文昌桥重建后，当地编了一本专志《抚郡文昌桥志》，并在数十年内两次续修。有资料显示，《抚郡文昌桥志》开创了我国编写桥梁建筑专著的先河，曾被清代各地作为建桥蓝本。桥志中所记录的修建文昌桥时工匠们创造的"干修法",堪称我国古代建桥史上宝贵的民间智慧结晶。

几乎就在文昌堰开建的同一时期,数公里外一座规模并不大的庙宇开基立寺,取名正觉。在近千年的历史长河中,正觉寺与文昌桥有着极其相似的命运:历代文人留墨众多,数次损毁和重建。而其间发生的一起真实事件,给这座古寺添了几分传奇色彩。咸丰十年(1860年),太平天国翼王石达开的一员部将不忍生灵涂炭,在此剃度出家,法号"法果"。法果禅师慈悲为怀,勤恳弘法,祈福天下和平,开启了正觉寺的香火兴盛之路。后人赠联:"将门才出入空门,一领袈裟,无意恋营中绿柳;杀界喜休开佛界,三生香火,有缘结座上青莲。"如今的千年古刹正觉寺,经过历代高僧大德的倾力建设,香客云集、游人如织,已然是闻名遐迩的江南佛教大丛林。

与正觉寺隔路相望约百米开外,有一处大有来头的道教建筑——玉隆万寿宫。这个名号出自政和六年(1116年)。时年,宋徽宗一道诏书将遍布全国的"玉隆宫"统一赐名为"玉隆万寿宫"。也正是在这一时期,抚州玉隆万寿宫开启了光辉岁月,经过当地商人和民众的多次修建,不仅成了远近驰名的道教圣地,还以具有浓郁临川文化特色的标志性建筑,成为最优秀的历史文化遗产之一。2013年3月被国务院公布为第七批重点文物保护单位,是抚州市中心城区内唯一一座"国保"文物。

这一点,与文昌桥着实有着异曲同工之妙。

在正觉寺不远处的侧畔,还有一个值得一提的历史建筑——圣若瑟天主大教堂。这座始建于1908年的大教堂属于典型的西方哥特式风格建筑,如今已成为全国大型教堂和全省重点开放教堂,业内人士将其认定为全国第三大天主教堂。1995年,被收入由国务院宗教事务局编印的《中国宗教文化大观》画册。

中国城市规划设计研究院主任研究员杨涛在文昌里实地考察后,得出了这样的结论:文昌里现仍保留的正觉寺、玉隆万寿宫、天主教堂等多元宗教遗存显示了文昌里作为临川宗教文化的典型代表地和多元文化发展的活态展示馆的历史价值。中西宗教节庆与传充集市庙会在文昌里街区形成了独特的共存状态，多元的非物质文化也成为文昌里的重要标志。

二

在方圆不到两公里的区域内，佛、道、文、商、民等元素完整，多元宗教、多元文化在这里和谐共处，中西方文明在这里无缝合壁。这些都赋予了文昌里厚重的文化底蕴。

"黄花漠漠弄秋晖，无数蜜蜂花上飞。不忍独醒孤尔去，殷勤为折一枝归。"这首漾满喜悦之情的诗句出自南宋一位少年之手，写的是他眼里的文昌里。那时，抚河之上还没有文昌桥，住在对岸的少年便经常乘一叶扁舟往来两地。

很多年后，这位"不忍独醒"的少年考取功名一路为官到了京城，两度任相，大力推行新政，在全国掀起了一场影响巨大、意义深远的变法运动。在他的影响和提携下，一大批优秀人才脱颖而出，构成了临川才子的核心群体。既唤醒了更多的有识之士，也遥遥回应了那则出自文昌堰的预言："金台石分宰相出，文昌堰合状元生。"

这位少年名叫王安石。

读到一则当地学者考证的信息。熙宁十年（1077 年）六月，辞官归乡的王安石又一次来到文昌里，留宿正觉寺的当晚写下了这样一首诗："仙事茫茫不可知，箨龙空此见孙枝。壶中若有闲天地，何苦归来问葛陂。"资料提及，这是王宰相最后一次回乡，而在《王安石年谱》中并没有记录这一次的行程。

不管王安石最终有没有回到文昌里，有没有在正觉寺留宿，从少年充满抱负到老年落寞茫然，文昌里见证了一代名相的心境变换，也见证了历史的潮起潮落。

时光飞逝，朝代更替。到了400多年后的明代，又一位名满天下的文学巨匠——汤显祖出现在文昌里。这位大师从出生到成长，辞官返乡创作出惊世作品，再到无憾去世葬于故土。从落叶归根的意义上来说，他似乎比王安石更加幸运。或许，这也是文昌里的幸运。

有意思的是，从文昌里之子汤显祖和乡邻王安石在南京一段隔世交集的历史线索中，可以窥见文昌里的商业繁盛往事。罢相降级的王安石在此郁郁而终，时任詹事府主簿的汤显祖则正值大灾之年，为无米之炊的生活感到窘迫，不得不向老家求援。堂堂明朝帝都南京城的官员，竟然需要来自临川的粮食救济？

如果从南京沿水路逆行，一路追寻给汤主簿运粮船只的航行轨迹，目的地便会锁定文昌里。沿着码头上岸，数百年前，这里一派鼎沸景象。

抚州退休干部危仁川潜心研究文昌里历史多年，他从浩如烟海的史料中梳理出了一张文昌里的商业全景图。自明代初年开始，随着抚州商帮的崛起，文昌里以其优越的地理环境，先后形成太平馆、芝兰馆、肖公庙、千户厂等众多码头，为航运业的发展提供了有利条件，有力地推动文昌里成为抚州的商业交易、仓储、转运中心，由此促进了文昌里工商业的兴盛，以及文昌里街区的成型。在仅有的范围内，聚集了粮、油、棉、牲畜、竹林、杂货等30多个商业种类，手工业的铁器、木器、篾器、竹器制作及针织业等非常繁盛，金融业、医药业、饮食业、陶瓷业、造船业、运输业等产业化完整，其中仅私人钱庄就有10余家。

另一个众所周知的事实是抚州自古为稻谷主产区，号称"赣抚粮仓"，每年都有大量粮食出省外销。商贾云集的文昌里显得尤为突出，许多街巷都有长盛不衰的粮行米店。

于是，对于汤主簿不远千里求临川米的历史疑惑，危仁川给出了这样的答案：文昌里是临川才子们的精神家园，更为他们提供了赖以生存的物质保证。

王安石、汤显祖属于文昌里众多文化符号中的代表人物。千百年来，这里的历史地位完全与其文事昌盛的地名相符。唐代书法家颜真卿在任抚州刺史期间，将故乡王祥"卧冰求鲤"的故事移植至文昌里前进村，修建"王祥卧冰池"。后世百姓在其旁建孝义寺，延续至今。东晋年间临川内史谢灵运，为缓解文昌里水患，主持修建中洲圩堤。百姓感其恩德，修建康公庙，尊谢灵运为康公菩萨，每年农历七月二十三举行庙会作为纪念。北宋词人宰相晏殊多次在此游览，其留下的《正觉寺》流传至今……

故人自兹去，故地依旧在。透过这些前尘往事，看到的是一个多元宗教、多元文化融合发展并和谐共生的活态展示馆。文昌里见证的，正是昔日临川的文化视野和包容襟怀。

三

随着凝结了专家学者智慧与远见的规划方案渐次实施，隐然显现出文昌里的涅槃路径。这是对千年悠久而灿烂文明的坚定传承，更是一个关乎临川文化复兴和发展的现实梦境。

"历史文化是城市的灵魂，要像爱惜自己的生命一样保护好城市历史文化遗产！"这段铿锵有力的话语出自习近平总书记之口，这是总书记对人类历史文化保护的期待。

抚州市各级政府干部职工和普通民众一道，以同样令人惊叹的实际行动，在文昌里的改造、修复、建设过程中，认真诠释了这份期待：邀请中国城市规划设计院编制《文昌里历史文化街区保护规划》，聘请深圳华侨城的策划单位编制商业业态策划，确定"国家级历史文化街区、国家 5A 级景区"的总体定位和汤显祖戏曲文化的发展主线……

抚州市文昌里管委会副主任熊小亮向记者介绍，面对文昌里这个特定的历史文化街区，规划者和建设者们结合了主要的历史发展背景，从文化地理、产业经济、科学技术、社会与文化等维度，对街区的文化、宗教、商业、社会等历史文化分层进行了识别，提炼出独具特色的文昌里历史文化价值。对于历史建筑的具体修缮，没有仅仅停留在"修旧如旧"的表象，而是采用以加强建筑个体历史文化价值研究为核心，增强建筑的历史文化辨识度，探索体现遗产真实性、风貌完整性、细节多样性、人文色彩丰富性的老街修缮方式。

中国城市规划学会历史文化名城保护规划学术委员会主任委员张兵欣喜地表示，文昌里历史文化街区保护规划在探讨正确的街区保护方法方面提供了一个很好的范例。

五月立夏。入夜时分，行走在文昌里的古街，赣东传统风格的店铺和中西合璧的民国风格建筑交错，千姿百态的彩灯与错落有致的古建筑交相辉映，古诗句、"临川四梦"戏剧造型等光影映射在墙面，处处都能感受传统与现代的完美结合。再加上古街两边各式地方传统特色美食、传统手工艺、非遗文化展示等业态的依存，置身其间，明清古韵重现，恍若静止了时间，穿越了历史。

遥想 400 多年前，汤显祖以戏曲作品为载体构筑了一个追求自由和真爱的"临川四梦"。今日的文昌里，作为临川文化的重要代表和符号，充分体现了对传统文化的留存责任和唤醒智慧，并以凤凰涅槃般的重生实践，使传统文化在薪火相传中更加自信、自觉。

这份自信和自觉来自汤翁倾其一生打造的美丽梦境，来自文昌里本身历经千年的变迁和历史时空，来自当代城市建设者们对临川文化的保护之梦、复兴之梦和发展之梦。

这个梦境，正在逐渐变为现实。

问稻锅底山

　　因了那一粒粒混杂着黄土的稻米，我们看到了约 5000 年前抚河流域的文明之光；因了曾拥有"夏布胜杭纺"美称的棠阴古镇，我们领略了明清时期商贸重镇的繁华；因了那一簇簇绿意葱郁的水稻制种基地，我们窥见了曾被誉为"春制之都"水稻制种人的传承与坚守……

　　带着对土地和谷物的虔诚，我走进了刚刚拂开数千年黄土掩映往事的锅底山遗址，开启一段与时空对话的行程。

一

遗址。

　　驱车从宜黄县城出发，沿 213 省道向南行驶十余公里，路边有一个并不起眼的路口。在当地人的带领下，徒步前行，踩着一条细细的田埂路，穿过一片稻田，看到一个很普通的小丘陵，同行人告诉我，这就是锅底山遗址。

　　锅底山遗址的发现，源于几年前国家文物局和省文物局启动并实施的一次考古调查，这次调查的重点是抚河流域先秦时期遗址，其中在宜黄境内共发现了 17 处先秦遗址。2016 年 12 月，在棠阴镇上坪村，发现了一个以锅底山环壕遗址为中心的聚落群。次年 7 月至 2021 年底，经国家文物局批准，江西省文物考古研究院与抚州市文物博物管理所、宜黄县文物管理所联合组队展开了多次考古调查、勘探与发掘工作，发掘出一批有价值的遗迹和遗物，取得了阶段性成果。专家认为，作为新石器时代晚期环壕聚落遗址，锅底山遗址考古发掘在江西尚属首次，对了解长江中下游区域文明模式，确立其在中华文明多元一体格局中的地位和作用提供了新的思路和视野，具有重要的学术意义和文化价值。

进入锅底山遗址中心区域，可以看见有两个考古挖掘工作留下的长方形坑道分布在左右两边，深约两米，面积达数百平方米。其中右边坑道的土墙面和地面上，考古人员标记了许多符号和数字，根据出土的遗物推测，这是一个约4800年前的陶器作坊，考古人员圈出了作业生产区、原材料堆放区、成品堆放区等位置。

我知道，脚下这片黄土地，就是这座城市当前所能知道最早的先民生活劳作地，有城墙、壕沟、壕堤遗址和出土的诸多文物佐证。要讲述这片土地上的故事，所有的故纸堆都无法提供只字片语，所以只能用最原始的叙述方式，透过"会说话"的文物解读其间传递的信息。

在众多遗存物件中，我注意到一批碳化的稻谷相关物，并留意了一位考古队员的讲述。

这批物件包括稻米、粟、野生型稻属穗轴、驯化型稻属穗轴，都已碳化成接近黑的乌青色，形状和当今的稻粟并无区别，表面密布的纹理清晰可辨。一位参与发掘的考古人员说："当时正是冬季，雪后初晴，从地底取样的设备带上了一批稻米，白色稻米混在黄泥土中特别显眼，挑出来后以肉眼可见的速度碳化变色，十几秒后就成了现在的颜色。"后来，专业人员运用碳十四断代法测定，这批谷物距今约4800年。

我知道，从最早的"火耕水耨"到机械作业，稻作文明一直是中华文明不可或缺的组成部分和源泉，水稻农耕文明与旱作农耕文明一起构成了中华民族数千年的农耕文明史。但以这样一种方式，如此真实地出现在可以触摸的眼前，如此确切地出土于当下所站立的土地，一种巨大的冲击感让我瞬间产生了与时空对视的眩晕感。

　　眩晕之际，我的眼前展开了一幅这样的场景：一座方圆 6800 余平方米的小城廓，四周壕沟引入了抚河支流的水域，形成一个宽约 40 米的护城河。护城河外还有一圈壕堤，先人们在小城廓里筑城而居，日出而作，运土制陶、稻田耕作，必然会有挥汗如雨的专注，有相视而笑的幸福，有嬉笑打闹的欢乐，必然会有稻麦飘香季节洒落一地的金黄，以及收获的喜悦。

　　随着数千年时光流转，所有的往事都被封印在这厚厚的泥土之中，直到那一抔掺着稻米的黄土，在数千年之后冬日阳光的见证下，重现人间，引发世人注目，并且于不经意间惊扰了从繁华归于寂静百余年的棠阴古镇。

二

　　古镇。

　　数千年前，棠阴先民傍水而居，留下了让我们惊叹不已的锅底山遗址。明清时期，四季皆能通航的宜水河成就了棠阴镇商贾云集的辉煌。光阴荏苒，锅底山遗址在考古工作者连续数年的辛劳下重现在世人面前，而棠阴古镇也以其保存完好的众多明清建筑，展示着当年的繁华旧梦。

　　从锅底山遗址，继续沿着省道前行，不久就进入圩镇，眼前的棠阴镇只是江南小城里一个普通的小镇，平实得很难让人留下深刻的印象。直到从路边转入一条石头铺就的小道，右侧一幢幢明清老建筑林立，才让人瞬间肃然起敬，这沉甸甸的历史感的背后，是不是隐藏着某种不为人知的时光密码呢？

　　有些年头的棠阴镇确实是有些来头的。

棠阴古镇始建于北宋年间，原名陂坪。天圣九年（1031年），临川人吴竦携家人来此肇基，植甘棠树于村西南，寄语"汝茂，吾子孙亦昌茂"。后人取"甘棠茂荫"之意改陂坪为棠荫，后又改称棠阴，延续至今。清嘉庆年间榜眼、侍讲学士、宜黄人谢阶树在《宜黄竹枝歌》中记载："棠阴，镇名，在县之南三十里，户五千有奇，一县村落无有盛于此者。"当地素有"小小宜黄县，大大棠阴镇"之说。

棠阴最为繁盛的时期在明清，因商贸兴隆使当地经济文化繁荣昌盛，涌现出许多富贾望族。他们凭借雄厚的经济基础和先进的文化理念，将一个小小的村落建设成为有着"五里长街，商铺连绵。十里河埠，商船云集。方圆百里，豪宅栉比"兴旺景象的名镇。

棠阴之所以能够以村落为盛名冠于世，成为江南通商贸易中心地之一，离不开一个重要的商业产品——夏布。

棠阴夏布始于明朝中叶，由一位本地商人从汉口引入夏布织造技术，到清乾隆嘉靖时期最为兴盛，全镇共有织布坊100余家、漂染坊20余家，产品洁白如雪、轻柔胜丝，远销日本和东南亚各国，被称为江南纺织业中的一颗明珠。1922年，棠阴夏布在巴拿马万国博览会上展出，并获"优质纪念奖"。

我曾经很多次在棠阴古镇的坊、岭、巷里穿行，这里依地势而构建的九岭十三巷让我着迷，点缀其间各具特色的古建筑总是能够唤起我对未知过往的沉思。在气势恢宏的八府君祠，我为其中4根号称比故宫的柱子还粗的木柱而叹服。在依水而建的夏布会馆，我情不自禁地会遥想当年山西、武汉、上海等七省、市商贾在这里交易的场景，那是何等地荡气回肠啊。

也许是随着航运的衰落，棠阴镇当年如花似锦的曾经渐渐化为云烟远去。在漫长的历史长河中，古镇弥留的回忆成了不散的温度，直到时间的年轮不急不缓地转到了2017年。

2017年，棠阴夏布织造技艺被列入省级非物质文化遗产名录。也正是这一年，一支考古队在棠阴镇解放村大坪上自然村东约150米处进行勘探作业，打开了一个尘封近5000年的先民生存时光通道——锅底山遗址。这其中，那粒稻米承载的稻作文化是那般璀璨耀眼。

三

稻作。

四月二十日，谷雨。

在这个雨生百谷的日子走进棠阴，与其说是巧合，不如说是某种冥冥之中的注定。就如数千年前的稻米偏偏选在一个名叫锅底山的地方出土，巧合得让人难以置信。

以锅底山为中心，向南数里路是棠阴古镇，向北数里路是一个叫河里的小村庄。在村庄边上，农业技术人员指着一片绿意葱茏的稻田说："这看上去和普通的禾苗没啥区别，但它们是用来制种的种稻。早在20世纪70年代，棠阴派出一批制种员到海南岛学习制种技术，回来后便率先在河里村开始规模化制种，棠阴镇也由此成为宜黄制种业的发源地之一。"2013年，宜黄县被农业农村部评定为国家级杂交水稻种子生产基地，杂交水稻制种产销规模连续十余年居全省第一，特别是春制产销规模领跑全国，赢得了"春制之都"的美誉。这些年来，先后五批亚太种子协会杂交水稻制种技术考察团前往宜黄县参观。

我默默地在田埂边上蹲了许久，仿佛能够听见禾苗奋力生长的声音，抬起头来，视线扫过满眼绿意望向锅底山的方向，不远处青翠的山体氤氲，在细雨纷飞的空气里显得多了几分神秘。

"人生归有道，衣食固其端。"当年陶渊明吟诵这句诗的时候，他一定想不到在江南一座小小的村落里，能够把这两者都写意为与生俱来的骄傲，果腹的稻米和遮体的夏布，无关千年百年的风月，只系万物生长的春秋。

离开棠阴，我在心里默默地与这个古镇挥手作别。渐行渐远间，回望那半隐半现的历史古建筑、隐藏着四五千年前先民生活痕迹的夯土堆、看上去与普通稻田并无二致的制种基地，内心有一种柔软缓缓舒展，那就是中华民族千百年来始终延续的文明和烟火人间呀。

行文至此，窗外本是雷暴交加，此刻竟然风歇雨止，一抹阳光从窗外斜斜地射到书桌前，照在翻开的一幅资料图上，那是宜黄当地最具民俗特色的"禾杠舞"场景，画面上从事农业生产的村民欢快地跳着，收获的喜悦破纸而出。

我突然生起一个念头，数千年前在锅底山生活的先人们，是不是也有着同样的欢喜呢？

一座没有大师的盛世莲城

在中华民族悠长而厚重的文明史中，莲文化算得上是一朵靓丽的奇葩。

无论是诗歌、绘画、音乐、舞蹈，还是日用器皿、工艺制品、建筑装饰、饮食、医药乃至佛教等各个领域，莲文化的影响力无处不在。

2012年7月14日，第七届中国广昌国际莲花节开幕。众多国内外的专家、学者和游客齐聚广昌，赏美景，品民俗，共同感受因莲而生的欢乐。

有着"中国莲乡"美誉的广昌县，这个季节就像一座莲城，处处弥漫着一股浓郁而神奇的气息，吸引着我们去探究莲背后所承载的文化内涵。

在莲乡寻根，不同的版本延续着相同的传承。

众所周知，广昌是江西省种植白莲的传统产区，自古就有"莲乡"的称誉。综合明《正德建昌府志》、清《广昌县志》《广昌近源曾氏重修族谱序》等史料获知，最早的文字记载是唐仪凤年间（676—679年）："惠安寺之东白莲池。"有文字记载的第一个种莲能手是北宋散文大家曾巩的远祖曾延。

按理说，代表着广昌白莲之始的白莲池始于何时，位于何地，本应不是问题。然而，随着莲文化研究的深层次展开，经过一代代专家、学者的探究，古白莲池遗址所在地渐渐成了一个谜，并由此引发了一场持久的学术争论。从抚河之源的莲花古镇驿前，到才子之乡的临川，最具代表性的有两个版本，分别是"梅驿苏公开塘种莲说"和"广昌头陂山下说"。

"梅苏公开塘种莲说"的依据是一段来自当地学者搜集整理后的文字："唐朝贞观二十二年（648年），苏公由宁都迁居梅驿（即现今的莲花古镇驿前），围郭筑屋，开塘种莲。"支持者还援引明代李时珍《本草纲目》文字"莲子以豫章汝南者良"作为印证的依据，豫章即现在的南昌，汝南即汝水之南。根据北魏《水经注》记载，汝水即抚河源头广昌到临川这段流域，汝水之南则是位于广昌驿前的抚河源头。

但这一说法遭到其他学者的质疑。对广昌莲文化有着深厚研究的前博物馆馆长姚澄清老人根据对多份史料的分析和田野考古调查，在广昌县头陂镇山下村莲塘尾发现了古惠安寺禅院的残墙断壁与僧尼圆寂的化身岩，还找到了曾氏始迁祖延卿公墓葬。并找出了清乾隆年间广昌知县修志的一段文字："兴城乡惠安寺，唐仪凤年间，居人曾延，种红莲，数载忽变为白。延，舍宅田为寺，后数年又变为碧。"据此，姚澄清老人明确地认定，白莲在广昌之始，应该始于头陂镇山下村。

有意思的是，无论是哪个版本，各方对于广昌白莲缘起的理解或许不尽相同，但表达的传承意愿却是完全一致：把广昌莲文化发扬光大。

二

亦真亦幻的传说，造就了当地独特的文化图腾。

每天清早，赖茂生都会和老伴一起，到几米外的一座小寺庙，拜完供奉的莲神，就开始里里外外打扫，这个习惯已经坚持很多年了。赖茂生是和广昌相邻的宁都县人，几十年前，一次偶然的机会来到广昌县赤水镇太和村，就留下来成了一名看庙人。

一个多月前，赖茂生不小心摔伤了脚，对于一位七旬老人而言，即使是一次小小的摔伤也要很久才能恢复。当前正在举行的第七届中国广昌国际莲花节，赖茂生并不大上心，他只是希望自己的脚伤早点好起来。因为再过一个多月，会有另一个属于民间的莲花节要举行，那时，他所看守的这座小庙将会是整个广昌甚至周边省市莲农关注的焦点。

这座被莲田包围的小庙叫"莲神太子庙"，里面供奉的是七尊神态各异的莲神雕像，他们有着普通人一般的造型，或执莲花，或执莲花灯。千百年来，一直是莲农心目中的守护神。

每年的农历六月二十四是"荷花生日"，也叫"莲花生日"。这一天就是民间的莲花节，各地都会举行庆祝活动，尤以江南为盛。与其他地方不同的是，广昌的莲花节为期三天，与莲花太子庙会融为一体。其间，最高潮的活动当数一年一度的游莲神活动。莲农们成群结队，鼓乐喧天、礼炮齐鸣、华盖蔽日、彩旗招展，抬着"莲花太子"的塑像，前呼后拥，过村上街游行。每逢这几天，来自赣、闽、粤三省的边民和商贾云集，到处人山人海，农贸兴隆。

水有源，树有根，太子庙会与莲花生日融为一体的纪念活动，经历了一个漫长的历史过程。在广昌民间，有个神奇的传说家喻户晓：很早很早以前，一个兵荒马乱的朝代，当地莲农面临生活绝境，有七位头戴荷叶帽、手拿莲花棒、肩背荷花篓的大仙送来荷叶饼莲花水解救众生，并除暴安良，驱恶扬善，帮助莲农重建家园。一夜之间，所有的莲田荷叶依依、碧波涟涟，白莲生产恢复往日的繁荣。从此，每年农历六月二十四日至二十六日莲花盛开之时，莲农们便要举行盛况空前的赏莲、品莲活动，以此歌颂莲花太子的功德。

神话虽然美丽，但终归是传说。广昌县白莲产业局局长、广昌莲科所所长谢克强则从现实的角度对此进行了解读。他推测，这段神话故事并非凭空虚造。在隋朝末期动乱期间，应该有一段民不聊生的时期，当时有七位惩恶扬善的人物帮助当地百姓，村民们便以这种方式来纪念他们的恩德，久而久之，这几位普通义士就神化了。

"莲花世界处处有，唯独广昌有莲神。"这是香港皇家摄影学会的学者马元浩先生，在参加一次莲神太子庙会时发出的肺腑之言。在当地，这几个神态生动、造型贴近普通人的"莲神太子"，千百年来已经成为莲农心里的文化图腾。

同时，娓娓动听的神话传说，给广昌通心白莲带来了无穷的魅力，使广昌莲区的白莲生产锦上添花，也为广昌莲农步入外部世界架设了无形的"通心之桥"。每年庙会期间，莲乡广昌就会迎来一拨农贸兴旺、市场繁荣的喜人场景，广昌白莲产区被称为"小上海"。

三

没有大师的足迹，却孕育着原生态文化的精神和灵魂。

在广昌县驿前镇，至今保存着 56 栋明清古建筑，莲的痕迹被印在古建筑上传承下来。在门楣、窗户、墙上随处可见莲花图案，在当地村民的印象中，这些图案象征着平安和吉祥。

国家历史文化名城研究中心主任、同济大学教授阮仪三先生考察驿前镇后赞不绝口，称之是江南一带建筑最精美、保存最完整、最具莲文化特色的"莲花古镇"，其精美的设计堪称江南明清古建筑中的上乘佳作。近几年来，省、市相关部门已把驿前镇作为"中国莲文化的发源地"，向社会推介特色旅游。2003 年，驿前镇被评为全省首批历史文化名镇。

驿前古建筑只是广昌莲文化的载体之一。当地人把莲视为纯洁无邪的吉祥物。凡心灵手巧的村妇，都会用红纸剪成莲花、莲叶、莲蓬图案，贴在窗门、橱柜、箱笼上；把它绘成年画，张贴在堂屋里。这类图饰表现了一种莲乡独有的审美情怀。莲妇们将它们制作在裙子、挂件、门帘、荷包、枕头、鞋垫等各种各样的物件上，表达了生活幸福、日子富裕的愿望。还有莲花灯、莲花船等多种民俗活动，恰似串起广昌莲文化的一颗颗珍珠。

但是，令人费解的是，延续了1300余年的莲文化，却没能够走出一位大师，甚至连大师们留驻的足迹都难以找到，即使与诞生了众多文化大师的临川相距只是百余公里。这种现象，在中国文化历史上很不合常理。至于那则最广为传播的《爱莲说》，是北宋学者周敦颐在九江星子县为官时所作。唯一能够与广昌牵扯上关系的就是，当地学者推测，周敦颐莲花池的莲花，应该来自广昌。

对此，广昌县博物馆副研究员魏叶国有着自己的看法。他告诉记者，这恰恰说明了广昌莲文化不重浮华、根植民间的独特性。莲在广昌与生产、经营、生活息息相关，当地人看重的是莲的实用功能，以及其承载的勤劳与和谐精神，而不是文人墨客赏花吟诗的风花雪月。

其实，这也是原生态文化的精神和灵魂。

著名作家刘心武曾经作过这样的表述：原生态文化是生命和生存的文化，她是人类历史长河中积累和积淀的文化。这种文化是劳动人民在长期的生产劳动中创造的文化，与人们的日常生活息息相关、密不可分，这种文化是广大劳动人民在长期的生存中对生与死的体验、挫折和教训的感悟。原生态文化的价值就在于为当代深度迷失的人性与人类生活方向找到一个路标、一把标尺、一面矫枉过正的镜子，最终是为了人的快乐、健康与和谐生活。

什么是原生态文化的精神和灵魂？勤劳、理智、仁德。什么促使这块土地上的莲农们一代又一代拼搏奋斗？当我们看着千百年来都是这般繁盛美丽的莲花，感受着莲农们参加莲神太子庙会时的那种丰收的喜悦，想象着从这块土地上走出国门、飞上太空的一颗颗莲子……我们似乎找到了这块土地上没有大师的答案。

因为，他们就是这块土地上的大师。

甘竹有戏

在广昌县甘竹镇，有两种专门演唱孟姜女故事的高腔剧目，极为古老，当地人统称为"孟戏"。

广昌孟戏起源于明末，由甘竹舍溪、赤溪、大路背三个业余戏班演出，以不同的剧本、不同的唱腔演绎孟姜女哭长城的民间故事。这一戏种延续数百年之久，已经成为当地独具特色的民俗活动，被誉为我国古老剧种"活化石"。2006年5月，广昌孟戏被列入第一批国家级非物质文化遗产名录。

诞生于北方的孟姜女故事，为何能够在南方一个小乡村以民间戏曲的文化形式精彩演绎，并且代代相传始终坚守？

一

作为一种酬神祭祖的演出方式，广昌孟戏在20世纪60年代以前的数百年里从未间断，但由于纯属当地人的民俗信仰祭祀活动，且一般只在正月期间演出一两场，外界对此一直少有人知。

广昌孟戏进入世人视线源于60年前的一次地方戏研讨会。

1962年，广昌召集全县民间艺人研讨地方戏，孟戏一经介绍便引起了强烈关注。随后，有关部门对孟戏的历史及其艺术特点进行了较为全面的研究，并在当年调集部分孟戏艺人举办了一场内部演出，与会者观看后感到十分惊奇，赞叹不已。

当年的会议组织者无论如何也不会想到，这是江西地方戏曲历史上一出古老剧目的全新亮相，也是中国地方戏曲之林中的又一个新发现。随着颇有几分神秘的剧种掀开了延续500余年的盖头，这个中国南方普普通通的小村庄也因此声名远扬。

同样带着神奇色彩的还有孟戏在甘竹的起源。在当地有三个版本的传说，分别对应着三个戏班。

一是舍溪曾家的顺流漂移说。很多年前，甘竹舍溪堡位置的盱江涨水，从上游漂来两个木箱，捞起之后发现一个箱里装着戏文道具，另一个箱里装着面具。村人把木箱抬回村中，组织人员对照箱中戏文表演，一直相传至今，称为舍溪孟戏。

二是赤溪曾家的深山拾遗说。某个战乱时期，曾村先祖公曾紫华背着失明母亲逃往深山，正要被贼寇追上之际，被三员从天而降的神将救下，之后循着突然响起的锣鼓声在一处山崖中发现两个木箱，箱内装有戏本及各样面具，其中三只大面具正是三员神将。母亲竟因手抚面具重见光明。曾紫华将戏箱挑回家中，与村民筹建戏班，按戏本和面具分角色排练。同时供奉三个神将为当地保护神，每年正月，演孟戏酬神祭祖祈福，延续至今。

三是大路背刘家的神人托梦说。甘竹大路背村民刘金铎带着孙儿去看曾家孟红，以"来年村里也做孟戏"言辞哄孙儿开心，次年梦见神人以"无戏言"相责，便组建大路背戏班，出演孟戏，供奉三神。

颇具神话色彩的传说大抵是当地人一代代传下来的美好想象，但其间涉及有名有姓的真实人物，让传说多了几分可信度。对于事实真相，不少专家学者经研究分析后有不同结论，其中较具代表性的当数已故广昌孟戏研究学者毛礼镁。她在所著的《江西广昌孟戏研究》一书中提及，曾村孟戏本的拾得，虽有传奇色彩，但查阅清道光十九年（1839年）《续修曾文定公族谱》和有关文献资料发现，曾紫华在明代实有其人，并且在明正统十三年（1448 年），广昌曾发生一场战事，曾紫华在战乱时拾得了戏箱，极其可能。至于刘村孟戏，除了传说中提及的刘金铎确有其人之外，还有着更为确切的依据。根据刘村孟戏供奉的戏神清源祖师这一线索，查到明万历年间江西供奉清源祖师的戏班只有宜黄班，据此可以认定刘村孟戏由宜黄班传来。

于是，在甘竹圩镇及距圩镇不足一公里的村庄，就有了不同的剧情、不同的唱腔的三个孟戏班，即舍溪、赤溪和大路背。每年春节期间，三个戏班在隔河相望的赤溪村和大路背村同时上演，这一习俗延续至今，已四五百年。

二

数百年来，外来的孟戏在甘竹已成为当地族人正统的族戏，戏里出现的蒙恬、王翦、白起三位秦国将军也被当地人视为保护神，尊称为"三元将军"，世代信奉，成为广昌孟戏衍生的又一传奇。

广昌孟戏年复一年地在甘竹上演着。

孟姜女的故事是在北方形成的，宋元以后渐渐流传到全国。从文字可查的资料显示，"孟姜女哭长城"的故事在全国很多地方都有流传，但以戏剧形式表演全本的目前只发现广昌孟戏一家，并且分为两个不同的戏本、以两种不同演出风格呈现的地域，只有甘竹。

舍溪曾家、赤溪曾家的孟戏剧本名为《孟姜女送寒衣》，共六十四出戏，分两个晚上演出，大路背刘家的孟戏剧本名为《长城记》，共七十出，分三个晚上演出。曾、刘两家孟戏在剧情内容和演出风格方面有着一些共同的特征，都是写秦人范杞良在筑长城过程中死于筑城处，妻孟姜女千里寻夫哭倒长城重获"团圆"的故事。但由于两家孟戏属于不同的戏剧版本，且上演于不同的历史时期，其剧情和风格又各具特色，各有千秋。曾家孟戏里的孟姜女先被筑城将军蒙恬垂涎美色，后被秦王欲立为正宫皇后，但孟姜女对爱情坚贞不渝，以死殉节，得到神界帮助，与夫君在天宫团圆。刘家孟戏里，秦王被孟姜女贤孝所感，封其为"天下一品夫人"，赐玉带和黄金令其护丈夫尸骨回故里，并为孟姜女修造节义坊，流芳千古。

两家"孟戏"高腔在曲调上也各具特色。曾家的高腔词曲较为通俗浅显，音调较平且字多腔少，原始简单，故当地人都称之为"民戏"或"俗戏"；刘家的高腔则词曲较为文雅深奥，唱腔委婉且种类丰富，被当地人称为"官戏"。

毛礼镁在著作中提及，《孟姜女送寒衣》是元代南戏失传的遗存孤本，《长城记》则是古南戏弋阳腔失散的整本戏再现，唱腔以明代流传于宜黄班的海盐腔为主。以唐代孟姜女故事中主要人物和戏剧情节为基础，从明正统年间起，一直流传在民间的孟戏，只有历代艺人口传心授或传抄，并无文人修改剧本，所以始终保留了元代南戏的基本面貌。

至于缘何供奉戏中出现的蒙恬、王翦、白起三位将军为保护神，毛礼镁认为，这个传统应该始自广昌孟戏深山拾遗传说，曾紫华拾得戏箱后，曾姓族人认为是蒙恬、王翦、白起三位秦朝大将军显灵，救了曾姓避难先祖的性命，曾氏家族才得以繁衍生息，后代旺盛。所以先是在甘竹镇舍上（原曾紫华居住地）兴起祀奉"三元将军"为家神，并唱演孟戏酬谢神灵庇佑。这种信仰又先后辐射到邻近各村，如赤溪、黄泥排及大路背，从而成为甘竹镇一带民众特殊的神灵信仰。

有意思的是，无论是曾家版本还是刘家版本，蒙恬在剧中的形象都是负面角色，但在"三元将军"家神中，蒙恬却是三元将军之首，受到当地民众敬仰和供奉。

如今，在舍溪曾家、赤溪曾家、大路背刘家三个戏班都能看到供奉的"三元将军"像。其中，舍溪曾家戏班将"三元将军"像供奉在孟戏剧团演出场地内，与舞台遥遥相对；赤溪曾家戏班将其设在村里的"曾文定公祠"内，与舞台相对应的地方设了一个"将军殿"，供奉着"三元将军"和数十个面具；大路背刘家则在孟戏剧团旁边修建了一座家庙，专门供奉"三元将军"。

南昌大学人文学院历史系教授张芳霖经过深入研究得出一个结论：诞生于北方的孟姜女故事以民间戏曲的形式在江西广昌流传和演变的历程，给我们传递了一个文化图式。这一以孟姜女哭长城为题材的古老戏曲，借助于广昌真实的历史事件和人物，附会一个三元神将击退追兵和曾母双目复明的传奇故事，使外来的"孟戏"在当地正统化，并为族人接受，成为甘竹镇一带百姓新的信仰资源。在这里，孟戏成为每年上演的族戏，三元将军及戏神成为与祖先同等的祭祀对象，这种信仰又与本村本族的日常生活联系起来，从而建立起"三元将军"和本村本族的特殊利益关系。

也许，这正是广昌孟戏这一文化文本历经数百年的传唱，得以流传至今的原因。

三

关于广昌孟戏的由来，各种真真假假的传说究竟应该如何看待？它是甘竹人世代相传的口述历史，还是简单纯粹的民间想象？在戏里形象负面的蒙恬将军，为何却被奉为保护神"三元将军"里的主神？

在一个山村小镇的一公里左右范围内，广昌孟戏以不同的剧本、不同的唱腔，并以孤本的形式保留了孟姜女故事的全貌，同时连演四五百年的历史现实。无疑，对于全国，乃至全世界的民间文化留存方式而言，广昌孟戏都有着无穷无尽的独特魅力。

20世纪60年代以来，广昌孟戏引起了海内外学术界的关注，很多专家学者前往广昌甘竹考察研究。他们从多角度，深层次研究孟戏的剧本、唱腔和习俗。专家们认定这是活的戏曲文物，文化遗产中的珍宝。文昌孟戏不仅填补了古南戏"孟戏"的空白，还为中国戏曲史研究、民俗研究和海盐腔等古唱腔的研究、继承，提供了十分珍贵的资料，具有独特的艺术价值和社会学价值。

甘竹人对孟戏有着特殊的情感寄托，对拥有这种传统文化感到自豪，这从他们对待发生在当地的另一件重要历史文化事件的态度中就可以看出。在广昌孟戏逐渐为人所知的20余年后，甘竹又有了一个在我国古生物发展史研究的重大发现。1986年，在甘竹镇龙溪村、楮塘村地界抢救性发掘出一种有尾棒球结的乌臀类恐龙化石（俗称爬行类的"坦克龙"）。这是国内发现的最新品种和出土最为完整的恐龙化石，也是继北美、蒙古国之后发现的第三具，为我国填补了中生代白垩纪晚期至新生代第三纪之间生物发现史的空白。

但是，对于这么一个重大事件，当地人基本上就是以一句"噢，是有这么一回事"轻描淡写地带过，多问几句也语焉不详。而对于广昌孟戏，不仅能够将戏文内容描述得绘声绘色，对于戏外所涉及的相关历史人物事件还能说出个大概。甘竹曾村族人属于曾巩后裔，在孟戏演出的曾氏祠堂内，至今还供奉着曾巩像，他们以有着这样一位先祖为荣。甘竹大路背刘家族人则对与戚继光齐名的抗倭名将谭纶和戏曲大家汤显祖有着特殊的亲切感，他们认为孟戏的传入与谭纶从军中带回的宜黄戏班和汤显祖使用宜黄戏班排演《牡丹亭》密切关联，因而对于这两位历史人物有着同样的尊崇，并感到自豪。

行走在甘竹老街，看着不同戏班供奉着基本相同的"三元将军"像，听着当地人不同版本又言之凿凿的讲述，情景交融之际，仿若置身时空隧道，那些咿咿呀呀的唱腔和舞台上表演者的气韵，分明传递着几百年不变的悠扬。

有关广昌孟戏的故事和传说，在当地可以说是妇孺皆知，已经分不清哪些是历史，哪些是传说。虽然很多关于广昌孟戏的疑问并没有找到答案，但无论是故事还是传说，都是民间戏曲文化的一种载体。广昌孟戏正是借助这些传说得以传播和发散，有戏的甘竹承载着中华民族生生不息的精神，在无数类似传说故事的浸润中得到滋养。

甘竹，宋代以前所在地为芦茅洲，盛产的芦茅形似甘蔗、翠竹，故名甘竹。

老城的诗意慢生活

　　"一年好景君须记，最是橙黄橘绿时。"

　　在喧嚣的城市里待久了，总会想着找一个地方放慢自己的脚步。正值初冬时分，若去"橘都"实地感受苏轼的名句，最是贴切不过。

　　这里既有现代文明的生活场景，又有千年古城的独特韵味，当地人的脸上总是洋溢着幸福与悠闲。留存完整的古城墙、老城门、明清建筑……一处处固态的历史留痕，融汇了极具特色的地方文化。老城藏匿的，是一份诗意的慢生活。

　　南丰的城墙建于明正德年间，长1600余米，宽4米。城墙之外是盱江，沙滩涌岸，江水绕城。城墙周边被建于各个年代的房屋所遮掩，只有在下水关附近才能窥见古城墙的一抹真容。城墙之内就是老街了，200余处明清时期建筑错落有致。行走其间，千百年的时光瞬间定格。纵横穿插的街巷，让人恍惚游离于现代繁华都市与古代商贾云集之间。古建筑墙脚青苔蔓延，显出年代的久远。

　　盱江东岸有一个不起眼的村落——白舍镇白舍村，村里保存着34座古窑遗址，它们却有一个甚为响亮的名号——白舍窑。这座起始于晚唐五代、兴盛于北宋中期的千年古窑，与景德镇窑、吉州窑、洪州窑、赣州七里镇窑并称为"江西五大名窑"。其制瓷生产工艺水平之高、产销之旺被指"不输景瓷"。元代蒋祁在《陶纪略》一书中这样表述："谓与景德镇竞争者有白舍窑也。"

最诱人的自然是漫山遍野、随处可见的橘树。随便选择一处停留，在美丽的青山绿水之间，乘船品橘，游景观傩，采摘的乐趣与收获的喜悦漾满心间。

习惯了快节奏的都市人，不妨抽身几日，安安静静地当一次过客。和老街上的老人，聊一聊花开和叶落，找一找流水中的光阴，听一听飘散在岁月里的故事……

二

很多南丰人的一天是从一碗水粉开始的。

在南丰不得不吃的，便是这一碗水粉了。南丰水粉细腻嫩滑，跟南丰人一样温婉细腻。每一位老南丰人都少不了在西门或东门菜场嗦水粉的记忆，这不止是一种早餐方式，更是一种浓郁的乡情。

水粉店之所以开在菜场，是因为有最新鲜的食材。小肠、猪肝、牛肉、鲇鱼……只要自己喜欢的，买好拎进店内，小店老板就会帮你加工成一碗味道鲜美的南丰水粉。更讲究或者更有空闲的，还会点上一壶当地产、纯粮酿造的南丰水酒，配上几道同样从几步开外的菜场摊点买来食材加工的小菜，一个上午的时光就在水粉伴水酒的早餐里悠然而过。酒气热气相加，脸上自然泛起红光，当地人打趣为"三水"——水粉、水酒、水色。

当地有一个流传甚广的故事。说水粉是北宋年间一位名叫李贵仁的孝子，为了让嚼不动米饭的病母能够吃饱吃好，无意间发明创造的。故事有板有眼、有名有姓，且不论真假，却让一碗水粉平添了几许文化的味道。

据方志记载，吴太平二年（257年），分南城县置县，因县境内常产一茎多穗之稻，故初名丰县，别号嘉禾。又以徐州有丰县，故名南丰县。既然因常产一茎多穗之稻而得名，那么由稻米加工而成的南丰水粉，其渊源是否可以上溯到建城之初？无论是故事还是推论，南丰米粉的出身均已无从考证。但是，有一位文学大家，却有着实实在在的影响力，近千年来，从未消散。

他叫曾巩，字子固，别号南丰先生。

可以想象，少年成名的南丰先生必然是经常一壶水酒一碗水粉几份小菜，再邀上三两位文朋好友谈诗论文，甚至不排除在某个暖冬的早晨，打好了那封改变自身命运书信的腹稿。史料记载，年轻的曾巩因给欧阳修写一封书信而获接见并与之建立了良好关系，后来还将挚友王安石予以推荐。十几年后，欧阳修主持科举考试，将屡试不中的曾巩录为进士，一起被录取的还有苏轼、苏辙。后人选出"唐宋八大家"，他们五位全部在列。

开了20多年水粉店的芦姐夫妇都是下岗工人。他们的店先开在老街，西门菜场建成后又成了第一批入驻的店主。字号老、味道好，吸引了许多外地游人慕名而来，还有维持十几年的老客户，水粉的品质一直坚守着，生意越来越红火。对于有着翻天覆地变化的城市面貌、品质明显提升的居民生活，他们都有最切身、最直观的感受。

芦姐夫妇未必能够知晓曾巩与改革家王安石的交情。但是他们朴实平淡的言语中，却清晰地透露出改革开放给这座城市和个人生活带来的变化："老街在改造，城市在发展。游人越来越多，忙起来开心，闲起来轻松，这样的日子挺好。"

三

　　暮色渐浓，老街慢慢地寂静下来。

　　而在城市的另一端，一条夜市文化街区开始激情燃放。南丰，以这样一种方式完成了老城与新城的角色转换。

　　各式小吃、饮品、烧烤，老年广场舞、青年滑板舞，还有流传千百年神奇依旧的傩舞，电影院、超市、咖啡吧……置身其间，空气里都弥漫着一股活力。

　　小城的夜，竟然是这么色彩斑斓。

　　在夜市文化街区的周边选了一家酒店入住。当晚，中央电视台纪录频道正在播放文化主题纪录片《遇见·橘子红了》，拍的正是南丰蜜橘。纪录片以橘为媒，沿着日本、土耳其、西班牙等国家，探访世界各地的橘文化和橘子美食。把南丰放在世界蜜橘版图上关注，通过梳理蜜橘、千年傩舞、历史名人曾巩、千年古瓷窑、明清古建等地域文化的历史脉络、文化渊源及其与世界的关联，展现南丰厚重的历史文化底蕴。

　　国际视野，中国视角。这是《遇见·橘子红了》的切入点，也是"千年古邑"南丰进入新时代的明晰定位。

　　在政府部门工作的南丰女孩梦萍，有过一段省城创业的往事，最终还是选择回到家乡工作和生活。对此，她感触颇深："无论是京城、省城，还是小县城，变化无处不在。能够拥有一种相比大城市节奏要慢上许多的生活方式，感到很幸福。"

　　是的，40年改革潮涌，从城市到农村，从集体到个人，神州大地处处书写着城乡面貌深刻变化、市场活力充分迸发、人民生活水平显著提高的生动画卷。

　　"翠羽流苏出天仗，黄金戏球相荡摩。"曾巩眼里的美景，历经千百年沧桑，反而愈发光彩照人。千岁贡品蜜橘、千载非遗傩舞、千古才子曾巩、千秋古窑瓷器、千年古邑老城，五个千年文化品牌所传递的城市发展信念，承载着一个厚重而又充满期待的未来。

这座古韵悠悠的小城，已重新焕发光彩，并以超越时代的豪迈，在滔滔向前的盱江之畔，奏响生机勃勃的交响曲。

诗意在前，远方不远。

古城墙激活的城市记忆

一座城池的故事，自然要从城墙讲起。

自古以来，城池的光荣与梦想，都垒砌在壁刃伟岸的城墙上。光荣的使命是守卫，梦想则是带给城中百姓安逸的生活。

1600余米明清古城墙、161处文物保护单位、200余栋明清古建筑……以蜜橘闻名天下的江南小城南丰，还有另一副鲜为人知的面孔。

冬日时分，记者前往探访，在古城墙下寻找留存的年代印记，其中的优秀历史人物和事件——闪现，仿佛回到几百年前熙熙攘攘的烟雨江南，一座千年古城的记忆瞬间活化。

一

无论古城南丰繁华市井规模的成形，还是"琴城"名号的由来，都与古城墙有着密不可分的关联。

南丰建县于三国吴太平二年（257年），距今已1700多年。

在很长的时间里，南丰没有城墙，或者说并不需要城墙。这种情形在我国古城历史上并不多见，说明这座农业发达之城历来属于祥和之地，直到宋末乱世，才开始有了土城模样。

明正德六年（1511年），随着闽粤流寇数次进入南丰，百姓深受其害，于是开始筑墙防寇。根据史料记载，建墙花了两年时间，城墙材质是土墙，四堵城墙长约 2970 米，高约 6 米。

3 年后，时任江西副史的胡世宁来到南丰，这位有着丰富带兵打仗经验的官员让下属将土质城墙改为石质，长度扩修至 3866 米，并在城楼下砌建军事作用明显的瓮城。这位颇有前瞻眼光的胡副使，根据古城三面临江的地理特点，在现今盱江西路、盱江东路沿河城墙开了二个窦口——"上水关""下水关"，用于分杀水势。如此，城墙功能不仅从防御流寇提升至军用水准，还同时具备防御洪水溢城的功能。

至此，一座既备较为完整防御体系，又初具繁华市井规模的城池得以成形。城内按东西南北走向置店铺以成街市，各街巷营建公私宅第，造宗祠庙宇。直至 500 余年后，这两个关隘依旧保存完好，成为当代专家学者研究南丰城防建设的重要实体依据。

明嘉靖三十七年（1558 年），城墙迎来了一次最大规模的扩修工程，全长达到 4433 米，南丰城郭正式定型。那之后，又历经屡毁屡修，仅康熙十四年（1675 年）至光绪年间（1875—1908 年）维修次数便达到 11 次之多。但无论城池设施如何增减，依旧保留着嘉靖年间的城郭格局。

这个延续数百年的城郭格局，与今日南丰"琴城"的称号有着密切关联，并与一桩发生在唐代的文坛公案有着某种交集。

南丰被称为"琴城"，有一个流传甚广的说法。唐代南丰县令独孤汜酷爱琴艺，在任期间常去西关（今南丰城西）马退山（又称龙首山）一块大石头上弹琴作诗。后人为纪念这位狂放不羁、文人气息之盛的县令，在他当年弹琴的地方琢石为琴形，取名"琴台石"，这便是"琴城"之始。

独孤县令有个弟弟名叫独孤及，是位了不起的散文大家，被称为唐代的"词宗""文伯"，其文论思想和散文创作都是韩愈和柳宗元古文运动的先驱。独孤及有一篇文章，千百年来一直被认为是柳宗元的作品，其中一句富有哲理的美学判断文字"美不自美、因人而彰"，成为后人研究柳宗元美学思想以及其对古典美学理论有重要贡献的依据之一。

这篇文章叫《马退山茅亭记》，收入宋代选编的《柳宗元文集》。

后代多位学者对于文章作者的真实身份存疑，他们根据文中传递的信息进行梳理，发现了不少问题，其中"马退山"成为主要疑点。国家图书馆研究院副研究馆员刘鹏在对众多史料研究后得出结论，文中的"马退山"是江西建昌府辖区的马退山，曾在南丰一带活动过的独孤及才是该文的真实作者。

同治年江西《建昌府志》卷一"南丰县"条目下有一段这样的文字："马退山，城西，一名龙首山，为悬龙入城之首。其石坚滑却马，故称马退。唐令独孤汜尝月夜偕弟及抱琴登此，后人琢石为琴，因名琴台。"民国时期，南丰县城为"琴台镇"，后来改为"琴城镇"。

潜心研究南丰历史文化的退休干部熊国康老人在明代《南丰县志》中，找到了一幅南丰《县总图》。他指着图中构建古城规模的城墙向记者介绍，东西广圆且长，南北平直而狭，形如西关马退山琴石状。"琴城"的由来，实则在数百年前的嘉靖年间就已经埋下了伏笔。

琴城的故事，原来就沉淀在门楼之内，城墙之上，水关之边。

二

　　　几位看上去默默无闻的地方官员，竟然都有着不同凡响的举止，古城墙似乎成了他们信手拈来留给后世的作品。

城门是一座城市的尊严。古往今来，人们总是经由带着一方水土气质的大门出入城里城外。

记者跟随南丰县博物馆馆长王永明找到了保存尚完好的古城墙西门。数百年前，徐霞客就是从这个门出城。相比独孤汜、独孤及的种种不确定元素，徐霞客则在他的文中对此有着明确的纪录，没有任何疑义。

　　崇祯九年（1636 年）九月，51 岁的徐霞客开始了他一生中最后一次"万里遐征"。在游记里，徐霞客对南丰西城门的行文颇细："又十里至南丰，入城东门。三里，出西门……西门外濒溪岸，则石突溪崖，凿道其间，架佛阁于上。濒江带城，甚可眺望，以行急不及登。"

　　在徐霞客经行 383 年后，我们选择了一条相反的方向穿行：从西门入城，沿着古城墙往城东方向行走。一路走过，城墙或在菜地旁边显现，或在民居群里隐身，有的城墙之上开垦了一方菜地，有的在墙体之内重新打地基盖起了楼房。古城墙以各种形态融入当地人的生活里，虽然全无昔日的威风凛凛，却依旧无声地张扬着一种残缺的历史美感。

　　在古城墙的墙砖之上，还能看到众多的铭刻文字："嘉庆十七年南丰城砖""光绪二年城砖""光绪十九年城砖""陈国万城砖""南丰县城砖彭癸生""南丰县正堂狄"等不一而足。这些城砖长约 33 厘米、宽 17 米，或长 25 厘米、宽 13 厘米不等，忠实地记录着各个年代的修城记录。

　　熊国康老人认为，这其中最有意义的当数"南丰县正堂狄"一款墙砖。他从民国《南丰县志》卷七"名宦"一章中找到了有关信息："狄学耕，江苏溧阳廪贡生，光绪七年任南丰县令，为政以振兴文化为先，修理书院，创建考棚，收废寺田租，广生童膏火，士风不变。"熊国康据此推定"南丰县正堂狄"正是当时县令狄学耕用自己的俸禄带头舍砖结城，为南丰城墙立下功德的见证。

　　有意思的是，虽然给南丰古城墙留下了一个珍贵的印记，但这位狄县令最大的成就并不在这里，以至于多个史料对他在南丰任职期间的介绍语焉不详，只是一个含糊不清的"江西县令"。

　　他最为人所知的是，善画山水，富收藏。在众多收藏的作品中，有一幅被明代董其昌认为是"天下第一"的山水画——元末著名山水画家王蒙的代表作《青卞隐居图》。

也许，正是这个爱好，狄正堂才为南丰留下了一款城墙砖，留存至今。

值得一提的还有那位时任江西副使、后任兵部尚书的胡世宁。就在下令将城墙材质由土城改为石城这一年，他还做了一件事：向朝廷反映宁王有谋反意图，并因此受到追杀。《明史·胡世宁传》记录："当是时，宁王宸濠骄横有异志，莫敢言，世宁愤甚。正德九年三月上疏曰：'敕王止治其国，毋挠有司，以靖乱源，销意外变。'"

《明史》中没有记录胡副使升级南丰古城墙的功绩，墙砖上也没有找到相关的铭刻文字，但并不影响他的名号成为这座城市文化基因中不可分割的部分。

三

> "五个千年"文化所承载的，就是这座城市的精神和气质。一段时隐时现的古城墙，连接起了过往和未来。

千岁贡品蜜橘、千载非遗傩舞、千古才子曾巩、千秋古窑瓷器、千年古邑老城，这是近年来南丰在全国致力唱响的"五个千年"文化品牌。千百年来代代传承的文化符号，如今有了它的现实文本。

南丰的城市决策者和建设者们把老墙基保存了下来。斑驳的墙基阔度自然比不上大城要塞，不过偶尔留有的石阶，足以供游人漫步城墙之上，顾盼城里的风情和城外的风光；还可以闲庭信步，去了解古城墙的结构，感受古人的智慧，缅怀历史的长度。

于是，在南丰老城，随处可见风蚀过后的老墙基，如同古城墙的截面图，依旧可见昔日的城市繁盛模样。同时留存的，是当地人低调隐逸的身影，以坚实的肩膀扛着厚重沉郁的历史遗产。他们尊重时间的风化，岁月的剥蚀，尽可能保留遗迹的原生态，传承着不可间断的历史基因。

城墙根下，有过对唐代忠良的刻骨缅怀。当地将唐睢阳公张巡与张飞、关羽并列建设"三忠祠"。这位张巡，于安史之乱时，为阻安禄山进犯长安，死守睢阳，大小争战400余次。韩愈在《张中丞传后叙》中大赞："守一城，捍天下，以千百就尽之卒，战百万日滋之师，蔽遮江淮，阻遏其势。天下之不亡，其谁之功也？"

城墙根下，有过对宋代醇正家风久远而绵长的延续。南丰曾氏代代相传着一则先祖往事：有一年南方大旱，担任北宋礼部郎中的曾致尧心念百姓疾苦，向太宗奏称"一夜秋风雨，万地遍黄金。圣上之财，未及江南一夜秋雨之为富也"，太宗了解详情后赐"秋雨名家"之号。曾致尧是唐宋八大家之一曾巩的祖父，后裔为彰显、铭记祖上为民的德行，以此作为曾宅的名称铭之门额传世，至今依然可见。

城墙根下，有过清初学术史上一道耀眼的光环。康熙乙巳年（1665年）农历四月初九，九江星子"髻山学派"核心人物宋之盛、赣州宁都"易堂学派"领军人物魏禧、抚州南丰"程山学派"创始人谢文洊齐聚南丰城西的程山学院，共话文事。由此，以谢文洊的理学、魏禧的经术文章、宋之盛的气节共同构成的清初"江西三山学派"正式成型，江右理学强势崛起。

城墙根下，有过江西近代史学界一抹最具敬意的亮色。近现代中国第一部宪法史《中华民国宪法史》编著者吴宗慈，在1940年12月至1949年2月主持《江西通志》纂修的近10年间，克服时局变迁出现的诸多困难，编成多种地方志专稿。为避免稿件散失，他将资料运到南丰保存，中华人民共和国成立后，将全部档案、图籍、资料和志稿交给江西省文物管理委员会收藏。其间，《江西通志》馆的招牌一度挂在古城墙边上的一幢普通民居门口。

……

南丰的老街紧贴着古城墙伸展，老街老屋随处覆盖，东西南北四个方向依旧清晰，古城的格局完整地保留。如今在这里居住的更多的是老人，他们的脚步一如千百年来曾在这里留下的所有足印，不急不缓，一步步之间成为南丰未来的历史。

四

古城墙恰如一位无声的守护者，以前守住城内的安定，今天守住古城的精神，让人们回到这最初的地方，能有一份心灵的慰藉。

南丰的古城墙安静地坐落在这个城市破旧立新的发展中。冬日的阳光照耀在城墙上，行走在这里的人们，似乎很难把古城墙和现代化的城市分开。因为它已经和城市生活融为一体，这座蛰伏了太久的古城墙，随时准备苏醒。

古老的城墙像一组胶片，记录下优秀传统文化的博大精深，记录着创造者们的勤劳与智慧。在时间长河里闪现而过的城市记忆里，我们可以看见这座城市自唐代以来各朝各代的历史文化信息，唐代的寺庙、宋代的壕沟、元代的里坊、明代的城郭、清代的民宅、民国的商铺，这些文化元素，犹如一粒粒璀璨珍珠点缀在古城墙周边，形成了独具特色的文化景观。

江苏教育出版社出版的《中国城墙》一书中，有一段这样的文字："城墙以其独特的美学价值和空间造型，物化了一个民族对历史的集体记忆以及对过去岁月的追念，具有精神寄托的崇高功能。历史的苍凉与无比的厚重感，使城墙在人们心中唤起的民族自豪感、对先人的追思，似乎很难用语言来形容。城墙的历史价值与艺术价值以及在现代城市空间的美学价值，也许直到今天我们并没有真正认识，至少我们有限的认识仅仅是皮毛的、肤浅的。传承历史文脉，让文化遗产真正成为现代城市的精神内核和发展活力。"

透过古城墙激活的记忆，期待这座城市有更好的未来。

赣闽边地寻"船"记

　　它是史学界的"哥德巴赫猜想"：船形的外观，108间房的设置，无主的身世，仿佛隐居的武林大侠，神秘、传奇。史学家们从中看见了遗失历史的神秘线索，武侠迷们嗅到了章回曲折的情节，而所有不经意见到它的人，都难掩兴奋——如此未经雕琢，如此异于常态的坊间建筑，就那么静静地泊在赣闽边地，如一艘搁浅的巨船，宁静、淡泊的表象下，埋藏着曾经的激越、澎湃。

　　踏着冬日的暖阳，记者来到抚州市黎川县，在与福建交界的洲湖村感受了神秘的船型古屋，以一位外来者的眼光，去探寻它的前世今生，以及其中不为人知的文化内蕴。

一

船屋的难解身世。

　　洲湖村的船形古屋属于古建筑类型，但它有着其他古建筑所不具备的深厚的内容，包括极为神秘难解的身世，以及中国建筑史上绝无仅有的船形外观，其无主的身份平添了许多传奇色彩。还有其三进四排、36个天井、108间房的宏构，则让人想到数字背后蕴藏的神秘力量。再加上其间穿插显现的暗示，更使得一段如草蛇灰线般的洪门天地会江湖岁月得以聚合为历史的华章。

对于洪门有着多年研究的抚州客家联谊会副会长于永旗向记者介绍，船形老屋是天地会的活动据点，抚州地区这一带就是"洪门"的发源地，那帮心怀庙堂、志在江湖的明代遗民，就在这样的据点里开展他们的"反清复明"大业。就这样，清史研究中关于"天地会"的起源，这一号称史学界"哥德巴赫猜想"式的命题，马上就要破题了。金庸迷们则从中看出了天地会英雄们千里之行始于足下的万丈豪情，原来章回曲折的《鹿鼎记》竟在这里搜出了韦小宝们带着余温的衣钵！多么激动人心的时刻：暗影幢幢，从事地下工作的英雄们在此地进进出出，以对切口的方式交流着生死诡谲的买卖，夜色中只听得见各自微微加速的心跳声。

接近船屋的那刻，记者和无数知其然不知其所以然的游客一样，满心地好奇：为什么有人要把一艘大船神不知鬼不觉地建造在深山老林里？如果没有见过大江大河这些大世面的话，他们又怎能建造起这艘气宇轩昂的船屋来呢？这些人是什么样的身份？他们何去何从？

二

神秘的第 108 间房。

正午时分，记者在黎川县委宣传部工作人员的带领下，找到了这座蕴含着许多悬疑的古建筑。从外面看，老屋看不出船的模样，只觉得外墙有一些微妙的拐弯。船屋的围墙高约 6 米，占地有 10 多亩，除西面没有入口外，其余三面墙均有出入通道。正门在东南偏东处，门牌上有"大夫第"的字样。正门里是一个铺了鹅卵石的几百平方米的大院子，进入正厅，可见其三进四排的结构，以天井为单元，各个天井间可纵向互通，横向则以长廊相连，形成既四面连通，又各自独立的勾角连营格局。房屋下以砖石奠基，上为木质构架，100 多年过去了，其檐梁立柱、照壁窗棂，依旧挺拔俊朗，通透焕然。

记者注意到，船屋的整体风格简洁利落，不事雕琢，看不出如徽州古民居在建筑形式上相对繁复的意味，也看不出多少诗礼传家、官商并举这一俗世梦想的追求。对比之下，这几乎是与其他建筑最大的差别所在。在这里，对于繁华富贵这一人间理想的淡薄，是不是就意味着房主人另有所图呢？

船屋正堂两边的墙壁下，摆了两块朱漆寿匾，多少让人想起屋主过去的荣华，一块"翠竹碧梧"，边角已朽；另一块"硕德永季"，落款是咸丰年间四进士某某某某和某某某某。一位老先生告诉记者，只要是多位进士合资镌刻的牌匾，那么这些进士的头衔就一定是花钱买来的。在船屋一侧的正堂，木板墙上有一个镂空的圆形标志，八把木剑直指中心一个小圆心。据说，这就是天地会的舵形标志，所以，天地会的最高领导被称为"总舵主"。

船屋里只有不多的几家住户，人声稀薄。天井中光影泛漫，厅间苔色斑驳，没有风的时候，可以闻到老屋特有的那种稀薄的腺味。几处边房侧屋，堆着储存粮食的大禾垾等各类农具和劈柴。从走廊边雕花的窗户看进去，里面幽暗清凉，听住户讲，夏天时大屋里不用打扇，也没有什么蚊子。

至于整个船屋共有多少间房，至今不详。权威的说法是 108 间，因为这个数字契合于《水浒传》中藐视朝纲、舍生取义的 108 将，但据说当时数来数去只数出 107 间，那用来藏财纳宝的神秘的第 108 间房始终不知下落。

对于这个说法，于永旗解释说："船屋确实是 107 间，号称 108 间也没有错，第 108 间里藏着天地会的活动经费也应该是准确的。"那么，第 108 间为什么找不到呢？于永旗告诉记者，他经过多年研究，已经找到了这个神秘的房间。他说，在船屋的其中一个房间里。摆放了天地会的祖字牌，祖字牌作为天的寓意，要算一间房，这就是后人们穷其智慧寻找而不得的第 108 间房。在祖字牌的地下，就是天地会藏财宝的地方。后来，经历百余年的岁月沧桑，这些祖字牌都不知去向了。

绝地"船队"的沧海江湖。

身在船屋"腹地"，没法直观地感受船屋的形状。记者在当地人的指引下，登上西面的小山终于一览船屋全景。

从山上望去，其实搁浅在峡谷中的不只是一艘船，而似乎是一队鲸群。大船屋周围好几幢房子，都是船的形状，在大船屋的带领下，整个村子变成了一支船队，小船拱卫着大船，大船船头向北，一个挥师向北的姿势。

从风水的角度看，船队其实已临绝地。北边，是重峦叠嶂的群山，即使你雄心不老，其气脉已被大山隔断。而来路，那条山中峡谷中的道路，对于船队来讲，实在是易攻难守，进退无据。这里大概就是天地会义士最后的泣血之地了。据当地的口传历史，洲湖船屋旁的溪水名叫洪（红）水，其由来，乃是清兵在此地杀害了很多天地会的人，血流成河，故被称为洪（红）水。

站在山上，记者能够清晰地感受到一种绝地里的雄心。

船屋主人的身世谜团。

在船屋里有几户人家居住，留下的都是些老人和孩子，青壮年不是搬出去另择他居，就是在外打工。说起船屋主人，大家都没有一个明确的说法。一位老人向记者讲述了一个关于船屋主人的传说。

一说古宅的建造者是黄氏家族的富豪黄平安，其人原先是一个小商贩，由于精明能干，年轻的黄平安从贩卖皮油（乌桕籽油）起家，用了30年的时间，发展成为一名在黎川、光泽、福州、台湾等地有20余家当铺的大商巨贾。发财后的黄平安为了夸富乡里，同时也为了在家乡置办一份永久的祖业，便请来了风水先生，在这四面环山的盆地里，花巨款择得这一风水宝地，建起了这座规模宏大、极具豪奢的船形巨宅。房屋建成乔迁大喜之日，黄平安邀来四方达官显贵、邻里乡亲举办了盛大的庆典仪式。当黄平安兴致勃勃正欲携夫人从头门进入新宅时，突然一阵怪风袭来，将他刚下轿的夫人裙角高高掀起。黄平安既惊又窘，心里顿生不祥之感，当即命人改换豪宅的门面。之后，黄平安因怪风之忌没有住进自己建造的别墅，就连他的六个儿子也很少在此居住，宅屋交由黄氏族人居住代管。如今，船屋历经数代沧桑，已成"无主"之宅。

传说毕竟是传说，还有一说则更权威：船屋就是"洪门"历史的实物遗留。于永旗告诉记者，其实船屋并不是在黎川的洲湖所独有，在抚州市的广昌县和南城县，以及赣州市的宁都县、兴国县等地，都有大大小小的船屋，只不过没有黎川洲湖的船屋这般规模。于永旗对记者说："天地会在清代是属于'地下党'性质，他们活动的据点不能公开挂牌，但又必须让天地会的成员能够找到，所以便用天地会筹集来的经费在一些主要据点建设船屋，船屋就是天地会成员的家。"

为了证实自己的推断，于永旗翻开有关史料告诉记者，江西建昌府在明朝时乃明益藩王之辖地，其所辖南城、广昌、黎川，今属江西抚州地区，正是"洪门"的发源地，改朝换代时当地曾发生惨烈的清政府剿灭天地会的战事。同时，于永旗还向记者出示了一本非常珍贵的天地会会谱，根据所破解的暗示，天地会的总舵主并不是金庸笔下的为世人所熟知的陈近南，而是名叫汤来贺，会谱名为朱洪英。汤来贺死后就葬在抚州的南丰，距洪门主要据点洲湖不远。

岁月无情，江山易老，船屋的主人到底是谁已经不重要了。围绕着大船屋周围的那些规模略小的老屋，大都是气断神销，委散成泥，只有门额上的"大夫第""举人府第"等字样还依稀记载着昔日的华仪。

五

旧谜刚解，新谜又生。

确定了天地会的活动据点，似乎关于船屋的所有疑难都迎刃而解了：船形的外观是为了让天地会成员便于找到家，第 108 间房就是天地会的祖字牌。但是，国内一位研究清史的专家则对天地会成员提出了不同的看法。这位专家表示，史料所载之天地会的成员，其大多乃小商贩、江湖艺人、游民等引车卖浆之流。贫贱之人，一时人生塞迫，打出"反清复明"的旗帜做点"地下党"的事，然而光靠这样的小打小闹又怎么建得起如此堂皇的豪宅巨府呢？

那天，记者在船屋也有一个小小的发现。记者注意到在船屋南面的门楣上，有一方朱漆的门额，船屋里面也有类似的颜色，在一间不起眼的房门入口处，其整个石制门框都覆盖着朱漆，其颜色暗淡如血。这种朱红色，在明朝，应是皇家才能使用的颜色，寻常人家哪敢大胆僭越，这一发现更加增添了几许疑问。

同时，在船屋最里间斑斑驳驳的墙壁上，褪去部分粉刷物质的墙面，竟然对称地绘着两条巨龙，从若现若隐的角度看去，应该占据了整个墙面。代表天子身份的龙图腾，怎么会隐现在这个偏僻的小小山村？

建筑学者探寻的是建筑文化，历史学者探寻的是洪门文化，普通游客感受的是旅游文化。如此近距离地亲近船屋，所有的传奇都如春雨般渗入心田，丝丝缕缕，引发无尽的畅想。

黎川福山的前尘往事

在当地人眼里，这里有着秀美的山水风光；

在民间的流传中，这里孕育过许许多多的神奇；

在历史记录里，这里有着极负盛名的佛家道场和传播理学文化的讲堂。

黎川福山，一座位于赣闽边际腹地的大山，千百年来就那么安安静静地经历着在这里发生的一幕幕岁月轮回，不喜不悲。

"人间四月芳菲尽，山寺桃花始盛开。"春光灿烂的时节，记者走近福山，试图拂去历史的尘烟，让这里的往事逐渐清晰。

一

唐朝皇帝朱笔一挥，覆船山立即变身福船山，自此开启了一段繁盛时代。

福山属武夷山西麓，位于黎川县城往南20公里处的社苹乡社苹村境内，方圆10余里。这座隐于赣闽两省交界处的山体，其实大有名堂，就以山名由来而言，还与晚唐时期一位皇帝有关联。

当地县志记载：福山，其状如一倒扣之船，故名"覆船山"。唐咸通年间（860—873年），唐懿宗因忌"覆船"不吉祥，赐名为"福船山"。宋真宗大中祥符年间改称为"福山"。

远在京城的皇上还会为一座小山改名？虽然除了县志没有其他史料作为佐证，但认真查阅史籍，会发现这很有可能是真的。

唐懿宗是唐朝第十七位皇帝，在历史上是一个著名的无能昏君，也是一个极端爱慕虚荣、好大喜功的皇帝。在懿宗时期，一度沉寂的佛教势力得到迅速发展。他本人沉溺其中，广建佛寺，大造佛像，布施钱财无数。在懿宗的倡导下，大规模的法会道场空前兴盛。

当时的大唐已经处于风雨飘摇之中，一味指望上天保佑的唐懿宗在全国选址建寺庙，建设费用直接由皇宫拨付。覆船山也就在那个时候列入寺院建设计划。希望江山万万年的唐懿宗怎么可能会允许将寺院建在"覆船山"呢，所以朱笔一挥，就有了"福船山"。

唐懿宗死后 34 年，唐朝灭亡。不过，被皇帝改名后的福山却从那时起，逐渐开启了一个繁盛时代。

被唐懿宗列入建设计划的福山古寺，历经唐、宋、元、明、清五个王朝。最鼎盛时期，寺内有大小房室近千间，僧人百余人，田地 300 亩，山林面积 2000 余亩。众僧早晚功课之余，兴行务农，劳作成习。

远离京城的福山，与天子的关联竟然是那般地密不可分。

二

刺史的兵马、高僧的栖隐、学者的授业，在互相包容中轮番登场。

由当朝皇上赐名，这只是福山的引子。随后三位历史人物的先后登场，则让这里成了一方兼收并蓄的福地。他们分别是晚唐抚州刺史危全讽、宋代得道高僧释绍隆、南宋理学大师朱熹。

先说危全讽，这位晚唐时期的抚州刺史在福山所在地的社苹村几乎妇孺皆知，当地人代代相传，留下了众多传奇。其中流传最广的就是危全讽以少胜多平定一场涉及 10 万之众的兵变，使宜州刺史王茂章归顺的故事。记者没能找到相关史料来验证这个最具代表性的传奇，但是有两个事实让人颇费思量。一是危全讽死后被封谥"南庭王"；二是在福山古寺附近曾经建有一座"危王寺"，寺内铸有一尊与人体等高的危全讽铁像。在那个时代，只有立过赫赫战功的官员才能享受此等待遇。

至于得道高僧释绍隆的传说来自福山古寺，寺院里的僧众一直将其奉为双林寺（福山古寺的前身）的开山鼻祖。这位曾在福山栖隐的高僧没有留下更多的细节，这点也符合高僧风格。不过，他留下的一首很具禅机的诗在佛学界影响深远："朱槿移栽释梵中，老僧非是爱花红。朝开暮落关何事，只要人知色是空。"

要说"爱花红"，另一位最广为人知的南宋理学大师朱熹则当仁不让。对朱熹的情感生活有着一定研究的黎川县林业局干部戴新安经查阅大量的史书发现，朱熹在福山讲学期间还演绎了一段浪漫的黄昏恋。那时，朱熹来到福山不久，两位被纳为小妾并已怀身孕的尼姑也闻讯而来。由于福山寺处于四面高山环抱之中，十分偏僻，朱熹只好将两个尼姑安置在山下村庄居住。两个尼姑不时进山给朱熹送粮送菜，朱熹很感动。他想及在京城的风光显赫，眺望一山之隔的福建老家，写了一首《题福山寺》。

年过七旬的黎川县退休干部武一平对此有不同看法。他告诉记者，在整理县志时，他注意到有一则史书记载：南宋庆元二年（1196 年），为避权臣韩侂胄之祸，朱熹与门人黄干、蔡沈、黄钟等来到福山武夷堂讲学，一时理学文化传播甚广。由此，朱熹写下《题福山寺》一诗："迢迢百里外，望望皆闽山。皎日中天揭，浮云也自闲。"

一代理学大师朱熹究竟是在哪种情景下写下《题福山寺》的，这个疑问和危全讽将军的传奇、释绍隆高僧的机锋一样，已经无法寻找最确凿的答案。但有一点可以肯定的是，他们的身影都已经在福山这座赣闽边际腹地的山脉定格。

纵然是断壁残垣，纵然是荒草萋萋，也遮不住昔日讲堂的理学风范。

福山主峰名为箫曲峰，海拔 1045 米。宋代以来，这里以奇秀景观闻名天下，众多文人学士慕名而来，留下甚多诗句。明代一位著名的学者王材，因在朝廷任三品官员期间，与严嵩不和而受诬陷被罢官，回到家乡黎川后，对福山甚为钟爱，并留下一首诗："灵峰万仞入层云，灵鸟高翔故不群。自是人上少清听，未应箫曲不长闻。"

王材故去 50 年后，另一位名震天下的明代地理学家徐霞客也到此一游。在后人整理的《徐霞客游记》里给福山留下了这样的描述："即从草塘左循崖南下，路甚微削，伏深草中，或隐或现。直下三里，则溪自箫曲之后直从东南，与外层巨山夹而成者。盖此山即闽界，其东北度而为箫曲，西北度而为应感峰、会仙峰，两腋溪流夹而西去，犹属新城也。箫曲南溪之上，有居民数家，燕通'艺'，种植山种姜芋茶竹为业，地名坂铺……"

在这个春意盎然的季节，记者跟随福山古寺的陈居士，沿着一条几乎被杂草完全遮掩了的山间小径，体验徐霞客当年的行程。目之所及，果然是峦峰叠翠、雾绕云飞的美景处处。

"唐宋时期，这条路可热闹了，就像现在的上海一样。它不仅连接江西和福建两省，所有当地学子赶考都要沿着这条路到山顶的'载德亭'鞠个躬，然后再出发。"一路上，陈居士不断地把路边比人还高的杂草树枝拨弄开，同时以一种平淡的语气向记者叙述着。

脚下踩踏着的竟然是一条千年古驿道。更让记者震撼的是，经陈居士提醒，一路上古遗迹以各种形态跃入视线，有用山石堆砌的长满青苔的高墙，有曾经用作山门的石柱，有字迹模糊的青石板……它们就那样隐现于草丛里和树丛中，似乎是为了在历史长河中标注当年繁盛的印记。

最终，记者来到了久负盛名的朱熹及弟子的讲堂所在——武夷堂遗址。目力所及，荒草萋萋，毛竹郁郁，只有地面一垛垛时隐时现的残垣还能让人看到大概的轮廓。一块 3 米多高的巨石斜在不远处，安安静静地注视着我们，一如注视着千百年前在同一个位置倾心授业的理学大师，以及一拨又一拨意气风发的学子。

武一平告诉记者，这个讲堂主要由朱熹及其弟子主持，周边省份众多学者纷至沓来。一时间，武夷堂成了远近闻名的理学传播处所。一批批的学者在这里留下足迹后，又至全国各地传播朱熹的理学思想。在那个年代，位于福山的武夷堂俨然是理学文化的中心。明清以后，随着各种文化的多元化交融，理学正宗的武夷堂逐渐没落，最终退出历史文化舞台，在福山的竹林杂草之间渐次消逝。

那一刻，记者仿佛经历了一次时空穿越，发生在福山的众多前尘往事，纷纷繁繁地重现。然后，再次消散在空中。

樟村遗梦

盛夏时分，地处赣闽边境的樟村开始热闹起来。

河道清淤工程正在热火朝天地进行，古建筑保护方案渐次成形，当地历史文化故事的搜集整理跃然纸上……

拂去岁月的尘埃，还原古村落的记忆。我们可以清晰地发现，这分明就是江南水乡在赣鄱山村里遗落的一个美丽梦境。

一

历经千百年的时光流转，许多古建筑已经老去，但"清白世家"的深厚内涵，依旧代代传承，延续至今。

黎川的樟村最后一次作为官方规范的地名是在 34 年前。

1984 年 8 月，我国首次实施地名资料普查登记。江西省内有四个唤作"樟村"的乡名，最终玉山县的樟村乡得以保留，黎川县的樟村乡则取"桃溪""樟村"的古称合为"樟溪乡"。虽然沿用了 760 余年的黎川"樟村"进入历史，对当地人而言，"樟村"作为植根内心深处的故土符号，从未消失。

如果沿着历史长河往前 900 年，一个与樟村文化密切相关的历史故事浮现，传播至今。宋元丰七年（1084 年），我国第一部编年体通史《资治通鉴》正式成书。书中收录了一则令后世为官者警钟长鸣的纪事，写的是东汉名臣杨震过境昌邑（海昏侯的封地）时，县令王密怀揣重金连夜探视，以谢当年举荐之恩。杨震拒而不受，王密劝称三更半夜无人知晓，杨震说了一句被后人称为"杨震四知"的经典语录："天知、神知、你知、我知，何谓无知者！"再以后，杨震官职越做越大，有人让其多置些产业给后代，再次遭拒："使后世称为清白官吏子孙，以此遗之，不亦厚乎！"大意是让后人知道他们是清官的子孙，这种声誉比家产更为宝贵。

到了南宋宝庆年间（1225—1227年），杨震的一支后裔从南丰迁入黎川一处山清水秀的所在开基。随着家族的日益壮大，这个从唐朝就开始有人居住的村落开始渐成规模，因周边都是大樟树，遂名樟村。

数百年来，樟村的杨震后人并没有让先祖失望，一批批杨氏英杰在历史舞台中呈现各自的精彩。其中，有饱学多才、名重一时，在把酒言欢之际获汤显祖赠诗的杨思本，清初文坛盟主王士祯在《海洋诗话》中提及"今日善学才调集者，无如江东宗元定九、建昌杨思本因之"。在晚清更出了一位个性鲜明的人物——杨希闵。

从七品官员任上挂冠回乡讲学，太平军攻城时招募乡民迎战；在清代两场著名的文坛论战中表现积极，在诗文"唐宋之辨"时以十二卷《诗榷》阐述观点，在宋词"南北之争"中推出《词轨》一书表明立场；发现有年谱存在错误或信息不全的问题，立即投身其间成为年谱大家，其中十五卷本的《豫章先贤九家年谱》里，包含了诸葛亮、欧阳修、王安石、黄庭坚、王阳明等人物，为后人的研究留下了珍贵的史料……如此种种只是杨希闵传奇人生的一小部分。48岁那年，他以二十卷《乡诗摭谭》在江西诗歌史上留下了不可替代的印记。

杨希闵在《乡诗摭谭》中做了一份《江西诗派图》，列了长长的江西诗人名单，从晋代到清代，足有340余人之多。他从诗人道德、学术成就、诗风多个方面综合评定后排了一个座次，明确提出江西诗坛的"一祖三宗"：以陶渊明为始祖，以欧阳修、黄庭坚、虞集为三宗。这是历史上第一次对江西诗人的成就进行排位。清末学者夏敬庄在该书序言中赞叹："先生此图，则江西千古诗人定论也。"上海大学文学院教授、清民诗文研究中心主任张寅彭在《文学遗产》杂志刊发的一篇文章中写道："《乡诗摭谭》是将历代江西诗人的内在关系表达得最为紧密的图谱，代表了明清人泛江西诗派观的最高认识，从而使江西诗派延伸乃至更替了原概念的内涵，形成了泛江西诗派观。"

杨希闵作为一名才华横溢的赣籍学者，对地方学术史有不小的影响。然而，在中国或江西的文学史上鲜有提及。但从一个细节可以感知他的存在和历史地位：胡适日记里有一封给友人的信，说自己看完《杨希闵传》后，对文中"杨希闵终老于台湾"的说法有疑问。

时至今日，在樟村已经无从确认杨希闵住所、终老地等信息，可以确定的是这里的山水桥巷，一定有过他的行迹。庆幸的是，在古村里还能随处见到明清时代的古建筑，还能找到杨氏清白家风的留存，最具代表性的建筑是"德元厅"，院内门楣之上有块醒目的石匾，上书：清白世家。

这四个字的意义，不仅仅是一个家族数千年来的传承与梦想，还是对古往今来所有为官者的提醒和激励，是对中华民族高尚道德情操的传承和弘扬。潜心研究樟村文化历史并颇有建树的樟溪乡纪委书记赵士忠向记者介绍，当地正充分挖掘以"清白家风"为代表的廉文化资源，打造"家风家训"廉政教育示范基地，让更多的人受到教育，清清白白做人，实实在在做事。

杨震"留清白于后世"的想法，在千年后得到呼应。

二

樟村早已不复当年商贾如云、船帆穿梭的繁忙景象，只有河岸边存留至今的一个个古码头，向人们讲述那段繁华时光。

明崇祯九年（1636年）五月，后金国大汗爱新觉罗·皇太极称帝，改国号"大金"为"大清"。自此，大明王朝进入倒计时。几个月后，即将成为大清属地的樟村来了一位游客，之后以一篇《江右游记》写下了他的所见所感。在文中，他用平实的文字记录了一路走来的多个地方，再以简洁几句点睛："又西南逾二岭，五里至章村，山始大开，始有聚落阛阓街市。"

这位旅游名家就是徐霞客。根据文中提及的路线，可以推定"章村"就是"樟村"。聚落阛阓街市，则是人烟稠密、街市繁华、巷道众多的一种表述。由此推定，300余年前的樟村已颇具规模，让见多识广的徐霞客落笔"聚落阛阓"。

翻阅多个时期的《新城县志》史料可知，徐霞客停留的那个时节，正是樟村延续百年繁荣的开始。两省交界的地理优势、背靠武夷山丰富的森林资源、水运发达的便利交通，使樟村成了黎川木材的主要供应地，木材不仅销往黎川县城，还沿龙安河、抚河、赣江销往全国各地。同时，在这些商业交易过程中，樟村养成了宽容并蓄的古村风尚，接纳一波波的外来者。即使在战火纷飞的乱世，还有来自广东兴宁的纺织人流落于此落户，诞生了黎川第一家现代木织机纺绸厂。

说起樟村的繁华过往，已经87岁的许锦和依旧一脸憧憬。他年少时跟随姐夫从宁都来到这里，再也没有离开。那时，仅抚州、南昌等地客商在樟村做木材生意的有30多家，从事伐木等相关工作的从业者更多。他们把木头从山上扛下来，在小河里扎成一个个小木排，到了樟村便将小排变成大排，然后沿河漂流而下，运往抚州、南昌等地。在许锦和的记忆里，时常浮现着当年的场景：村里的街巷集市人流熙攘，村畔河中的商船往来穿梭。

赵士忠也是一位外乡人。但他几年里对古村历史文化的深入寻访，研究成果颇丰，俨然成为令当地人信服的自家人，并被赞为"比杨家人还了解杨家事"。他向记者介绍，经多方资料显示，借助钱庄、私塾等多栋明清古建筑的线索，足以验证樟村从明清以来，到中华人民共和国成立前，还保持着一派繁华。因陆路不便，当地的木材、毛竹、草纸、笋干等货物都是从这里运到抚州、南昌、武汉等地。当时，这个村落聚集了大批来自抚州和福建等地的商人和民工，光酒店、肉铺店就有十几家。

中华人民共和国成立后，随着历史的发展变迁，樟村渐渐淡出人们的视线，湮没在群山之间。直到20世纪80年代后期，随着一位少年的归来，才再度为世人所注目。

这位少年名叫杨吉荣。年少时他背负着梦想和希望走出古村。多年后，辗转厦门、深圳等地求学求职后回到黎川创业，开启了黎川油画产业发展的序幕。如今，黎川油画产业已经在当地政府的大力支持下，人才队伍不断壮大，获得了蓬勃发展。黎川油画作品销往全球20多个国家和地区，年创产值3亿多元，成为当地新兴文化产业的引领品牌。"创世界油画基地，建文化产业名地"，已然成为黎川人的目标。杨吉荣被称为"黎川油画第一人"，受其影响走出了多名画师的樟村也时常被提及，并冠以"黎川油画发源地"的荣耀。

三

古村樟村，正如江南水乡里一个遗落的梦境，记录了无数先人的身影和风雨沧桑的年华。让人回味无穷，却无法靠近。

走进樟村，时间瞬间变得漫不经心。千百年的岁月磨砺，早已让古村习惯于清幽淡然。面对每一位来来往往的过客，每一次岁月轮回、世事变迁，以及每一回河水漫上街巷石径，依旧岁月静好、波澜不惊。

樟村是一个沿河而建的村落。由此，村民们对桥有着特别的情感。全村大小桥梁有 10 余座，素有"千户人家十板桥"之称。发源于武夷山脉的两泓溪水将村庄分割成店上、中洲、东港三个部分，立于溪水之上的桥又将村舍古宅连接成一体。也由此，"两溪分三村，三村十桥联""人在村中走，如在画中游"等民谣流传至今。

在众多大大小小的桥梁中，双溪廊桥最有特色。两端是店铺，桥身设有两排座凳。桥下溪水悠悠，潺潺的水声萦绕在耳边，桥上河风悠悠，柔柔绵绵。廊桥两侧的木板上用毛笔写着的，竟然是当地人创作的诗文，信手抄来几首品读，极具乡土韵味："故土难忘古稀年，双溪桥下水涟涟。戏台洲上多少事，夕阳一半在桥边""山外青山楼外楼，红妆廊桥把客留。一水两溪三村定，东港西店南中洲"……廊桥是当地村民休闲的好去处，每逢集市圩日，村民有的肩挑、有的手提，各种土特产的买卖都聚集在这里，呼喊声、吆喝声响成一片，熙熙攘攘，摩肩接踵，活脱脱一幅现代版《清明上河图》。

村中街巷大多沿河而建，窄小曲折又悠长。街巷两边都是木质店铺，店铺后面连着大厅，是主人的生活区。历经百年岁月侵蚀，村里大多数古宅已经老旧残破，也不乏保存完好的古屋。德元厅、九礼第、进士第、竹节第……在探访过程中突然发现，我们面对的这些古建筑，以及随时随地跃入眼底的"小桥、流水、人家"的现实场景，其实就是一幅幅凝固时间的图画，画中的景象正是一幕古朴秀美的江南水乡风情。

2017 年 8 月 8 日，省住建厅公布了江西省第一批省级传统村落名单，在 248 个村落中，樟溪乡中洲村位列其间，成为首批传统村落。同时，在《樟溪乡生态与民俗旅游发展规划（草案）》中，记者看到这样一段文字："结合本县'十三五'规划中'生态旅游产业'的战略布局，从景区规划到打造'文化旅游产品设计生产加工基地、影视创作摄制基地'，落实'以 A 级景区创建为抓手，加快发展生态旅游产业，努力建设海西经济区重要的乡村度假旅游基地和商贸旅游中心'。"

姗姗来迟的规划赶不上变化。由于长期缺乏古村保护意识，这里的街巷肌理已经遭到一定程度的破坏。不仅古屋空心化问题严重，还有早前随意建设的楼房，无情地将幸存古建筑再次分割断层。另外，当地对古村的保护与管理也并不完善。当然，这并不是对当代村人的一种诘问和责难，而是面对传统历史村落面临消失境地却无能为力的痛心。

江西省一位专事古村镇发展与保护研究的专家曾经有过这样的叹息："古村越来越受到关注，很大程度上代表和呼应了逐渐富裕起来的一批城市中等收入人群的怀旧心态、文化欣赏要求，及其在现代'城市病'日渐突出之时去乡村寻找绿色和释放紧张情绪的空间等要求。由此，希望当地乡民在没有外来财力支持，没有利益诉求和希冀的冲动下，不计成本地保存文物、维修古建，为保护传统村镇格局和景貌而继续努力并日日生活于其间，几无可能。"

这是今日樟村的叹息，也是当前江西省乃至全国普遍存在的古村之痛。

我们无法穿越时空，亲眼看一看古村当年的模样。只能借助其间深蕴的文化印记，努力还原村落往事。细细触摸这些属于中华民族祖先的遗存，见证一代代村民的智慧、勤劳。静静聆听小桥和流水共同讲述的遥远故事，感知古老农耕文化与现代文明碰撞的结晶。

回望历史的时光，时刻被浓厚的村落乡愁紧紧包围。

一条老街承载的城市记忆

这里被称为中国离城区最近的明清古街，就在县城旁边，依河而建，绵延数公里；

这里曾经是赣闽两省交界处最为繁华的商业街，每一条小小的街巷的尽头，都不经意地隐着深宅豪门；

这里走过了一位又一位大师，他们留下的思想和文字，铿锵有力，响彻神州大地。

这里就是黎川的明清古街，流淌的岁月为它植入了一份凝重的历史记忆。

一

依河而建的老街，穿越了无尽的岁月，见证过许多繁华，如今依旧在黎河河畔静静地伫立着，数百年来，始终如是。

黎川老街的历史可以追溯到 1000 年前。那时的老街只是县城南门外的一条出城通道，准确地说，只是一条普通的马路。随后，经过数次的变迁，逐渐成为商业聚集地。

在老街的成长史中，有两次事件起到了非常重要的推动作用。一次发生在清朝，一次发生在民国。

1853 年在中国历史上有着浓墨重彩的一笔。这一年，农民出身的洪秀全带领太平军攻城略地，占领江南重镇江宁（今南京），定为都城，改称天京。同时，远在千里之外的新城县（今黎川县）也发生了一次大规模的战争。太平军与清军展开对决，双方投入的总人数达到10万余人。最终的战果我们不得而知，但根据当地县志记载，受战事影响，城内燃起大火，火势迅猛，多条大街被烧毁，幸免于难的商家则紧急迁往老街。

时年，原本的交通要道成为商业街转型之始，并最终"繁富甲新城"。记者找到了这样一则文字，记录着老街当年的场景："河埠，船帆星点，商旅如云。白日人头攒动，至晚笙歌达旦。"

70年后，老街又迎来了第二个重要的节点。

1943年，当时的国民政府县长朱维汉倡议，将街道两边的平房店铺一律拆除，拓宽街面至7.6米左右，卵石或碎石铺路，店铺统一为二层骑楼式砖木结构建筑。于是，这条街不复"清明上河图"的古老形象，倒是平添了一点洋味，成了典型的"民国范儿"的古街。改建后的老街沿河逶迤近3公里，临街的骑楼几乎没有间断，成为鲜明闽粤风格的商业街代表。

由此，老街不仅成为临川文化中江右商帮文化的仅存物证，随着众多闽粤城市急剧地更新和扩展，它也为闽粤人提供了游览古街景象、重温旧日繁华的真实样本。

一个山城小县，怎么能够孕育出一个这般繁盛的商业街呢？

对老街历史有着多年研究的黎川县文联退休干部武一平给出了这样的解答。当时的黎川，是江西、福建两省的重要通衢，区域内有三条河流，都是赣闽两地的交汇。这种特殊的地理位置，促成了老街的商业繁荣。明清以来，黎川都是江南最重要的货物转运站。南昌甚至武汉、上海等地的物资，逆抚河而上溯黎河，到这里卸下，再通过这个码头，由独轮车、商贩的挑子越过武夷山，转到福建光泽、邵武至福州等地。同样，福建的山货及福州一带的海货，则通过商旅越过武夷山来到老街，再由此上船运至南昌等外埠。那时的老街，商铺云集，生意红火，各地商客，设会馆于此。加之江西的两大药帮之一"建昌帮"的所有药材都通过黎川这个码头运送到福建各地，老街迎来了它的繁盛。

二

理学大师朱熹、文学大师张恨水、地理学家徐霞客……古往今来，众多大师在老街或讲学，或成长，或停驻，余音绕城，经久不绝。

"二十年来，百事都如一梦，唯山色泉声，偶然闭目，犹在几榻间。"这是近代通俗文学大师张恨水关于老街的文字。

在老街一幢依河而建的木楼里住了十几年的张恨水，将这里称为"梦里江南"。他在《上海画报》发表的《旧岁怀旧》一文中这样叙述自己对老街的记忆："今日言及旧事，犹如忆也。其文曰：芥子园书谱第四卷，所绘山楼水阁，巨桥水磨，于瓯闽间随处可得之。长桥大抵跨河而通山，桥正中建屋，敞轩而观四面。桥下临闸，以围大数丈之木轮，置闸口中。水自上流头来，激轮辗转如飞，浪花作旋风舞，至为可观。"

张恨水记忆里的美丽小城同样是众多大师的美好记忆。翻阅老街的历史，可以列出一个个令人振聋发聩的大师名号：理学大师朱熹在黎川福山设立武夷堂讲学，引来赣闽两地学者如云，老街码头成了大师迎来送往的寻常之地；旅游大家徐霞客由赣入闽，在此地弃船上岸，忍不住多逗留一天，再转山道进入武夷山；还有被誉为"潜谷先生"的明朝理学家邓元锡，他的出生处"南山楼"至今还在老街矗立。

老街不远处，还有一个毫不起眼的砖亭，名为"赤溪风月亭"。这里走出了一位名动天下的教育大家——李觐。现存的风月亭属于道光六年（1826年）重建，1943年重修。其实，更早之前的风月亭是一个书院式结构，是李觏读书、讲学的所在。

一生以教授为业的李觏在老街出生，10余岁后四处求学，之后折返老街收徒授业，其中有一名弟子是位列"唐宋八大家"的曾巩。最值得一提的是，在此期间，李觏结识了一位学友，两人经常在一起饮酒行文，针砭时弊。多年后，他的这位学友在朝廷整出了一番大动作，历史上称为"王安石变法"。为此，极其推崇李觏的胡适称其是"北宋的大思想家，王安石的先导，两宋哲学的开山大师"。

三

每天清晨，行走在黎川老街的小巷里弄，店铺传来的各种敲击声、叫卖声，还有迎面走来的年轻人手机里播放的音乐声，你会有一种穿越时空的错觉。

经历了千百年的风霜雪雨，老街老了。

斗转星移，岁月更替。随着商业模式的转变和水运退出历史舞台，黎川作为闽赣两省交通枢纽的作用已经消失，老街曾经的繁华景象也成了浮云。近年来，黎川新城市中心转到黎滩河以南，老街更加被边缘化。

虽然侧畔的黎滩河水仍旧日复一日地流淌，湍急的水流冲刷着河滩上裸露的岩石，但是再也看不见一片船踪帆影；虽然一条条街巷格局如故，一座座深宅大院依旧，但这里早已不再是巨商大贾的家园；虽然见证历史轮回的店铺还在，但这些店铺的主人和经营的商品早已迥乎不同。

即使如此，繁华褪尽、喧闹远去的老街，依旧以它的从容、它的包容、它的淡定，持久地吸引着越来越多的游人，引领他们体验一种时空穿越的感觉。在老街之中，许多与百姓生活息息相关的传统手工艺还在这里传承，铁匠铺、打秤铺、金银铺等手工作坊生意依然红火，汤圆店、糯糍店、米糖店等手工食品依旧飘着悠悠余香。

其实，相比沈从文笔下"边城"那样美丽的古城，黎川老街丝毫也不逊色。

也许，终究会有一天，老街将拂去岁月的尘埃，以厚重而灵动的风情，回归另一种意义的繁华。

古村留乡愁，活化寻归处

在疾驰的城镇化进程中，不少古镇古村面临两难境地：一方面老屋倾圮加速衰败，村庄在遗忘中走向消逝；另一方面在过度的现代化商业改造中，古村肌理被弄得支离破碎，灵魂支撑的文脉荡然无存。

文化的传承在艰难博弈中苦寻出路。

2020年5月12日，中国传统村落市场化运作机制座谈会上，100余位来自北京、浙江、深圳等地的专家学者、驻赣金融机构有关负责人齐聚抚州，纵论古村落保护与活化利用的现状和未来。其间，与会人员深入金溪考察，在这座被誉为"一座没有围墙的古村落博物馆"里，体验时光的留痕，以及古村落重生的活力。

金溪，正在厚重而久远的文化遗产保护实践中，努力探索一条古村落活化利用的实现路径。

一

慢慢活化的古村渐聚人气。

出金溪县城，驱车沿省道北行10余公里，竹桥古村便进入了视野。纵横交错的幽静小巷，历经岁月磨砺的青石古道，犹如一轴缓缓舒展的时光画卷，满是道不尽的韵味，说不完的故事。

走进竹桥古村，就仿佛走进了明清的过往岁月。100余幢明清建筑保存完好，蔚为壮观。行走在古村中，处处都是飞甍翘壁、青砖黛瓦、青石幽巷。如果逢着节假日，当地村民身穿古装，或在村口叫卖藕丝糖，或在铁匠铺里叮当敲击，或在巷道间从容缓步。那份诚挚淳朴的气质，不由让人陡然而生"今昔是何年"的时空穿越错觉。

竹桥古村的历史，可以上溯到千余年前那个改朝换代的时候。公元961年，也就是赵匡胤称帝建立宋朝的次年，南唐元宗李璟逝世，六子李煜继位。这一年，福建人余克忠奉命领兵驻守临川上幕镇（今金溪县），并把家眷迁至此地，繁衍生息。到了元代末年，又一个战乱频仍的年代，余克忠第13代孙余文隆带着家人四处奔波，最终找到了一个依山傍水的好处所，定居至今，后人尊余克忠为竹桥余氏始祖。

数百年岁月蹉跎，历经旧与新的矛盾、衰与荣的纠缠，竹桥古村也有过古宅破败、村民外流的不堪过往。直到近年来，该县开始启动古村保护和开发利用工作，抢救、修缮、复原了"品"字三井、镇川公祠等30余处古建筑和10余处珍贵文物，竹桥古村先后荣膺"中国历史文化名村""中国传统村落"等荣誉称号，并于2017年成功创建为国家4A级景区。令人惊喜的是，经过修缮的古村依旧保留着几乎原汁原味的村落原貌，已经打造成为一个沉浸式体验景区：以明朝万历年为背景，植入万历年间菜刀铺、药铺、油面坊、举人还乡等情境元素，以村民生产、生活为主题，真实还原历史场景，营造身临其境的氛围。

如今，竹桥古村已经成为我省一处新晋热门旅游点，在封存历史文脉的同时，积极引进各类文化业态，美食、民宿等特色店铺集聚，重现曾经的古村烟火。

竹桥古村的成功实践是金溪对古村落活化利用的一个缩影。金溪境内古村落众多，其中格局保存完整、历史风貌保存较好、地方特色鲜明的具有类似历史文化名村文化价值的传统村落共有158个，每个村落都有集中成片的文物建筑，总数超过万幢。古村绝大多数为宋代选址立户，明代营造兴盛，清代稳定完善，是传承有序的明清聚落文化的活化石。集中理学文化、商帮文化、科举文化、乡绅文化、家族文化等要素特征，被专家学者称为临川文化的重要载体、赣派古村落的典型代表、中国儒耕文化的家园。

当地将乡村记忆、民俗文化、民间传说、特色产业等乡土元素巧妙地融入美丽乡村建设之中，最大限度地保护古风古韵，让村村都有村民认同的不可复制的文化标志，吸引了大批游客前来浏览、探究、怀旧。古村的变化感染着世代居住的当地人，许多外出务工的年轻人陆续回到村里，开始了民宿、农家乐等营生。

"古村落的活化利用最重要的业态是文旅和产业，竹桥古村这种沉浸式、植入式的角色扮演，是一种新的能够体现时空穿越感的旅游业态。通过合理的呈现方式，不仅仅只有古建筑，更展示了古村落所承载的时代背景和文化背景。"深圳广电集团副总编辑、深圳文化产权交易所董事长于德江对此赞不绝口。

二

___

重拾古村曾经失落的自信。

很长一段时间里，胡庆华都扮演着吃力不讨好的角色，整日都在游说不愿掏钱维修老屋的房主，将政府大力支持老屋修护的政策传达给房主，取得他们的同意，共同修护老屋。

67岁的胡庆华是合市镇游垫古村村民，对这块生于斯长于斯的土地有着极为深厚的感情，每每看着村里日渐衰败的老屋都是忧心忡忡。2013年，他成为村里的文保员，也是金溪县第一个文保员。

村民是村庄的主体，文化是村庄的灵魂。传统村落的保护利用，既要修缮外在的"筋骨肉",更要传承内在的"精气神",最好的保护是实现居民与建筑的良性互动。当前,古村落的保护建设之路普遍面临着这样的困境:许多祖祖辈辈生活在老屋中的村民,并未意识到自己居住地所承载的文化价值,随着近年传统村落保护建设工作的大力开展,反而把保护工作全部寄托于政府。作为与村落发展息息相关的群体,大多数村民忽略了自身是村落保护行动最直接的利益相关者的这一身份。

"村民们能多多关注老屋,日常进行力所能及的简易维护,便能延长它们的历史寿命,为历史建筑抢修工程留住时间。"作为一名文保员,胡庆华的价值在这方面得到了最高的体现。

在金溪,像胡庆华这样的文保员共有76名,血脉中流淌的文化基因让他们成为保护老屋的重要力量。在他们的影响之下,越来越多的村民主动加入古村保护中,涌现出许多感人的故事:有坚决与文物盗窃犯作斗争的,不惜自身安全,也要保全建筑;有半夜听到狗叫就自发出来巡逻的;有自学中国古代陶瓷史、中国青铜器、中国考古学等学科,不断提升自己的;有把全部退休金拿来修缮老屋的;有拉网式普查、刻苦学艺的;有努力学习运用互联网宣传保护古建筑情况的……

政府引导与公众参与并重,文化内涵与生态环境并重;科学规划与分步建设相统一,合理保护与旅游发展相统一。在金溪县成功实施的古村落、古建筑保护并非朝夕之功,是通过组织古村村民到外地实地参观考察,举办传统村落保护利用知识讲座、培训班,制定村规民约,编印出版古村宣传推广书籍,并完善保障机制,制定操作性较强的管理机制等逐渐实现的。尤其是招聘当地村民成为文保员,以村民管理古村,取得了显著成效。

胡庆华成为文保员的第五年,一个全国性的"拯救老屋行动"项目落地金溪。"拯救老屋行动"是国家财政部、国家文物局批准设立,由中国文物保护基金会全程管理实施的传统村落保护发展公益项目。金溪县与云南省红河州建水县、石屏县，成为全国三个"拯救老屋行动"整县推进项目实施县。

"传统村落里边的古建筑是中华文化遗产多样性的实证，这种机理格局也是中华民族最朴素的生态平衡观的体现。传统村落是我们中华农耕文明的 DNA，是我们传统道德的涵养地，它所蕴含的都是中华优秀传统文化的发扬涵养。"从落地实施至今，中国文物保护基金会副秘书长王莹一直关注着金溪古建筑的保护和利用。在她的眼里，金溪探索的古村落保护模式基本已经成型，基金会补助 50%，其余都是由当地政府及农民共同出资。随着项目实施的深入推进，在当地工匠及参与农户的身上，都能明显感觉到与日俱增的自豪和自信。

古村落的新生，离不开村民这个最重要的守护者，他们的参与感与责任感，自觉形成文化合力，在一砖一瓦的保护中留住乡愁、寻得归处。

三

复苏是为了更美好的未来。

"临川才子金溪书。"

"远色入江湖，烟波古临川。"这方孕育了王安石、汤显祖、曾巩等一大批英才俊杰的土地，成就了中华民族人文史上耀眼的才子群体。"金溪书"则是指金溪县浒湾镇的雕版印书。

浒湾面临抚河，交通便利，早在明朝中叶就商贾如云，是赣东主要商品集散地。数百年前，这里成为江南印书中心，凡经史子集、话文小说都能刊刻，人称"江西版"，誉满全国，浒湾也由此赢得"江南书乡"之称。繁盛时期的浒湾，有书房堂号 60 余家，雕刻匠人 1000 余人，印刷出的赣版古籍深受中外收藏界热捧。1956 年，郑振铎在厦门大学一次讲座中，将浒湾与北京、汉口（湖北武汉）、四堡（福建连城）并列为明清时期中国四大雕版印刷基地。

是书乡养育了巨儒，还是才子成就了书乡，抑或两者兼而有之？世事变幻已经无法可考。我们只知道，抚州书事昌盛的过往烟云。

如今的浒湾老街，两侧老屋鳞次栉比，街前街后的石碑廊桥风华不再，却依旧有一份掩不住的芳华气质。被历史洪流卷过的浒湾，在落寂中孕育着一轮新的复苏。

实施传统村落保护利用是一项繁杂而系统的工程，单一的保护模式不足以发掘各个传统村落的真正潜力。金溪结合各个古村落的特点，针对现下游客对于旅游资源的实际需求，有针对性地制订了一批村落的保护利用方案。目前，全县有 6 个村落按照世界文化遗产标准进行保护，而更多的古村落、古建筑也被开发利用。荷兰创意风情大坊村、书香休闲民宿疏口村、CHCD 数字遗产游垫村、天然氧吧养老胡山村等 8 个各具特色和相应发展潜力的古村落，已逐渐向世人撩开了神秘而久远的面纱。

"古村 + 旅游""古村 + 红色文化""古村 + 创意"……一次次传统村落保护与活化利用的实践，最终探索出了一条独具特色的金溪路径。在这里，农耕记忆、乡愁情怀、人文历史、自然风光纷纷寻得落地生根的载体，借着老屋新生、民俗传承、旅游兴旺、文化复苏等成效，陆续收获着看得见、摸得着的文化实惠。古建筑、古村落数量位居全省前列的金溪县，正在把历史建筑和农耕文化完美地结合起来，重现"耕读传家，诗书继世"的乡村美丽画卷。

更为重要的是，在这个过程中，当地村民发生了由内而外的改变，文化自信心越来越坚定，探索新世界和新生活的勇气日渐增强，外面世界的繁华喧嚣，已止不住他们归田园居的脚步。在百年老宅修复行动中，金溪人获得了崭新的生活空间，越来越多的外地人才来到这里，体验极具人文厚度的文创和宜居空间。

数年前，在一场关于古村落发展研讨会上，与会专家学者形成了《金溪共识》，其中有一段这样的文字："外界力量和科学技术的发力，都不能替代本乡本土的主体意识，保护古村落，最终要依靠的是村民自身，首要的任务就是激活古村的人，将村民的情感注入古村，唤醒于心，才能留住村民，才能让古村重焕活力。"

字里行间，我们看见的是一个关乎古村落充满期待的未来。

四

记者手记：乡愁之外，活化归来。

时光加速改变着古村落的容颜，村民心底则有那份无法割舍的情怀。上一辈担心年轻人会忘记这里，忘记历史；年轻人则在担心，再难找到古村的灵魂。旧与新的矛盾，衰与荣的纠缠，古村落承载着一代又一代人挥之不去的情感记忆，深酿着一座座古村的文化内涵与人文生态。

传统村落是乡愁的一个落脚点，同时也是中国传统文化的传承地。这些承载着明清时代建筑群的村落，其实都是从建县之始一路走来，在这里稳定延续已千年。这些建筑本身的价值，还有它们背后的故事，已经形成了一种强大的力量。

传统村落是乡村传统文明的载体和源头，现代文明的根基和依托，是不可再生的文化遗产。保护传统村落，绕不开的一个敏感环节就是如何处理好保护与利用的关系。传统村落的保护利用，本质上是在转型期为传统文化留下容身之地，为乡村发展找到融合之道。所幸的是，生活在这里的人，关心古村落命运的人，正在携手破解这些难题。

随着越来越多古村落的活化，这方诗意盎然的土地发生了太多想象之外与意料之中的变化，城市文化价值早已远远超过出金产银的当年，并为传统村落的延续与演变赋予了更多可能。

北宋《太平寰宇记》云："至周显德五年（958年），析临川近镇一乡并取饶州余干白马一乡立金溪场。后置炉以烹银矿。"宋淳化五年（994年）改场为县。

因历史上出金产银，山间溪水色泽如金，而得名——金溪。

另一种古村叙事

数千年的中华文明，就是一部农耕文明史。

古村落作为我国农耕生活遥远的源头，至今依然是广大农民生产与生活的家园，承载着不可再生的农耕文明文化遗产，堪称中华文明之根。

江西是一个历史悠久的农业大省，有着丰富的文化资源和深厚的文化积淀。许多历史遗存丰富的古村落散落在赣鄱大地，犹如耀眼的明珠，成为乡村振兴战略中不可或缺的重要元素。

近年来，专家学者开始以一种更加开放和自信的行为，立足江西，放眼全国，探索一条传统村落规划设计和管理保护的新路径。

一

冯骥才在座谈会上振臂高呼的次年，从国家层面进行古村落保护的举措落地，江西33个村落上榜首批"中国传统村落名录"。

2011年9月6日，北京人民大会堂举行了一个有国务院总理参加的座谈会，主题是纪念中央文史馆成立60周年。会上，知名作家、国务院参事冯骥才放了一个"大炮"，使这次会议成为中国古村落保护进程中具有标志性意义的节点。

他在题为《为紧急保护古村落再进一言》的发言中，一开口就毫不留情："我仍然选择古村落保护作为今天发言的话题。原因是，五千年历史留给我们的千姿万态的古村落的存亡，已经到了紧急关头！"冯老在发言中提及，由于历史上我国从未对古村落做过科学和严格的调查，对这一家底心中没数，在古村落这一农耕文明中无比巨大的人文遗产，现在仍是糊里糊涂地存在着和消亡着。最后，他呼吁国家采取具体措施，包括对我国现存的古村落进行全面盘点、分类和甄选。

透过这段颇显尖锐的文字，我们能够清晰地感觉到冯老对古村落保护的良苦用心。

冯老"放炮"七个月后的 2012 年 4 月，《住房城乡建设部、文化部、国家文物局、财政部关于开展传统村落调查的通知》正式发布，这是现今可以查到的最早的一份关于开展中国传统村落调查的文件。文件中要求"调查对象"需符合三个条件之一，其中有一个是"非物质文化遗产活态传承"。具体要求为："该传统村落中拥有较为丰富的非物质文化遗产资源、民族或地域特色鲜明，或拥有省级以上非物质文化遗产代表性项目，传承形势良好，至今仍以活态延续。"

时年 12 月，第一批"中国传统村落名录"发布，江西共有 33 个古村上榜，成为首批"国字号"传统村落。其中包括婺源县江湾镇汪口村、安义县石鼻镇罗田村、乐安县牛田镇流坑村、高安市新街镇贾家村、龙南县关西镇关西村、吉州区兴桥镇钓源村等至今让人耳熟能详的众多知名古村。此时，距 2005 年中国政府加入联合国非遗组织正好七年。而冯骥才主导建立的我国第一个非物质文化遗产保护数据中心也已运行到了第三年。

我们无法判定中国传统村落保护的重要进程与那个座谈会上的"响炮"是否有关联，但有一个较为确切的考证是，身为中国民间文化遗产抢救工程倡导者的冯骥才在那篇发言以及随后系列的论述中，所提出的观点引出了一个为国人所熟知的专用名词，并沿用至今。

江西师范大学南方古村镇保护与发展研究中心主任梁洪生教授结合冯老当年参加座谈会的背景、新华社刊发的总理讲话全文、住建部出台的系列相关文件等多项资料，经过认真研究分析认为，冯骥才的发言上承多年推动中国非物质文化遗产评选保护之惯性运动，下启中国传统村落每时每刻面临消亡、面临危机的论述之先河。在冯老的多个论述中，梁洪生找到了一个关键词——留住乡愁。

二

　　历史条件和地理环境等优势，成就了江西历史文化名村（镇）的数量和质量，并持续多年坚守在国内第一方阵行列。

　　2002年9月，土耳其伊斯坦布尔，联合国教科文组织召开了一个以"无形文化遗产——文化多样性的体现"为主题的文化部长圆桌会议。这是该组织落实联合国第56/8号决议的一次具体行动。

　　决议的主要内容是：念及保护有形和无形的世界文化遗产，将其作为增进相互了解以及丰富不同文化和文明的共同基础的重要性，确定2002年为联合国文化遗产年。

　　这一年的8月，《全国历史文化名镇（名村）评选和评价办法》由原国家建设部村镇建设办公室颁布。这是我国第一个关于历史文化名镇（名村）的文件。三个月后，江西省召开了首次评选历史文化名镇（名村）的专家会议，专家学者们对来自9个设区市的63个申报文本进行讨论。次年8月，首批29个省级历史文化名镇（名村）公布。其中，铅山县河口镇、宜黄县棠阴镇、贵溪市塘湾镇等8处上了名镇榜，婺源县晓起村、寻乌县周田村、安福县塘边村等21处上了名村榜。两个月后，首批22处国家级历史文化名镇（名村）公布，乐安县流坑村上榜。

　　我省对古村资源的发掘评选一直走在全国前列。在实际操作过程中，形成了一个底大顶小、金字塔式的历史文化名镇（名村）系统，催生了国家级、省级、设区市级和县级等四个层级的历史文化名镇（名村）。各种类型的传统村落不断涌现，当地民众对古村落的保护意识逐渐苏醒和强化，使传统村镇资源的丰厚度得以完全体现。有两组数据可以印证：当中国历史文化名镇（名村）评选到第六批时，江西入选的名镇达 10 处、名村达 23 处，位居全国第六位；截至第四批中国传统村落名录，江西共入选 175 个，排名全国第八位。

如果说数字折射出的是从中央到地方各级政府为主导的世纪文化工程产生的巨大能量，其背后的支撑则是赣鄱大地厚重的历史文化底蕴。

具有多年考察历史文化名镇（名村）经验的梁洪生教授告诉记者，江西历史文化名镇（名村）数量较多，究其原因，这些历史文化名镇（名村）基本上没有赶上改革开放的第一波浪潮，经济发展相对滞后，现代交通相对闭塞，乡民们一时还没有经济实力大规模地拆旧建新。所以，现在凡是历史文化底蕴深厚的村镇，都是郁郁葱葱的，水土和树木保护都有历史传统，蔚然成风。那里的乡民尤其懂得怎样用一方水土养育一方人，懂得怎样处理好天、地、水与人生和子孙成才之间的关系，并且形成家训族规，传之后代。

从某种意义上说，这些村镇的存在是不幸中的万幸。它们保留了许多传统文化中的正能量，并随着时间的推移，日益成为珍贵的遗产。这笔历史遗产的价值不仅在于其自身存在是重要的历史文化载体，还是能够多层次地展示的珍贵文物、非物质文化遗产，以及传统的民众生活空间布局与生存智慧。同时，这些乡村生态文明建设的优势资源，已然成为乡村振兴战略的主要力量。

2016 年 9 月 22 日，《江西省传统村落保护条例》经江西省第十二届人民代表大会常务委员会第二十八次会议讨论全票通过，成为全国首个公布的传统村落保护地方性法规。

此时，距中国传统村落首批名录的发布时间过去不到四年。

　　30位不同身份不同领域的学员齐聚赣地，完成了传统村落保护设计与维护管理的首次跨界集结。

　　6月9日，金溪疏口古村。

　　受到阴雨天气影响，古村没有多少游客，一个参观群体显得较为突出。他们当中有大学讲师、在读硕士研究生、专业设计师，还有村党支部书记、民兵营长。年龄最大的63岁，最小的23岁，分别来自内蒙古自治区、吉林、海南等12个省市。这些看似相去甚远的身份和年龄差异丝毫没有影响他们之间的沟通，话题从疏口古村的建筑美学、人文生活、发展管理到全国各地的古村落保护与管理。在这里，他们有一个共同的身份：国家艺术基金2018年度艺术人才培养资助项目——传统村落保护设计与维护管理人才培养计划的学员。

　　这次跨界集结的主导者是卢世主，江西师范大学设计创新研究院院长、博士生导师。他对古村落的关注缘起于2006年一次新农村建设规划。卢世主发现完全格式化的规划建设，对一些村庄的文化资源和建筑机理造成了破坏。由此，原本从事建筑设计研究的他开始致力于传统村落的管理保护研究和实践，一直没有放弃。

　　对于古村落的现状和未来，卢世主有着与冯骥才一样的忧心。他告诉记者，随着现代化、城镇化、工业化的突飞猛进，我国自然村正在快速消失。传统村落的消失还不仅是灿烂多样的历史景观、乡土建筑、农耕时代的物质见证遭遇泯灭，大量从属于村落的民间文化也随之灰飞烟灭。由于对现代意义上的规划概念缺乏深入认识，规划缺乏科学指导，农村建设中存在把本应全盘考虑、综合协调的规划活动变成了拆房子、搬村子、改门脸、盖屋顶的简单建筑行为，有的还造成对村落历史文化传统遗存的毁灭性破坏，农民表达自身意愿的权利也被强行剥夺。

这些年，随着政府部门对古村落建设保护的重视，越来越多的传统村落得到了发掘和保护。然而，随之而来的新问题又开始显现：不少规划建设完成的村落，往往是开发之初的惊喜和兴奋还未完全消退，就面临着管理和维护无法跟进的尴尬。

2016年，卢世主回访一个多年前他参与规划设计建设的传统古村，发现其中两个自然村竟然走出了完全相反的路径。一个村庄保护得很好，如今成了省内外知名的古村落。另一个则因为维护不善，已经完全失去了古村风貌和价值。站在那个已经不再具备保护价值的村庄里，这位来自湖北扎根江西的大学教授不由得阵阵揪心，这种刺痛感陪伴了他很长时间。

一年后，江西师范大学申报"传统村落保护设计与维护管理复合型艺术人才培养"项目，顺利获得国家艺术基金管理中心批准通过。项目发起人和负责人正是卢世主教授。

在项目的价值和意义一栏，有这样一段文字："以中国中部地区的不同类型的传统村落为考察对象，以可持续发展为大方向，以保护与发展、更新与日常管理维护为目标，以传统村落保护与维护管理人才培养为中心。围绕经济社会需要，特别是农村基层对传统村落保护人才培养的要求，加强创新能力、实践能力的培养，为传统村落的可持续发展提供新的路径。"

"通过学习，深入理解了规划设计与日常维护管理的关系。在今后进行村落的保护规划设计中，不再停留于建筑表象，而会充分考虑到维护管理的因素。这样的规划设计成果才能接地气，才具有可持续性。"来自山西晋中的55岁的工艺美术设计师段正感触良多。

"让最基层的传统村落日常维护人员，包括村干部、村民都掌握一点专业的规划设计知识，提高非物质文化保护素养，对于村里的文化传统保护就能更加自信和自觉。"宜丰县芳溪镇下屋村党支部书记熊勇辉不仅本人受益匪浅，还将所在村庄的效果图等资料都带进了课堂，请老师和学员一起"把脉"。

"这次的学习过程，等于在传统村落规划设计、非物质文化保护与日常维护管理之间搭建了一座桥梁。有了一种此前从未有过的深刻认识，今后一定要为挖掘、保护、弘扬我们的传统文化做出应有的贡献。"吉林省长春工业大学在读硕士研究生尹璐很庆幸自己能够入选。

……

"这30名学员是我们播下的一颗颗种子，在国内多位名师的指导下，经过几个月的理论和实践学习，我相信在传统村落保护设计与维护管理的研究和实践创新等多个方面，一定会生根发芽。"卢世主的语气理性而充满激情。

在他眼里，对于传统村落的保护，不仅仅是保护古建筑本身，也不是一味地追求表象，把古村当成景区或者博物馆，而是需要整体保持古村的建筑、山水、田园等一系列完整的村落生态，以及村民们固有的生活生产方式。只有这样，才能从古村落中寻找到中华传统文化的根，以及村落本身承载的文化自信。

或许，七年前北京那场座谈会上，冯骥才先生也有着同样的心念。

乡村文化的憧憬与萌动

近年来，全国各地大力推进新农村文化建设，取得了可喜的变化。6月中旬，在金溪举办的一场以新农村文化建设为主题的文化发展论坛，吸引了来自全国各地的专家、学者，大家针对如何根据各地特色构筑独特的乡村文化，展开了一场思想碰撞。

一

一座安静祥和的古村，不经意承载了一章沉淀千百年的厚重文化。

金溪县竹桥村，始建于元末明初，距县城 10 公里。

或许，许多当地人都不会想到，这座并不起眼的小村落，竟然与中国四大发明之一的"印刷术"有着极其紧密的联系，并且在印刷术的发展史上，有着极其重要的地位。

《金溪县志》对于竹桥村与印刷术的关联，有着这样的记载："明清之际，金溪是赣版书籍印刷中心，素有'临川才子金溪书'的美誉，而竹桥古村是'金溪书'的发祥地和主要承印地。"

国务院发展研究中心研究员黄道霞对此则有更加深入的看法。黄道霞经过对宋版古语的研究、考察，并从国家相关部委研究文稿《中国版刻图书源流》中找到依据，得出这样的结论："江西是两宋时期雕版印刷的中心区域之一，竹桥古村是我国印刷术的一个起源地，它的兴盛，不是'盛于明清'，而是'盛于两宋'。"

无论是明清，还是两宋，都是竹桥古村的历史。实质上，竹桥古村所承载的文化内涵，源远流长，影响着一代又一代人。千百年来，历经朝代更替，知书达理、崇文尚德的风习依旧延续。

住建部乡镇规划专家骆中钊在认真研究了竹桥古村的建筑风格后表示，竹桥民居在建设过程中注重贴近自然，将村落与田野融为一体，展现了良好的生态环境、秀美的田园风光相统一的循环经济。尊奉祖先、聚族而居的遗风造就了优秀的历史文化、淳朴的乡风民俗、深挚的伦理道德和密切的邻里关系。随着经济发展、社会生活节奏加快，这种"清雅之地"成为现代都市人所追求的回归自然、返璞归真的理想所在。

竹桥古村，以这样一种方式，在新农村文化建设过程中，重新进入世人的视线。

二

一位解甲归田的市长，执着地探索着民族优良品德重塑的路径。

如果说金溪县的竹桥古村，背负着厚重的文化成为新农村文化建设中理所当然的代表，那么，位于进贤县前坊镇太平村的西湖李家，则以另一种方式，逐渐成为当代新农村文化建设的成功样本。

西湖李家虽然没有竹桥古村那么厚重而独特的历史文化承载，却在近几年声名鹊起，吸引了一拨又一拨的都市人前来感受、体验。当地的村民则是自豪而又从容地享受着田园生活，一如几百年前的先人。

自号"青岚农夫"的李豆罗是其中的关键推手。李豆罗，曾任南昌市市长，退休后回到老家，不仅自己参与耕作，还以农耕文化为主线，带领全体村民探索出一条重塑中华民族优良品德的路径。

"千城一面，万庄一色，当今不少新农村建设走入了一种误区，认为只要在外观上进行格式化的复制就完成了。其实，打造每个村庄的独有文化，并在此基础上推行优良品德塑造，这才是新农村建设的根本。"在他的推动下，村里新建了 3 条长达 4500 米的文化墙，在文化墙的 215 个红石门楼上，刻有《二十四孝》《三字经》和李氏名人的图像及文字介绍。在红石广场的四周建造了 6 本石头书，刻有村歌、村史、村赋、村图等。同时，为了提高村民的道德情操，从 2009 年开始，全村开展了"评优争模"活动，评选优秀村组干部、优秀村民、优秀少年、好父子、好婆媳、好兄弟等。

在多种形式的品德教育影响下，西湖李家村民素质日益提升，4 年来，全村无违法犯罪人员，无群体性事件发生，无村民上访，文明村风越来越和畅。2010 年该村被评为江西省乡村旅游示范点、江西省省级生态村，2011 年被评为中国幸福村。

对于西湖李家的成功，专家点评："乡村旅游根植于中国五千年的农耕文化传统，是国家旅游与农业产业结构升级发展的必然结合，前景广阔。西湖李家有独特的自然资源、淳朴的民风，还有当今都市人追求的田园风光，具备了发展乡村旅游的资源优势。"

三

一种发自内心的萌动，拨动着每一位新农村文化建设者的神经。

现代文明给社会带来新气象、新生活的同时，也不同程度地改变着人类的生存环境和生活方式，甚至包括淳朴的自然人性。城里人的空间距离越来越近，心灵的距离却越来越远；地球越来越热，人心有时却越来越冷。我们应该如何应对这些现代文明带来的挑战，从而找出一条有特色的新农村文化建设之路？论坛上，来自全国的专家、学者纷纷阐述了自己的理念。

江西师大"江右哲学研究中心"教授徐春林提出："我们应回望传统的村落，回味传统的生活；回望自己的民族，回味传统的文化；传承和弘扬农耕文化，留住我们生活的根。"

确实，随着经济社会的发展和人们生活节奏的加快，城镇居民面临环境与生活的双重压力，越来越多的人开始渴望从喧嚣、污染的城市环境中解脱出来，回归自然，在空气清新、环境幽静的乡村中享受充满田园情趣的休闲生活。

中国村社发展促进会名誉会长余展指出，传承文化是繁荣农村文化和乡村旅游的灵魂，现在的人们面对千变万化的生活，既需要物质的丰富，又需要精神的充实；既向往科技进步，又渴望自然的生态环境。都市人萌发的乡愁、乡恋，是对生活的一种认识与理解。追求自然与和谐，安详与宁静，才是人类生活最本质的方面。

在金溪竹桥古村参观时，与会专家们提得最多的是"保护好传统民居和自然村落"。古村落和传统民居是中华文化的重要组成部分，每一个村落文化景观，都记录着一段特殊的发展历史。这种发展历史经过长时间的沉淀和积累，形成了独特的村落文化景观，并成了生活在其中的人们的共同记忆。这种记忆，不但能增进人们彼此间的情感，促进族群内部的认同和包容，同时还能增加每一个成员的历史认同感和归属感。

同时，注重新农村建设与乡村文化的协调也是专家、学者们热议的一个主要内容。新农村建设迫切需要各级领导和全社会提高认识，并且辅之以具体有效的措施，努力改变对农村文化的漠视。农村文化应从被淡忘的农耕文化价值入手，在更深层次上，认识中国广大农村蕴含的丰富文化资源的价值，认识农村居民传统风尚道德的积极与健康的本质属性。只有从这样的认识出发，才有可能对农村与农民的伦理道德观念和传统习俗真正地尊重，才有可能发现其中大量的积极因素。

农业农村部农村社会事业发展中心副主任夏学禹一语中的："新农村建设不只是盖房子，更不是搬迁合并，不能移植近些年来中国城市改造和建设的模式，使不同地区失去个性，使建筑物失去文化传承和历史记录的功能。"近年来，一大批古村落、历史名胜、古迹、古建筑，正在大规模的城市化进程中被摧毁，从而消失。如果仅仅将新农村建设和城乡一体化等同于高楼大厦，对古建筑"拆"字当头，毫不珍惜，那样的城市化只能是抹去记忆的城市化，是丧失精气神的城市化。除了一堆钢筋水泥，还能给后世留下什么？我们不少大中城市早些年在城市改造和扩张中将古建筑统统推倒搞现代建筑，现在千城一面，失去了个性和文化。

夏学禹认为，在推进新农村建设中，农村居民住房建设，千万不能在单一思想意识的主导下搞"样板房"，搞一个模式。应在保护原生态、原村落、传统民俗、传统风格、多样性的前提下进行，重点是先改造基础设施，基础设施和环境搞好了，农民自己会遵循乡土建筑经济、实用、美观的原则，选择建最适宜的，具有地方特色、民族特色、传统风貌的民居。

其实，这个世界上，有许多美丽圣洁的东西与我们近在咫尺，只是由于在城市里居住久了，竟然对它们视而不见。田园风光，本该是我们每个人意识的源头、心灵的故乡，是一种无言的念想和精神的栖息地，如今却成了一种可遇不可求的憧憬。

无论是金溪的竹桥古村，还是进贤的西湖李家，吸引我们的一个关键元素，就是牢牢把握了这些内涵，让每一位置身其间的人，都能够躲开喧嚣，排除掉浮躁和焦虑，以宁静、恬淡的心态回顾和体味田园风光，拥有一次心灵的洗涤、精神的返乡。

遇见大坊

对于古村，总有些特别的执念。

每一个古村落都有着独特的历史文化价值。行走其间，一幢幢写满岁月痕迹的建筑、一条条饱经沧桑的巷道，都承载了厚重而氤氲的往事，让人平添一份发自内心的感动。

金溪，被誉为"一座没有围墙的古村落博物馆"，境内古村遍布，古建筑密集。随意选一座村落进入，都能体验一段历史沉淀的过往。然而，有这样一个并不起眼的小小村庄，偏居一隅，无声无息，却在历经多年静谧时光之后，以另一种姿势舒展活化，不经意地颠覆着传统古村的惯性定义。

它叫大坊。

"还家一笑即芳辰，好与名山作主人。邂逅五湖乘兴往，相邀锦绣谷中春。"这首诗出自《送黄吉父（甫）将赴南康官司归金溪三首》（其二），是北宋名相王安石送给表弟黄庆基的一段临别赠言。

黄庆基，字吉甫，金溪县浒湾镇黄坊村的开基祖。曾在任职监察御史期间，以专权之罪对苏辙等人提起弹劾。黄庆基与王安石情深谊长，两人时常互相赠诗，在王安石的诗集中，至今还能找到《梦黄吉甫》《我所思寄黄吉甫》《送黄吉甫入京题清凉寺壁》等多首诗文。

金溪是王安石外祖父吴玫的家乡，从诸多作品中不难看出，王安石对这里的喜欢。在他的名作《伤仲永》中，开篇便是"金溪民方仲永，世隶耕……"这当然不是偶然。不仅和表兄弟们交往甚深，他在金溪当地和周边县域也结交了一些志趣相投的好友。

李山甫就是其中之一。

李山甫，字明叟，北宋建昌军南城县龙溪保人（今江西省资溪县高阜镇龙荫村）。他曾追随江西同乡，被称为北宋最厉害掌军书生的名将王韶。王韶与西夏交战时，攻城略地 2000 余里，招降叛军 30 万人，成就了北宋历史上最大一次开疆拓土功绩，史书称之为"熙河开边"。李山甫则在与吐蕃交战过程中，率四五百之众与四五万之敌对峙，以少胜多成功坚守香子城（今甘肃省和政县），一战成名。后被王韶推荐给朝廷，官至枢密副使。他积极参加王安石倡导的变法运动，两人交情深厚，王安石曾赴其家探访，留有《过长山访山甫不遇》诗一首。

南宋宝祐年间（1253—1258 年），李山甫的一支后裔迁往金溪繁衍生息，延续至今。千百年来，金溪县治所在地名称从上幕镇、上幕场、金溪场，数次更名后，最终定名"秀谷镇"。

"秀谷"之名的由来，正是源于王安石笔下的"相邀锦绣谷中春"诗句。

二

"坊"是一个很有人情味和历史意境的文字。在汉语中，坊是街市里巷的通称，古代把一个城邑划分为若干区，通称为坊。它还有许多的含义，譬如小手工业者的工作场所，洋溢着个性创意的场景。

金溪以坊命名的村庄很多，有的并不简单，包括黄吉甫兄弟开基的黄坊、一代大儒陆九渊的故里陆坊、汤显祖忘年交高应芳的故里高坊，等等。相比之下，大坊着实显得平淡些。

大坊古村位于金溪县秀谷镇北部、金东公路东侧，村落坐西朝东，属平地村落。数百年间，这里并没有出过什么大人物，据族谱记载，较有成就的人物包括清乾隆年间被授予儒林郎州司马的李位清、清嘉庆年间由太学生敕授修职郎的李学容、以邑庠生捐授布政司理问的李绳宗等人，这些信息都能在村里遗存的古建筑门楣上得到体现。

历史的车轮滚滚向前，伴随着经济社会的快速发展，大坊和大多数古村落一样，村民渐渐搬离古屋，曾经繁华的村落，逐渐成了空村，田地荒芜，人走巷空。

李山甫将军不曾想到的是，他的后裔在秀谷地界建村 900 余年后，竟然会迎来一场跨越国界的艺术对话：来自荷兰的艺术家们驻村创作 5 个月，一座快被时光遗忘的村落逐渐复苏，向春而生。

三

当东方农耕时代的遗存遇见西方前卫现代的装置艺术，会碰撞出怎样的惊艳火花？

暮春四月，草木葳蕤。选一个阳光明媚的日子，走进大坊古村，倾听光阴故事，感悟破茧成蝶的瞬间。

即使过去了这么多年，我们还能在大坊古村中发现明清时期的街巷格局，抚摸这些岁月留下的印记，粗粝冰凉。

进了村口，一眼就能看见无字门楼两侧摆放着的一对奶牛造型，主色调为中国红和荷兰橙，据称其创作灵感来自大坊水牛和荷兰奶牛。如今放置在极具中国传统古建筑特色的灰瓦青墙之间，其意蒙蒙，其情浓浓。从门楼进去，沿着一条历经风雨却依旧保存完好的石板路前行，迂回曲折间，仿佛能够听见两旁青砖古屋默默讲述的流逝过往，狭小的巷道没有丝毫的逼仄感，阳光斜斜地洒在墙壁上，已历千百年。

留置其间的，还有废弃纸板塑就的抽象造型、铝合金焊接的飞机模型、荷兰风车嫁接的中国瓷器大花瓶……一个个极具异域艺术气息的创意作品，就那么随意地置放于一幢幢古建筑之间，别致而不突兀，独具风情而不违和。

古老与现代，斑驳与绚烂，就这样顺着青石板的小巷无尽延伸。

路过一座镶嵌在古宅院落内的咖啡吧，全现代化的玻璃外罩、陶瓦材料堆砌的蜂巢状顶，让人不由得想停驻歇脚，沏一盏咖啡，品一曲轻柔动感的爵士音乐，一抹连接东西半球的乡村时光缓缓绽开。

乍抬头，能看见一座动感十足的建筑从村中盘旋而上，相互交错却又条理分明，在周边古建筑的映衬之下，轻灵飘逸中传递稳固平衡的观感。它有一个很诗意的称谓：徘徊塔。是荷兰设计师和艺术家在大坊的代表作，灵感源自李白的诗句"我歌月徘徊，我舞影零乱"。

拾级登上塔顶，有风拂过，塔身轻轻摇曳。眺望周边景致，一方半亩池塘，清澈如镜、方正有度，倒映出长天无垠、云影悠悠，分明是朱熹《观书有感》中"半亩方塘一鉴开，天光云影共徘徊"的意境更贴切些，仿若诗中场景的现实重塑。

映入眼帘的，还有一幢颇为抢眼的残缺古宅，隐于古村建筑群落和异域风情建筑交错之间，外墙和内部隔墙的墙面矗立着，房顶早已不知去向，每扇墙的顶端都被肆意滋长的绿植浓浓覆盖，似乎是故意留给时空隧道的通道，一旦进入就穿越到另一个时间和空间里去了。

这条通道，实现的是一场沉寂古村与世界装置艺术的隔空对话。通道的另一端，有英国伦敦设计节，有美国旧金山的卡帕街，有世界各地装置艺术家心灵共通的创意家园。此时此刻的大坊，俨然成了一方装置艺术的绝佳"隐地"。

若是顺着这条通道溯时光河流前行，几乎可以清晰地感受到，古村活化之后，那份对话世界的胸怀，沿袭着一代名相王安石的智慧和勇气，沿袭着先祖李山甫的豪情壮志。

春天里，遇见大坊。

时光不居，岁月静好。

黎川往事

这是历史长河里波澜壮阔的一幕红色画卷，先烈们在浴血奋战中展示出革命主义的浪漫和激昂。

这是载入中国革命光辉史册中的一页壮丽诗篇，默默无闻的赣闽边地山城迎来高光时刻。

这是烽火岁月里的一段往事，一代代建设者前赴后继，笃行不怠。

1933年4月，中共苏区中央局决定成立闽赣省；5月，闽赣省革命委员会在黎川县成立；6月，闽赣省军区成立，闽赣省革命委员会主席团第一次会议召开……

90年后的今天，踏上这片闪耀着老一辈无产阶级革命家光辉足迹的红色胜地，我们仿佛还能倾听到铿锵有力的行军步履，依然能够触摸到其间承载着的光荣与梦想。

一

赣水苍茫闽山碧。

6月的黎川湖坊，绿意葱茏，生机盎然。

驱车从黎川县城开往湖坊，不过十余公里。时值道路整修，汽车只能沿着一条窄窄的山路绕行。目之所及，道路两侧密密匝匝的竹林漫山遍野，风起处，如波浪般翻涌。遥想那个风起云涌的烽火年代，倒很是应景。

"七百里驱十五日，赣水苍茫闽山碧，横扫千军如卷席。"这是毛泽东在第二次反"围剿"胜利后留下的词句。中央红军在第四次反"围剿"主战场取得了一波席卷闽赣边地的胜利后，闽赣省应势而建。

1933年春，中央红军相继攻克闽赣边界的资溪、金溪、光泽、邵武、将乐等地，由此，建黎泰与信抚、闽北革命根据地连成一片。4月26日，中央人民委员会决定"将建（宁）黎（川）泰（宁）、金（溪）资（溪）光（泽）邵（武）、闽北苏区，以至信抚两河间一带地区划为闽赣省，成立闽赣省革命委员会"。闽赣省委隶属苏区中央局，下辖中共建宁中心县委、闽北分区委、闽中分区委及所属各县县委。5月，闽赣省第一次工农兵临时代表会议在湖坊圩召开，宣告闽赣省革命委员会正式成立。

翻阅中央文献出版社、江西人民出版社2015年出版的《中央革命根据地历史资料文库》，其中有一个关于闽赣省委驻地选址的插曲。事情是这样的，驻地原准备设在资溪，时任红一方面军总政委的周恩来提出了不同意见，他在一份致中共苏区中央局的电文写道："我再一次抗议省委设在资溪与在资溪城开会。建、黎、泰、邵、光、金、资我都走过，最适中的地点是黎川之湖坊，且较资溪城为大，闽北到湖坊并不远于资溪城多少……""因此我提议省委会在湖坊（地方甚大群众情形要好）或黎川开。"在世人印象里，周总理总是一副儒雅模样，而在这份电文中却洋溢着另一种革命家的气势。字里行间，可以读出他在事关革命前途的决策建议里，那份坚定和执着。

周恩来的建议得到了苏区中央局和闽赣省负责人的赞同。

中共闽赣省委、省革命委员会旧址位于黎川县湖坊乡湖坊村龚家大屋，这幢建于1913年的历史建筑为砖木结构，由厅堂、天井、后院和20余间厢房组成。房屋的主人不会想到，20年后，这里成为中央苏区五个省级政权机构之一闽赣省委的驻地。

"自中央政府决定在黎川崇安一带建立新闽赣省以来，现该省革命军事委员会已正式成立了。委员共四十五人，系中央政府前次委派的。其中以邵式平同志为主席，于本月五日在黎川就职。又召开了第一次主席团会议，并从当日起就开始工作。在我们积极向北发展声中，这一个新的省苏的建立，是具有如何伟大的意义呵！"这则标题为《在苏维埃的不断发展中闽赣省革委会成立了》的消息刊发在 1933 年 6 月 11 日中华苏维埃共和国临时中央政府机关报《红色中华》第四版。伫立在刊有消息全文的报纸影印版前，细细读着只有短短 141 个字的消息，人们心潮澎湃。

此后，闽赣省委驻地历经多次搬迁，其中在黎川境内便三易其址。7 月，闽赣省各级机关由湖坊迁入黎川县城。9 月，省委、省苏机关迁往德胜关。11 月下旬，从德胜关迁至建宁县城。之后，又经过多次转移，直至 1935 年 5 月，在国民党军队的围追堵截下，闽赣苏区全部丢失。

闽赣省只存在了短短的两年时间，但闽赣苏区的广大军民，历经血与火的战争锤炼，为中国革命事业的胜利作出了重大贡献，他们的浩然正气和英勇业绩，铸就了光照千秋的永恒丰碑。

二

德胜关的记忆。

德胜关，明朝中叶建置，始名关上村，明末官府在这里打了一场胜仗，改名得胜关，后以"德胜关"沿用至今。

山河是有记忆的，无论城市还是乡村。德胜关记忆里最浓墨重彩的人物，必定属于一位无产阶级革命家：邵式平。

闽赣省革命委员会成立之初，苏区中央确定委派邵式平、顾作霖、万永诚、钟世斌、毛泽民等 9 人为主席团成员，邵式平为主席。1933 年 9 月至 11 月，省委机关设在德胜关井水村。在那个战火纷飞的年代，邵式平和革命先烈必定经历了许多出生入死。至今，当地还流传着邵式平、方志纯等 3 人在德胜关隘口阻敌脱险的故事。

　　16 年后，苏维埃闽赣省第一任主席邵式平成为中华人民共和国江西省人民政府第一任省长。

　　邵省长没有忘记这个小乡村。1957 年 12 月，中共江西省委发出"开发山区、建设山区"号召，省直单位和南昌市机关 500 多名干部来到黎川，参与省属国有德胜关林牧农综合垦殖场的建设，第一次场部会议就在井水村原闽赣省委所在地召开。之后，5000 余位干部工人、转业军人、知识分子从全国各地汇聚于此。在这块独特的土地上，传统的农耕文化、红色文化、知青文化和农垦文化互相碰撞，造就了德胜关不寻常的光辉历程和传奇往事。

　　"漫话当年，指点远近，红军英雄传千秋。可断言，更好的文章，还在后头。"身材魁梧的将军原来也有着诗意的柔情。1961 年 9 月，邵式平旧地重游，在德胜关感慨万千，赋词一首《沁园春·德胜关》。

　　行走在德胜关圩镇，两边规划齐整的建筑物还留有当年垦殖场的痕迹，路边一座依旧威仪的老电影院无声地诉说着当年的繁盛。走进电影院，屏幕上正播放电影《芳华》。遥想 90 年前，我们脚下所站立的土地，是真实的战场，千千万万的红军战士和当地群众，在革命的炮火中绽放着血染的芳华。

　　今天，这片土地上的建设者，接续奋斗，以勤劳和智慧绽放时代芳华。在当地一家特色农业基地，我们遇见了德胜镇党委书记陈亿良，这是一位年轻的 90 后，他引导农户将特色农林产业、乡村文旅与民宿体验结合，借力新媒体吸引游客，提升产业附加值。我们从德胜关的过往一直聊到镇里当前正在规划建设的农产品集中加工产业园，聊到今日德胜关的乡村振兴实践……从陈亿良的眼里，我们看见了一幅徐徐展开的美丽乡村图景，看见了充满信心和值得期待的未来，那分明是90年前革命者激情燃烧的坚守与传承。

邵式平在诗词中的豪言壮语，已然成为现实。

三

军歌依然嘹亮。

从湖坊村吴氏家庙步行到营心村娄家组张家大厅，沿田间小路，不过几百米路程。在路上看着三三两两坐在一起聊天的村民，恍惚间，身边都是来来去去急促穿行的战士，他们背着长枪，步伐整齐，状态饱满，唱着歌儿奔赴战场。笔者几乎能够听清他们的曲调和歌词："庆祝七军团，八月出现了，集中我们的力量，敌人失落魄；驱逐帝国主义，推翻国民党，完成百万铁红军，争取新中国。"

十几分钟前，笔者在吴氏家庙里一台老式录音机里听过这首曲调激昂、气势雄浑的歌曲。工作人员介绍，这首歌是根据娄家厅一幢老屋墙上留下的歌谱录制翻唱的。

90年前，吴氏家庙是闽赣省军区司令部所在地，闽赣省军区政治部就设在娄家组张家大厅。我们在老屋右边厢房的一面写满标语的墙面上，果然就找到了两首词曲上下排列的完整歌谱，标题写着"创造七军团歌"的字样，落款是"闽赣军区政治部编印"。

环顾四周，仿佛能够看见几位年轻的红军战士，一边哼唱一边认真地把歌谱誊写在墙面，誊写完毕后相视而笑，用手打着节拍一起合唱。这歌声，从窗户掠向田野，在红七军团战士口中汇聚成勇往直前的力量，奔赴一个个战场。

1933年6月7日，中央军委决定在红一方面军内成立红七军团，并将组建红七军团的主要任务交给闽赣省。7月，红七军团在黎川县城的篁竹街李树坪召开成立大会，闽赣军区指挥员（司令员）萧劲光任军团长兼政委。10月7日，新成立的红七军团在红三军团军团长兼东方军司令员彭德怀的部署下，在黎川洵口参加了一场遭遇战，全歼国民党军3个团。洵口战斗作为第五次反"围剿"的第一战，胜利消息通过《红色中华》的报道很快传遍整个苏区，军民备受鼓舞。

在黎川境内，红七军团还参加了硝石战斗、资福桥战斗、团村战斗等战斗，为保卫中央革命根据地和反"围剿"战争立下不朽功勋。次年10月，红七军团转移到闽浙赣革命根据地，在德兴与方志敏领导的新红十军胜利会师，合编为"红十军团"。

篁竹街李树坪在红七军团召开成立大会之前，还有过一次载入红军史的军事活动。1932年12月30日，周恩来率红一方面军及闽赣边区地方红军7万余人和1万多名工农群众在这里举行了阅兵誓师大会，周恩来与朱德、刘伯承等检阅了部队，进行战争动员，这是红军历史上规模最大的阅兵誓师大会。

站在湖坊村闽赣省委旧址门前的"红军广场"，迎面是"中国工农红军第七军团"军旗的巨型雕塑，四周群山环绕，夏日劲风拂过，竹林飒飒作响，军旗猎猎生威。

90年岁月如歌，从黎川到北京，响彻云霄的欢呼声和口号，海浪一般喧腾的笑语与掌声，已定格在历史时空。90年过去，战争的硝烟散尽，奋斗的激情还在神州大地燃烧。

沿着闽赣省委旧址前的小道"闽赣道"行走，一位老农迎面而来，他一手提着农作物一手拿着口琴，步履从容地边走边吹奏。和他擦肩而过后，笔者回转身，定定地看着老人的背影，那悠扬的音乐洒满小道，久久不曾散去。

笔者又记起了那首写在老屋墙上的"创造七军团歌"歌谱，记起了震撼人心的歌声，以及这块土地上曾经的烽火岁月。

黎明山川的这段红色往事，并不如烟。

从前有座山

在名山众多的江南，有这样一座山，普通、低调，却难掩其华。

中国古代神仙谱系名录中，有一位受百姓欢迎的长寿女神，这里是她的出生地和成仙地。

汉语成语词典里，一条"沧海桑田"的诗意记录，让地球上的一种自然现象寓意深远，这里是成语的出处地。

唐代书法家颜真卿曾挥毫而就留下了一篇千字文，被历代书法家誉为"天下第一楷书"，这里是传世名作的出品地。

这里便是南城县西郊的麻姑山。

宋代学者张君房编撰《云笈七签》时，把麻姑山收录在《洞天福地部》章节，位列三十六洞天第二十八洞天、七十二福地第十福地。后人据此惊叹："中国有三十六洞天，七十二福地，分布在九州四海，唯独麻姑山，既有洞天，又有福地，秀出东南。"

一

洞天福地兼而有之的麻姑山，不仅有着流传千年的美丽传说，还给南城这座千年古城留了一份值得骄傲的文化符号。

从县城出发，驱车不过数分钟，就到了麻姑山脚下。

山不算高，主峰海拔 1176 米，一路蜿蜒盘旋，倒有几分险峻。绿树掩映之间，能够隐隐听见瀑布飞逝而下的水流声。

"山不在高，有仙则名。水不在深，有龙则灵。"这是唐代文学家刘禹锡《陋室铭》中的名句。这位被后人誉为"诗豪"的文学大家想必是游历了众多山水，听闻了许多神话传说，才在"陋室"里悟出如此富含哲理意味的诗句。他曾在另一首诗里直观地写到了有仙有龙的内容："曾游仙迹见丰碑，除却麻姑更有谁？云盖青山龙卧处，日临丹洞鹤归时。"这写的便是麻姑山。

说麻姑山是一座仙山，并不是刘禹锡的一时豪气，而是出自东晋道士葛洪《神仙传》里的记录。

《神仙传》一共十卷，书中记载了中国古代传说中的九十二位仙人的奇闻轶事，其中的故事情节大多复杂、奇特，堪称道教的经典之作，麻姑位列其间。

《麻姑》的章节大致内容是：神仙王方平降临在东蔡经家，邀请麻姑仙女相见，麻姑从蓬莱巡行后赶来，提及曾三次看到沧海变桑田的往事，聊到此行发现蓬莱水变浅，预计又快要变为陆地了。说话间，蔡经的弟媳来拜见，麻姑不让靠近，请人取来少许米粒，掷地变成丹砂祛秽。

麻姑的故事情节引申出了几个耳熟能详的成语，直到千年后，依然有很高的使用频率：沧海桑田、麻姑献寿、掷米成丹。

葛洪的《神仙传》里没有写出麻姑成仙的过程，在南城当地流传着多个版本，其中一个版本流传相对广泛：当地一位老妇人在山里卧石小憩时，梦见3颗明珠从天而降入腹，次年生下3个女儿，分别取名麻姑、从姑、毕姑，后来，女儿们各据一山得道成仙，其中麻姑所在的丹霞山便叫麻姑山。

在民间的神仙信仰中，有着许许多多、形形色色的各路神仙，他们有的高高在上，有的很接地气；有的掌管风雨雷电，有的护佑着人们日常的生活起居。神仙谱系上名气最大的，大概要数玉帝、财神爷、土地爷、寿星等神仙了。地位、财富可以通过各种方式提升，唯有生老病死的自然规律是无法改变的。人们对于长寿的向往从来没有停歇。因此，经历沧海桑田三次变迁的麻姑作为一位不折不扣的长寿女神，在民间几乎家喻户晓、妇孺皆知。

麻姑在《神仙传》里掷米成丹的情节，应该与葛洪的道家身份有关。

葛洪，字稚川，自号抱朴子，世称小仙翁，丹阳句容（今属江苏）人。东晋时期道士，精于炼丹术，懂医术。《道光南城县志》记载："洪见天下已乱，避地南城麻姑山。有葛仙丹并相传，洪于此炼丹故名。"可以佐证的是，明代画家马徵在《麻姑山图》中也绘有葛仙丹井。

一千多年后，因了大洋彼岸的一场演讲，"造神"的葛道长无意间成就了另一场神奇。2015年12月7日，我国第一位获得诺贝尔医学奖的科学家屠呦呦在主题为《青蒿素的发现：传统中医献给世界的礼物》的演讲中，提到了一个细节。她在面临研究困境时，受到葛洪所著《肘后备急方》中一则截疟记载启示，最终突破了科研瓶颈，成功提取出了青蒿素。

屠呦呦的演讲使得葛洪和中医药在世界上广为人知。其实，南城中医药产业也起源于葛道人在麻姑山炼丹时留下的影响力。由人民卫生出版社出版的《盱江医学纵横》一书中提及：葛洪在南城的医药活动有力地推动了当地人们对药物制备和应用的认识，这为后代建昌药业的兴旺起到了开创性的历史作用。

在麻姑山上，有一口石井，当地专门建了一座四角亭为其遮风挡雨，旁边立有一块"青蒿治疟源津"石碑，碑文记录了葛洪炼丹往事乃其对当今医学的影响。当地工作人员告诉笔者，这口井所在位置就是葛洪炼丹处的遗迹。

石井很新，显然并不是千年前葛道人炼过丹的古井。但是，这就像无据可考的麻姑仙女是否确有其人一样，并不那么重要。因为，由传说构建的麻姑文化已经成了一种不容置疑的存在，它就是一段历史，见证了古往今来的世事变迁，见证了岁月沧桑、风云变幻。

正是因了麻姑仙女亦真亦幻的神话故事和葛洪炼丹半真半假的传奇，才让麻姑山成了一座有优美传说的仙山，才让南城这座千年古城多了一个厚重的文化符号。

麻姑山顶立了一尊《麻姑献寿》的巨型雕像。基座高7.7米，麻姑像高33米，分别寓意着每年农历七月初七麻姑仙女驾鹤归来的日子、农历三月初三麻姑向西王母寿辰献寿的日子。

站在雕像前，顺着麻姑面对的方向，入目所见，是绿意葱茏的碧浪和沃野良田，遥想亿万年前的浩渺烟波，如今已是袅袅炊烟、秀美田园。

下山时，一抹夕阳穿透云层，阳光斜照掠过雕像，在麻姑像周身形成了一轮光晕。渐行渐远间，雕像在身后越来越模糊，麻姑的模样却似乎越来越清晰，是那样地通透空明。

麻姑，以一种特有的文化形态，永远留在了这座山上。

或许，这里真的是沧海变来的桑田？

二

> 山上有座庙，可谓大有来头，八代帝王赐封、两位丞相先后挂职，儒道佛三家在此和谐共处。

麻姑山原名丹霞山，麻姑山名称的来由离不开一位叫邓思瓘的道士。

邓思瓘，是道教流派中极有影响的北帝派创始人，曾隐居南城县丹霞山修行。唐开元二十三年（735年）间，唐玄宗李隆基下诏广求方士，他进京被诏度为道士，赐号紫阳，深得唐玄宗器重。之后，邓紫阳奏请在丹霞山敕建麻姑庙，供奉麻姑仙人，获恩准。唐开元二十七年（739

年），麻姑庙建成，玄宗赐金龙、玉简以镇山门。心愿完成的紫阳真人于当年在长安去世。次年（740年），唐玄宗派人护灵归葬于麻姑山顶，度其弟邓思明为麻姑庙道士，并御书"仙都观"匾额。

邓紫阳的故事在唐代大臣李邕所著的《唐东京福唐观邓天师碣》中有着完整的记录。这位李邕，便是李白以"大鹏一日同风起，扶摇直上九万里"诗句对其表明心迹的李邕，也是那位去世后李白为之奋笔疾书"君不见李北海，英风豪气今何在"的李北海大人。

庙依山建，山因庙名。自此，丹霞山便被称为麻姑山。

从仙都观山门拾级而上，进入主殿，仰头可见正中间一位端庄美丽的女子盘腿坐在祥云之上，这就是麻姑仙人了。左右两边各站着一位道人，分别是紫阳真人和成仙的蔡经。

大殿两旁的墙壁上，各有三幅彩绘，讲述着"颜鲁公仙坛书记""掷米成丹""葛洪炼丹"和"十仙图""麻姑献寿""沧海桑田"这六个故事。

置身其间，不禁有一种仙气氤氲之感。

宋代是江西宗教发展的高峰时期，也是麻姑庙的高光时刻。北宋咸平二年（999年），宋真宗赵恒"赐御书旌耀"，并敕牒改麻姑庙为仙都观，延用至今。

北宋年间，共有八代帝王对麻姑仙女及仙都观有过诰封。"赐御书百余轴""赐御书法帖十轴于麻姑山仙都观"等相关内容清晰地记录在相关资料里。

仙都观的地位不止于此。仙都观在宋代成为天下名观之后，皇帝曾下诏在麻姑山"仙都观"设置管干、提举、提点官等职位，先后有数十位朝廷官员担任过这些职务，其中不乏名士。包括状元何昌言、方山京，其中何昌言是宋代江西第一位状元，以及两位曾任相职的李纲、文天祥。《正德建昌府志》记载："靖康元年（1126年）九月，李纲任仙都观管干；景定元年（1260 年）二月，文天祥乞祠禄，旨差主管建昌军仙都观。"

这些名相名士未必都在仙都观上过班，但定然都领过庙里的祠禄。从这个意义上来说，当时的仙都观，应该属于一座有行政级别的"官庙"。

仙都观是一座道观。出仙都观正门，沿着步行道走约百米，有一座佛教寺院"碧涛庵"。碧涛庵原名"碧涛兰若"，始建于清康熙六年（1667年），由时任南城县县令苗蕃捐建。碧涛庵的基址是建于南宋淳熙十四年（1187 年）的一座藏书楼——"何氏山房"，山房主人叫何异，清嘉庆年间代理过工部尚书，他曾写下诗句"生涯归古寺，遗照对枯禅"。有意思的是，整整 400 年后，昔日藏书房原址上果真建起了一座寺庙，正偿了原主人的夙愿。

古往今来，众多文人雅士纷纷登临麻姑山，留下各具风格的诗文。

"遂登群峰首，邈若升云烟。羽人绝仿佛，丹邱徒空筌。"这两句诗镌刻在麻源三谷的石壁上，作者是被誉为"山水诗派"鼻祖的南北朝诗人谢灵运，这也是有文字记载的第一首咏麻姑山的诗作。在这里，白居易抒发了"愿学麻姑长不老，擗麟开宴话桑田"的豪气，李商隐发出了"欲就麻姑买沧海，一杯春露冷如冰"的轻叹，晏殊留下了"昔年权暂领军城，静爱仙山咏过春"的感慨，汤显祖唱起了"并道淮王好宾客，麻姑真作酒如为泉"的曲调。

还有，在麻姑山讲学的宋思想家李觏、在山上住了一个月的南宋诗人杨万里、意犹未尽两度折返游览的明代地理学家徐霞客，还有"唐宋八大家"之一的曾巩、元朝艺术家赵孟頫……如果要列一张登临过麻姑山的历代名人名单，必定是长长一列。

正是这些厚重的历史过往和精美的诗句文字，共同组成了一道绚丽耀眼的人文景观，奠定了麻姑山文化名山的江湖地位。

一座山一幅字，一位名动天下的抚州刺史用文字连接麻姑山的过往与现今，更添了许多神奇而迷人的魅力。

62岁的颜真卿是个有心人。

颜真卿，字清臣，官至吏部尚书，封鲁郡公，人称"颜鲁公"。唐大历六年（771年）四月，颜真卿就任抚州刺史满三年，也是在抚州为官的最后一年。或许是因为知道即将离任的消息，他再次来到麻姑山，与友人相会甚欢，撰书《有唐抚州南城县麻姑山仙坛记》，刻成石碑安放在仙都观内。

这篇佳作笔力刚健雄浑、大气磅礴，成为后人临摹研习的范本，影响了柳公权、苏轼、黄庭坚、蔡襄、米芾等一代名家，被历代书法家誉为"天下第一楷书"。

由于时局动荡，这件书法珍品在南宋时遗失，仅存宋拓片藏于北京图书馆、上海图书馆及上海博物馆。二十世纪九十年代，南城重修仙都观，重建"鲁公碑亭"，根据拓片镌刻的《有唐抚州南城县麻姑山仙坛记》竖立在正中间。碑亭两侧是来自全国31个省、市、自治区和中国澳门，以及新加坡、日本等地名家手迹的书法碑廊。

在"天下第一楷书"的出品地，亲眼见到这块刻碑，崇敬之余，多了一份幸福。

仔细研读全文，我们会发现，颜刺史不仅书法造诣极高，还是一位讲故事高手。《麻姑山仙坛记》全文约900字，分为三个部分，第一部分转述葛洪《神仙传》中麻姑仙子的故事，第二部分讲述了麻姑山和邓紫阳奏建麻姑庙的故事，第三部分是对当下麻姑山道姑及麻姑庙传人的叙述。

在第一部分，颜刺史的转述引人入胜。他在文中写道：麻姑相貌十八九岁模样，唯独手指像鸟爪一般，蔡经心想，要是用这个爪子来抓背上的痒，应该是很舒服的事。神仙方平知道了蔡经的小心思，立即鞭了他一顿，边打边教训，麻姑者，神人。汝何忽谓其爪可以杷背耶？蔡经只觉背上被鞭子抽打，却不见有人持鞭。

第二、三部分，通过现实写照前后呼应，把神话故事和现实生活连接起来："高石中犹有螺蚌壳，或以为桑田所变"（颜真卿原文如此，应该是"或以为沧海所变"），"今女道士黎琼仙，年八十而容色益少，曾妙行梦琼仙而餐华绝粒"……不过寥寥数笔，使得神话有了几分实证，又让现实多了几分意味深长。

"鲁公之书皆绝伦，岁久更为时所珍。"这是一代名相王安石在麻姑山留下的诗句，字里行间，充溢着政治家的眼界和预见。

是的，虽然颜刺史撰书的原件早已不知去向，但经历了千年沧桑的文字，静静地安放在那里，在最初成形的地方，被群山绿树环绕，依旧保持着1250余年前的豪放姿态。

恍惚间，仿佛能够听见一句歌谣：

从前有座山，山上有座庙，庙里来过鲁郡公，写了一幅字。

想说的话（代后记）

照例，是需要感谢很多人的。

其实，感谢是一件吃力不讨好的事，如果没有列入感谢对象其实又应当感谢的，自然就结下了不快，好似成了一个不知感恩的负心人。

所以，在这里，我用一个专门的段落，提前先给所有不在列的同仁道一声感谢：感谢每一个给我提供选题和素材、陪着我去采访和奔波、接受过我的访谈的所有亲爱的同仁。

接下来，要感谢我笔下那些先贤大师，对于我信笔由缰的包容。虽然他们已无法驳斥我许多的无知和肤浅，但我相信他们能够放纵我的文字。因为他们懂得，虽然文字差强人意，至少我的心是虔诚的。

我要感谢一位老领导，在办公室，或者在出差的车上交流这些古往今来的事儿，他总是告诉我，哪个题材不能错过，要坚持这种具有个人风格的文学化新闻写作，也时常指出我文字里的不足。数十年来，在赣州，在南昌，在抚州……感谢许多和他一样的老师，以不同的方式鼓励和支持着我。

我要感谢一位好朋友，他在一座古村资源丰富的小城担任县领导时，经常陪我在多个古村落行走。所以，那阵子，我去那里的频率特别高。这让我积累了一个个好素材。感谢许多和他一样的朋友，陪着我在这块厚重而深情的土地上兜兜转转。

我还要专门感谢给我拍这么一张照片的摄影师。编辑老师建议多配一些图片，我最后只选了一张照片（后用作封面素材），也许未必是最能表现这些文字的画面，但一定是最为恰如其分的镜头表达——一位凡夫俗子与先贤故地时空对话的呈现。感谢每一位给我的稿件配图的摄影师，他们让我的文字添色。

我要感谢每一位宽容的读者朋友。这里的文字陆陆续续见诸报端，最早的距今已经二十余年，许多原先的记录和如今的情形已经是天壤之别，其中有很多内容无法经受时间的考验，因而错误百出，贻笑大方。同时，由于自身水平有限，文字内容必定存在许多差错，在此也请读者朋友批评指正，我将全部接受，并真诚致谢。

最后，我要感谢一个部门和两位编辑老师，我把她们放在最后，因为我知道，无论怎样我都不会忘记，正是因为她们的偏爱和指导，才让我这一篇篇文章得以成形，得以在历史和文字的海洋里留下一滴微不足道的水珠。所以在未经许可的情况下，我有必要，在这里专门道一声谢：感谢江西日报社副刊部和李滇敏老师、罗翠兰老师。

最后，要感谢的是时间。

根据2022年度诺贝尔物理学奖获得者的量子信息科学研究，两个纠缠粒子，不管相距多远，都能互相感应，并且同频共振。

伫立在历史时空，面对着千百年前的过往留痕，我分明能够感应到一个个汉字的萌动，它们一如纠缠粒子的另一种形态，以时空穿越的方式完成连接和表达。每每念及，内心总是暖流涌动。

那是时间带给我的温暖。